U0117035

21世纪高等学校规划教材｜计算机科学与技术

计算机导论

乔 付 主 编

桑海涛 韩 娜 副主编

杨兆楠 李 军 主 审

清华大学出版社
北京

内 容 简 介

本书的三位编者一直从事计算机科学与技术专业课程和软件工程专业课程的教学,同时也承担着计算机基础课程的教学任务。教材内容组织合理,理论和应用并重,语言使用规范,符合教学规律。本书面向一般院校一年级的本专科生,在讲解理论的同时,以应用为最终目标,重视对读者实践能力的培养,适合各高等院校计算机专业和软件工程专业作为专业基础教材使用。

图书在版编目(CIP)数据

计算机导论/乔付主编. —北京:清华大学出版社,2011.9
(21世纪高等学校规划教材·计算机科学与技术)
ISBN 978-7-302-25667-0

Ⅰ. ①计… Ⅱ. ①乔… Ⅲ. ①电子计算机-高等学校-教材 Ⅳ. ①TP3

中国版本图书馆 CIP 数据核字(2011)第 102846 号

责任编辑:郑寅堃 薛 阳
责任校对:李建庄
责任印制:李红英
出版发行:清华大学出版社   地   址:北京清华大学学研大厦 A 座
         http://www.tup.com.cn   邮   编:100084
         社 总 机:010-62770175   邮   购:010-62786544
         投稿与读者服务:010-62795954,jsjjc@tup.tsinghua.edu.cn
         质 量 反 馈:010-62772015,zhiliang@tup.tsinghua.edu.cn
印 刷 者:三河市君旺印装厂
装 订 者:三河市新茂装订有限公司
经   销:全国新华书店
开   本:185×260 印 张:13 字 数:324 千字
版   次:2011 年 9 月第 1 版   印   次:2011 年 9 月第 1 次印刷
印   数:1~3000
定   价:21.00 元

产品编号:041141-01

编审委员会成员

浙江大学	吴朝晖	教授
	李善平	教授
扬州大学	李 云	教授
南京大学	骆 斌	教授
	黄 强	副教授
南京航空航天大学	黄志球	教授
	秦小麟	教授
南京理工大学	张功萱	教授
南京邮电学院	朱秀昌	教授
苏州大学	王宜怀	教授
	陈建明	副教授
江苏大学	鲍可进	教授
中国矿业大学	张 艳	教授
武汉大学	何炎祥	教授
华中科技大学	刘乐善	教授
中南财经政法大学	刘腾红	教授
华中师范大学	叶俊民	教授
	郑世珏	教授
	陈 利	教授
江汉大学	颜 彬	教授
国防科技大学	赵克佳	教授
	邹北骥	教授
中南大学	刘卫国	教授
湖南大学	林亚平	教授
西安交通大学	沈钧毅	教授
	齐 勇	教授
长安大学	巨永锋	教授
哈尔滨工业大学	郭茂祖	教授
吉林大学	徐一平	教授
	毕 强	教授
山东大学	孟祥旭	教授
	郝兴伟	教授
中山大学	潘小轰	教授
厦门大学	冯少荣	教授
仰恩大学	张思民	教授
云南大学	刘惟一	教授
电子科技大学	刘乃琦	教授
	罗 蕾	教授
成都理工大学	蔡 淮	教授
	于 春	副教授
西南交通大学	曾华燊	教授

出版说明

    随着我国改革开放的进一步深化,高等教育也得到了快速发展,各地高校紧密结合地方经济建设发展需要,科学运用市场调节机制,加大了使用信息科学等现代科学技术提升、改造传统学科专业的投入力度,通过教育改革合理调整和配置了教育资源,优化了传统学科专业,积极为地方经济建设输送人才,为我国经济社会的快速、健康和可持续发展以及高等教育自身的改革发展做出了巨大贡献。但是,高等教育质量还需要进一步提高以适应经济社会发展的需要,不少高校的专业设置和结构不尽合理,教师队伍整体素质亟待提高,人才培养模式、教学内容和方法需要进一步转变,学生的实践能力和创新精神亟待加强。

    教育部一直十分重视高等教育质量工作。2007 年 1 月,教育部下发了《关于实施高等学校本科教学质量与教学改革工程的意见》,计划实施"高等学校本科教学质量与教学改革工程"(简称"质量工程"),通过专业结构调整、课程教材建设、实践教学改革、教学团队建设等多项内容,进一步深化高等学校教学改革,提高人才培养的能力和水平,更好地满足经济社会发展对高素质人才的需要。在贯彻和落实教育部"质量工程"的过程中,各地高校发挥师资力量强、办学经验丰富、教学资源充裕等优势,对其特色专业及特色课程(群)加以规划、整理和总结,更新教学内容、改革课程体系,建设了一大批内容新、体系新、方法新、手段新的特色课程。在此基础上,经教育部相关教学指导委员会专家的指导和建议,清华大学出版社在多个领域精选各高校的特色课程,分别规划出版系列教材,以配合"质量工程"的实施,满足各高校教学质量和教学改革的需要。

    为了深入贯彻落实教育部《关于加强高等学校本科教学工作,提高教学质量的若干意见》精神,紧密配合教育部已经启动的"高等学校教学质量与教学改革工程精品课程建设工作",在有关专家、教授的倡议和有关部门的大力支持下,我们组织并成立了"清华大学出版社教材编审委员会"(以下简称"编委会"),旨在配合教育部制定精品课程教材的出版规划,讨论并实施精品课程教材的编写与出版工作。"编委会"成员皆来自全国各类高等学校教学与科研第一线的骨干教师,其中许多教师为各校相关院、系主管教学的院长或系主任。

    按照教育部的要求,"编委会"一致认为,精品课程的建设工作从开始就要坚持高标准、严要求,处于一个比较高的起点上。精品课程教材应该能够反映各高校教学改革与课程建设的需要,要有特色风格、有创新性(新体系、新内容、新手段、新思路,教材的内容体系有较高的科学创新、技术创新和理念创新的含量)、先进性(对原有的学科体系有实质性的改革和发展,顺应并符合 21 世纪教学发展的规律,代表并引领课程发展的趋势和方向)、示范性(教材所体现的课程体系具有较广泛的辐射性和示范性)和一定的前瞻性。教材由个人申报或各校推荐(通过所在高校的"编委会"成员推荐),经"编委会"认真评审,最后由清华大学出版社审定出版。

目前,针对计算机类和电子信息类相关专业成立了两个"编委会",即"清华大学出版社计算机教材编审委员会"和"清华大学出版社电子信息教材编审委员会"。推出的特色精品教材包括:

(1) 21世纪高等学校规划教材·计算机应用——高等学校各类专业,特别是非计算机专业的计算机应用类教材。

(2) 21世纪高等学校规划教材·计算机科学与技术——高等学校计算机相关专业的教材。

(3) 21世纪高等学校规划教材·电子信息——高等学校电子信息相关专业的教材。

(4) 21世纪高等学校规划教材·软件工程——高等学校软件工程相关专业的教材。

(5) 21世纪高等学校规划教材·信息管理与信息系统。

(6) 21世纪高等学校规划教材·财经管理与应用。

(7) 21世纪高等学校规划教材·电子商务。

(8) 21世纪高等学校规划教材·物联网。

清华大学出版社经过二十多年的努力,在教材尤其是计算机和电子信息类专业教材出版方面树立了权威品牌,为我国的高等教育事业做出了重要贡献。清华版教材形成了技术准确、内容严谨的独特风格,这种风格将延续并反映在特色精品教材的建设中。

清华大学出版社教材编审委员会

联系人:魏江江

E-mail:weijj@tup.tsinghua.edu.cn

从第一天接触计算机到现在已经 16 个年头，当初只会在计算机上练习一些"TT""WT"的我怎么也想不到自己能在计算机科学领域工作，也想不到自己能在高校里从事计算机专业课程的教学。还记得上大学的第一学期还把计算器叫做计算机，还记得自己在学第一门计算机基础课程时连进制转换都不会，还记得学长们利用晚自习时间给我们讲计算机能做什么，还记得当时使用的是 486 单色显示器的计算机，即使是这样的计算机还是让学长们投来羡慕的眼神，因为我们使用的计算机有硬盘，而学长们使用的还是 286，当时真的不知道 x86 代表什么。有读者可能要问我：是怎么开始从事计算机这个行业的呢？这要从 1995 年我考入黑龙江矿业学院采矿工程专业说起。20 世纪 90 年代中期是煤矿企业低谷的时候，而且工作环境很差，个人也感觉前途"无亮"。在大二时就下定决心我要考研究生，而且要考计算机专业的，因为这个专业的工作环境好，并且互联网在 1995 年已经开始发展起来，我当时有一种感觉，计算机业将是高薪的职业，果然不出我的所料，2010 年权威调查公司 Mycos 公司公布了毕业三年后年薪排在前 20 位的专业，其中，软件工程专业居首位，计算机专业排在第 9 位，要说自己高瞻远瞩却是巧合。

随着 1997 年香港的回归，刚刚上大三的我也得到一个好消息：我们学院计算机系计划在采矿工程专业找两名各方面较优秀的本科生（采矿工程专业学生都爱学计算机），然后送到哈尔滨工程大学计算机系借读，毕业后留在我院计算机系任专职教师（那时计算机本科生很抢手的）。我和另外一名同学被送到哈尔滨工程大学借读，就这样我开始进入计算机行业。2004 年，我进入哈尔滨工程大学攻读计算机系统结构硕士学位，2007 年继续跟随我的导师张国印教授攻读计算机应用技术博士学位。

到 2011 年 7 月，我参加工作已经 12 年整，一直都工作在教学一线。12 年里，我讲授过计算机导论、C 语言、汇编语言、数据结构、数据库原理、计算机网络、操作系统等课程。我深知自己是非科班出身的，因此，在每门课的教学过程中我都要付出比别人多几倍的努力，我深知"要给学生一滴水自己要有一桶水"的道理。看看当年一同学习采矿工程的同学，他们都发展得很好，我只能被他们讥笑为"逃兵"。看着自己送走一届又一届毕业生，看着这些毕业生在计算机领域为社会创造价值，极其富有阿 Q 精神的我时常安慰自己："如果我不在高校，这些学生每个人都没有我赚得多，但是，现在他们赚的总和可比我多很多"。因此，在高校里我还是实现了自己的人生价值。

2010 年，我开始担任我院软件工程专业建设项目的负责人，就那些条条框框的要求和文字材料等对我个人来说不是什么难事。但令我头疼的是，一面是 IT 企业苦于找不到合适的软件工程专业毕业生，一面是我们这些一般院校的计算机、软件工程专业的学生毕业找不到工作，这是我那些日子一直在思考的问题。经过几个月的调研和走访，我们找到了症结：学生在校期间的实践能力必须提高，提高到什么程度？必须提高到毕业就可以为企业创造利润的程度。我们确定了以 Java 为主线的课程体系，兼顾嵌入式软件的教学模式。有读者还要问我：出于什么原因写这本书呢？前面我也说过，从毕业到现在我一直都在一线教学，我深知我们这类院校学生的特点，也深知在大学的第一个学期计算机相关专业学生最想了解计算机领域的哪些内容。虽然优秀的计算机导论教材不胜枚举，但这些教材又有多少能适合我们一般院校的学生呢？经过走访同类院校的计算机系，了解到大家都把 Java 作为主要的程序设计语言，而且当今世界避免不了要和 Web 打交道，但如果把网页制作作为一门课程来开设，又显得有点没有技术水平，于是在这本计算机导论中，用较大篇幅介绍网页设计基础和 MySQL 的简单应用。这样我们一般院校的学生能在学习过网页设计基础和 Dreamweaver 制作网页章节后做出一些作品，这一方面缓解了前几章的"枯燥无味"，另一方面让学生能够体会到一种成就感，更为 Java 为主线的课程体系埋下一个伏笔。说了这么多，归根结底我要说明的是我为什么要写这本自认为适合一般院校计算机专业、软件工程专业本科生的计算机导论教材。

本教材注重可读性、实用性、前瞻性和趣味性，讲解了计算机科学领域的几个主要研究方向，介绍了计算机科学领域的发展和一些研究方向的最新热点。在计算机系统概述、计算机程序设计章节中侧重教材的可读性；在关系数据库技术及应用、网页设计基础、Dreamweaver 制作网页的章节中侧重教材的实用性；在网络基础、多媒体技术基础、软件工程、计算机图形学、智能系统章节中侧重教材的前瞻性；每章的最后一节都介绍一位和本章知识相关的图灵奖获得者的事迹材料，以激发学生对本专业的爱好，增加本书的趣味性。

全书共分 10 章。第 1 章介绍计算机的发展历史、计算机的应用和计算机中信息的表示方法，从本章读者可以了解到当前最新的计算机发展情况。第 2 章介绍计算机程序设计的发展历程和当前流行的计算机程序设计语言。第 3 章介绍计算机网络的发展，讲解了网格计算、云计算、WSN、CPS、物联网这些当前热点研究的内容。第 4 章介绍多媒体压缩技术、存储技术、数据库和网络通信技术以及同步技术。第 5 章介绍软件工程的相关概念、软件生命周期模型、软件项目管理和软件可靠性。第 6 章介绍计算机图形学的基本概念、计算机视觉、图形用户界面以及人机交互与虚拟现实等。第 7 章介绍智能系统领域的人工智能、知识表示及推理和机器学习的相关知识。第 8 章介绍关系数据库的基本原理和几种常用的数据库系统，从实用角度介绍在 MySQL 中使用结构化查询语言的实例。第 9～10 章以实例为主介绍网页设计基础内容和 Dreamweaver 制作网页。本书的第 1、3、4 章和第 10 章由乔付编写，第 2 章由乔付和韩娜编写，第 5～8 章及附录由韩娜编写，第 9 章由桑海涛编写。

在此要感谢与我合作的桑海涛、韩娜两位老师，是他们的鼓励和支持才使得我有勇气完成这本教材的终稿；感谢杨兆楠和李军两位对本书的审定工作；我还要感谢那些为本教材付出辛苦工作的编辑们和清华大学出版社，是他们给了这本教材出版的机会。

乔付

2011 年 7 月于哈尔滨

目 录

第1章

计算机系统概述

主要内容

◆ 计算机的发展与应用;

◆ 计算机系统的组成;

◆ 计算机中信息的表示方法;

◆ 计算机操作系统;

◆ 计算机与人工智能之父——图灵。

难点内容

计算机中信息的表示方法。

1.1 概述

1.1.1 计算机的发展与应用

自 1946 年美国宾夕法尼亚大学的艾克特(Eckert)和毛奇莱(Mauchley)设计的 ENIAC 电子计算机问世以来,随着半导体技术和电子技术的发展,经过半个多世纪,计算机的发展经历了电子管、晶体管、集成电路,以及大规模集成电路和超大规模集成电路四个阶段。计算机发展的总趋势是微型化、巨型化、智能化、多媒体化和网络化。

微型化是指计算机的体积越来越小,而功能却越来越强,例如个人计算机、笔记本计算机、掌上计算机等;巨型化是指发展具有速度高、功能强的计算机系统,以适应军事和尖端科学研究的需要;智能化是用计算机去模拟人的一些智能行为,如触觉、视觉、嗅觉功能,对声音、图像及其他模式的识别、推理与学习等,如今各种机器人已被广泛地应用于各行各业,如取代人类在一些危险高、污染严重的地方工作;多媒体化是指使计算机从原来只能处理单一的文本信息发展为能够处理声音、图形、图像等多种媒体的信息,目前的计算机都是多媒体计算机;网络化是指计算机具有联网功能,目前的微机主机中都内置了网络适配器,用户可以非常方便地接入网络。

1.1.2　计算机的主要特点

1. 速度快

这是计算机最显著的特点,当今的计算机已能达到每秒进行几千亿甚至上万亿次的运算速度,如我国 2010 年投入使用的"天河一号"超级计算机,可达每秒 4701 万亿次的峰值速度和每秒 2566 万亿次的实测速度,运算速度居世界首位,美国"美洲虎"以每秒 1759 万亿次的实测性能名列第二,速度约为"天河一号"的三分之二。中国曙光公司研制的"星云"紧随其后,位列第三。在全球超级计算机 TOP500 中,中国共有 41 台机器入围,在数量份额上仅次于美国,排名第二。

2. 精度高

微型计算机计算精度可达到十几位有效数字,这是人和其他计算工具都望尘莫及的。

3. "记忆"力强

计算机能够将数据、程序以及计算与处理的结果保存在存储器中,这是计算机区别于其他计算工具的本质特点。目前普通的微型计算机内存已经达到 GB 级,硬盘的容量已经达到 TB 级。

4. 逻辑判断能力强

计算机可以进行逻辑判断,如对两个信息进行比较,根据比较结果自动确定下一步该做什么。

5. 能在程序控制下自动进行工作

计算机的操作、运算过程是按事先编好的程序自动进行的,不需要进行人工干预,这也是计算机与其他计算工具的本质区别。

1.1.3　计算机的应用

计算机的科学技术水平、生产规模和应用程度已成为衡量一个国家经济发展水平的标志之一,计算机在科研、工农业生产、国防等领域得到广泛应用,大致分以下几个方面。

1. 科学计算

科学计算是计算机应用的一个非常重要的领域。在科学研究中,常常会遇到一些运算量非常大的问题,如 19 世纪中叶数学上提出的"四色定理"问题,就是人工无法完成的计算;另外,还有一些问题用人工计算速度太慢,等到算出结果时早已失去实际意义,如天气预报数据、卫星测控数据的计算等。

2. 自动控制

自动控制是计算机在工业生产、科学研究等领域的应用,如数控机床不仅可以减轻工人的劳动强度,而且生产效率、加工精度高。在无人驾驶飞机、导弹、卫星、太空探测等领域中计算机都起着至关重要的作用,如 2010 年我国成功发射并回收的"嫦娥 2 号"月球探测卫星,就是自动控制在航天领域的成功应用。

3. 数据与事务处理

数据与事务处理是计算机应用的另一个领域,小到日常生活的精打细算,大到国家经济政策、重大方针的制定,都是数据与事务处理的应用。如今的计算机不仅在企业管理、办公自动化、电子货币、车票预订、医疗行业以及各项信息管理等方面得到广泛应用,而且还在不断扩大应用范围。

4. 辅助设计与制造

计算机辅助设计与制造是计算机当前迅速发展的一个应用领域。为提高产品质量、缩短生产周期、提高自动化水平,人们借助于计算机进行产品的设计与制造,故称之为计算机辅助设计与制造,简称 CAD、CAM。目前计算机辅助设计已广泛应用于大型舰船、汽车、飞机等的设计与制造中。

5. 人工智能与智能模拟

智能模拟是探索和模拟人的感觉与思维过程的科学,它是在控制理论、计算机科学、仿真学、生理学等基础上发展起来的新兴的边缘学科。其主要内容是研究感觉与思维模型的建立,图像、声音、物体的识别,能够模仿人的高级思维活动。目前计算机智能模拟在许多领域都取得了很大的发展,如专家系统、模式识别、机器人等。

1.2 计算机系统的组成

传统意义上的计算机系统指的是计算机硬件系统和计算机软件系统,而现今的计算机系统不应该仅仅是硬件系统和软件系统,而且还要包括用户、用户手册、数据以及计算机互联几部分构成。用户手册是计算机系统必不可少的一个部分,用户要遵循这个用户手册规定的流程来操作计算机;数据是计算机要处理的内容,没有要处理的数据,计算机也就失去其存在的价值;计算机互连是计算机之间数据交换的通道。

1.2.1 计算机硬件系统

无论是巨型计算机、大型计算机、小型计算机还是微型计算机,其硬件系统都是由控制器、运算器、内存储器、输入和输出设备以及将各部分连接为一体的总线组成的。微型计算机是目前应用范围最广、发展速度最快的计算机,微型计算机硬件的组成部分包括主机、输入输出设备和辅助存储器,如图 1.1 所示。

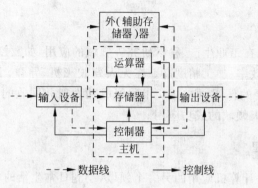

图 1.1　计算机硬件系统结构图

1. 主机的组成

主机是微型计算机的核心部分,主要由主板、CPU(Central Processing Unit)、内存储器等组成,如图 1.2 所示。

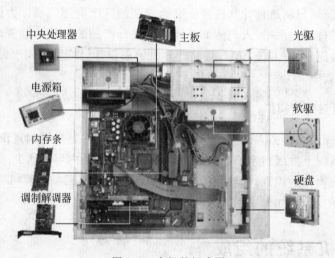

图 1.2　主机的组成图

(1) 主板。主板(MainBoard)又称为母板(MotherBoard),是微型计算机的主要部件,如图 1.3 所示。它是主机中其他部件的载体,也是输入、输出设备与主机交互的桥梁。主板不但要速度快、耐用,更要有利于系统的扩充与升级。目前主板的品牌众多(如华硕、技嘉、微星等)。

(2) CPU。CPU 被安装在主板上,由运算器和控制器两部分构成,是计算机的控制中心,用来完成计算机的所有指令及数据的运行,由于 CPU 是被集成在半导体芯片上,故又称为微处理器。

运算器是用来完成算术运算和逻辑运算的部件,并具有暂存运算结果的功能,简称算术逻辑部件 ALU(Arithmetic and Logic Unit),是计算机实现高速运算的核心。运算器硬件结构由两部分组成,一部分是算术逻辑运算部件,由加法器及其他逻辑运算部件和各种数据通道组成,是运算器的核心;另一部分是寄存器,用于暂存参与运算的数据和运算结果。运

图 1.3 主板实物图

算器依照指令的要求,在控制器的作用下,对信息进行算术运算、逻辑运算等操作。运算器的主要性能参数是运算精度和运算速度。

控制器 CU(Control Unit)是计算机的管理机构和指挥中心,指挥计算机各部分按指令要求进行所需的操作。它首先从存储器中取出指令,分析指令的功能;然后产生一系列控制信号,控制计算机各部件协调工作。

描述 CPU 性能的主要有以下技术参数:

◆ 字长,是 CPU 在单位时间内能一次处理的二进制数的位数。

◆ 外频,主板为 CPU 提供的基准时钟频率。

◆ 主频,是 CPU 内核(整数和浮点运算器)电路的实际运行频率。

◆ 倍频,是 CPU 外频与主频相差的倍数,计算公式:主频=外频×倍频。

◆ 前端总线频率 FSB(Front Side Bus),是数据传输的最大带宽,取决于同时传输的数据宽度和传输频率,即数据宽度=(总线频率×数据宽度)/8。

◆ L1 Cache,内置于 CPU,可提高 CPU 的运行效率,由静态 RAM(Random Access Memory)组成。

◆ L2 Cache,分为内部和外部两个:内部 L2 Cache 设在 CPU 芯片内部,运行速度与主频相同;外部 L2 Cache 设在 CPU 芯片外部,运行频率为主频的 1/2。

(3) 内存储器。内存储器是计算机存储程序和数据的设备。内存储器可以分为随机访问存储器 RAM 和只读存储器 ROM(Read Only Memory)。

RAM 存放 CPU 当前正在处理的程序和数据,也称主存储器。主存储器是一种可读写的存储器。当计算机关机或突然断电时,RAM 中的数据将全部丢失,为防止数据丢失,要将 RAM 中的数据及时备份到辅助存储器上。

存储容量是 RAM 的一个性能指标。存储容量是指存放信息的总量,一般以字节(B)为单位,常用的存储容量单位如表 1.1 所示。

表 1.1　存储容量单位

单　位	容　量	单　位	容　量
1B	8b	1TB	1024GB
1KB	1024B	1PB	1024TB
1MB	1024KB	1EB	1024PB
1GB	1024MB		

用户可以根据需要扩充计算机中的主存(RAM)。主存的扩充非常简单,只要购买如图 1.4 所示的内存条,安装在计算机的主板上即可。

图 1.4　内存条

ROM 是一种只能读取,而无法写入的存储器。它是主板上的一个芯片,ROM 中的程序和数据一经写入就无法修改、删除,即使计算机的电源关掉,其中的信息也不会丢失。主板中的 BIOS 芯片就是一种 ROM。BIOS ROM 中存储有计算机的启动数据,只要计算机一开机,BIOS ROM 就开始启动,而关机时 BIOS ROM 中的数据也不会丢失。

(4) 总线。微型计算机中的总线(Bus Lines)是 CPU 与其他部件(输入输出设备、存储器)之间进行信息传输的一组公用通道,如图 1.5 所示。微型计算机中的总线就好像现实生活中的公路,道路越宽,交通工具跑得就越快;同样的道理,微型计算机中的总线越宽,计算机的处理速度就越高,如 64 位总线的计算机的处理速度就比 32 位总线的计算机更快。

根据 CPU 的不同,总线结构也各不相同,目前,主要有 ISA (Industrial Standard Architecture)、PCI (Peripheral Component Interconnect) 和 AGP (Accelerate Graphical Port) 三种总线结构。它们的总线宽度、应用领域及处理速度如表 1.2 所示。

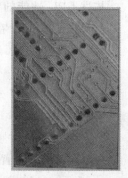

图 1.5　总线示意图

表 1.2　三种总线的比较

类　别	总线宽度/bit	应用领域	速　度
ISA	8 或 16	常规应用	较慢
PCI	32 或 64	图形处理	20 倍于 ISA
AGP	64	三维动画	2 倍于 ISA

无论哪种结构的总线,按照总线上传输的信息类型,都可将总线划分成数据总线、地址总线和控制总线三个部分。

数据总线与计算机字长(是计算机一次所能处理的数据长度)有关,通常是 8 位、16 位或 32 位,是数据在 CPU 与存储器及 CPU 与 I/O(输入输出)设备之间并行传输的线路,这种传输是双向的,故数据总线是双向总线。

地址总线通常是 16 位以上,用来传输地址信息,根据地址即可访问存储单元。地址总线是单向总线。控制总线传输各种控制信号。有的控制信号是由 CPU 发出,如系统时钟、复位、总线请求、读信号、写信号、存储器请求、I/O 请求等;有的则由存储器或外围设备发出,如中断请求等。

2. 输入输出设备

输入输出设备是计算机的重要组成部分,是人与计算机之间进行信息交换的主要设备。输入设备是将按一定形式表示的程序和数据送入计算机;而输出设备是将经计算机处理的信息转换成人或其他设备能够接受和识别的信息形式。随着计算机系统的不断发展,输入输出设备的种类、数量也越来越多,常见的输入输出设备包括键盘、鼠标、显示器、数码照相机、扫描仪、打印机、音响、绘图仪等。

键盘是计算机输入设备中最基本也是使用最多的设备,用它可以进行英文、汉字等的输入。目前常见的有普通的 101 键盘和 Windows 的 104 键盘,Windows 键盘比普通键盘多了两个弹出"开始"菜单功能键和一个弹出"快捷菜单"功能键。

鼠标(mouse)是一种移动光标和实现选择操作的计算机输入设备,鼠标的基本工作原理是:当移动鼠标时,它把移动距离及方向的信息变成脉冲信号送给计算机,计算机再把脉冲信号转换成鼠标光标的坐标数据,从而达到指示位置的目的。鼠标是除键盘之外的另一种重要的输入设备,特别是在 Windows 环境下,鼠标是必不可少的。

显示器亦称监视器,是计算机系统最重要也是必不可少的输出设备,是实现人机对话的重要工具。显示器可以显示键盘输入的信息,也可以将计算机处理的结果或一些提示信息以文字或图形的形式显示出来。显示器主要有:阴极射线管(Cathode-RayTube,CRT)显示器和液晶显示器(Liquid Crystal Display,LCD)两种,CRT 显示器已被市场淘汰。

分辨率与屏幕尺寸是显示器的两个重要的技术指标。分辨率常用每帧有多少条水平扫描线,每条扫描线上有多少个点来度量,其中每一个点称之为像素。分辨率一般用 800×600 的形式表示。像素点越多,显示器的分辨率也就越高,当然其清晰度和显示质量也就越高。目前有四种常见的分辨率标准,即 SVGA(Super Video Graphics Array)、XGA(Extended Graphics Array)、SXGA(Super Extended Graphics Array)和 UXGA(Ultra Extended Graphics Array),如表 1.3 所示。

表 1.3　分辨率标准

标　准	分辨率	特　点
SVGA	800×600	一般为 15 英寸,已趋于淘汰
XGA	1024×768	一般为 17 或 19 英寸,目前最流行产品
SXGA	1280×1024	一般为 19 或 21 英寸,目前最流行产品
UXGA	1600×1200	一般为 20 英寸的液晶显示器,目前最流行产品

3. 辅助存储器

辅助存储器又称外存储器,它用来存放等待运行的程序和数据,如果要被运行的程序放在辅助存储器中,当运行此程序时,系统会自动将其调入主存储器,因而辅助存储器只和主存储器进行信息交换。目前常用的辅助存储器有软盘、硬盘和光盘三类,其中,软盘已经被市场淘汰。

1）硬盘

硬盘是一种比软盘读写速度更高、存储容量更大的永久性外存储器，它是计算机系统必不可少的设备。目前有三种类型的硬盘：内置硬盘、移动硬盘和硬盘组。

内置硬盘也称为固定硬盘，它被安装在主机的机箱内部，用来存储程序和大量的数据文件，例如，计算机用户一般在硬盘上存放操作系统和应用软件。硬盘是由几片涂有磁性介质的金属薄片封装而成，它的内部还包括磁盘转动装置和读写臂，用来读写信息。其存储容量常用 GB 来度量，目前的硬盘容量可达几个 TB。

移动硬盘既有内置硬盘的高速度、大容量的特点，又克服了内置硬盘无法移动的缺点，是便于携带的外存储器。它对计算机数据的安全保密很有帮助，例如，可以将用软盘无法存储的大量的保密数据或文件存于移动硬盘中随身携带。

硬盘组是一种可移动的，比内置硬盘和移动硬盘存储容量更大的外存储器。一般用于网络系统中，为大量的网络用户提供信息源，更普遍应用于海量数据存储。

2）光盘

光盘是利用激光技术读写信息的一种新型外存储器。它以携带方便、存储量大等优点深得用户青睐。光盘的容量从几百兆到几千兆字节不等，目前常见的光盘可分为 CD（Compact Disc）和 DVD（Digital Video Disc）两大类，规格及特点如表 1.4 所示，光盘的结构见 4.2.2 节。

表 1.4　光盘的分类及特点

类　型	规　格	容　量	特　点
CD	CD-ROM	650MB	只能读取，不可重写
	CD-R	650MB	一次写入，反复读取，即不可反复读写
	CD-RW	650MB	可以反复读写
DVD	DVD-ROM	4.7GB	只能读取，不能重写
	DVD-R	4.7GB	一次写入，反复读取，即不可反复读写
	DVD-RW	2.6～5.2GB	可以反复读写

1.2.2　计算机软件系统

软件（Software）习惯上又称为程序（Programs），它是由一系列能够控制计算机系统高效、有序工作的指令（Instructions）构成，其目的是为了将大量的原始数据（Data）进行加工处理，最终获得有用的信息（Information）。

计算机软件分为系统软件（System Software）和应用软件（Application Software）两大类。一般认为应用软件是供用户使用的软件，而系统软件是供计算机使用的软件。

系统软件是计算机硬件与应用软件之间进行信息交互的"中介"。系统软件一般是由计算机厂商提供的，是为最大限度地发挥计算机的作用，充分利用计算机硬件资源，便于用户使用、管理和维护计算机系统而编制的程序的总称。系统软件种类很多，其中最重要的系统软件为操作系统软件，它是合理控制和管理计算机系统中软、硬件资源集合的程序。其主要功能是进程管理、作业管理、存储管理、I/O 管理和文件管理，也是用户和计算机之间的接口，是系统软件的核心。

目前，计算机操作系统有 Windows 系列、UNIX/Linux 系列等，也有一些用于嵌入式设备的操作系统,如 $\mu C/OS$-Ⅱ、Win Ce、μC Linux 等。

1. Windows 7 系统

Windows 7 是由微软公司开发的,具有革命性变化的操作系统。该系统旨在让人们的日常电脑操作更加简单和快捷,为人们提供高效易行的工作环境。

Windows 7 提供了快速最大化,窗口半屏显示,跳跃列表,系统故障快速修复等新功能;较 Windows 以前的版本缩减了启动时间;Windows 7 让搜索和使用信息更加简单,包括本地、网络和互联网搜索功能,直观的用户体验更加高级,还会整合自动化应用程序提交和交叉程序数据透明性;改进了安全性和功能合法性,还把数据保护和管理扩展到外围设备;改进了基于角色的计算方案和用户账户管理,在数据保护和坚固协作的固有冲突之间搭建沟通桥梁,同时也开启企业级的数据保护和权限许可;可以帮助企业优化它们的桌面基础设施,具有无缝操作系统、应用程序和数据移植功能,进一步朝完整的应用程序更新和补丁方面努力;进一步增强了移动工作能力,无论何时、何地、任何设备都能访问数据和应用程序,开启坚固的特别协作体验,无线连接、管理和安全功能进一步扩展;使得新兴移动硬件得到优化,拓展了多设备同步、管理和数据保护功能;使计算基础设施更加灵活,包括胖、瘦网络中心模型。

2. Linux 系统

Linux 是与微软 Windows 系列抗衡的软件,它是目前全球最大的一个自由免费软件,是一个功能可与 UNIX 和 Windows 相媲美的操作系统,具有完备的网络功能。Linux 最初由芬兰人 Linus Torvalds 开发,其源程序在 Internet 网上公开发布。由此引发了全球计算机爱好者的开发热情,许多人下载该源程序并按自己的意愿完善某一方面的功能,再发回网上,就这样,Linux 由成百上千个开发高手共同开发和维护。

Linux 是免费软件,用户可以自由安装并任意修改软件的源代码;Linux 操作系统与主流的 UNIX 系统兼容,这使得它一出现就有了一个很好的用户群;支持几乎所有的硬件平台,并广泛支持各种周边设备。目前,Linux 正在全球各地迅速普及推广,各大软件商,如 Oracle、Sybase、Novell 和 IBM 等均发布了 Linux 版的产品,许多硬件厂商也推出了预装 Linux 操作系统的服务器产品。Linux 版本众多,厂商利用 Linux 的核心程序,再加上外挂程序,即组合成各种完整的 Linux 发布版本上市。比较著名的有 Red Hat Linux(红帽子)、Turbo Linux、S. u. S. E Linux 等,我国自主开发的 Linux 版本有:红旗 Linux、蓝点 Linux 等。目前 Linux 的稳定性、灵活性和易用性日趋完善,已有越来越广泛的应用。

3. UNIX 系统

UNIX 系统是 1969 年问世的,最初是在中小型计算机上运用。最早移植到 80286 微机上的 UNIX 系统,称为 Xenix。Xenix 系统的特点是短小精悍、系统开销小、运行速度快。经过多年的发展,Xenix 已成为十分成熟的网络操作系统,最新版本的 Xenix 是 SCOUnix 和 SCOCDT。当前的主要版本是 UNIX 2.2 V4.2 以及 ODT 2.0。UNIX 是一个多用户系统,一般要求配有较大内存和大容量的硬盘。

4. Mac OS

Mac OS 是独树一帜的操作系统,它是用于苹果公司 Power Macintosh 机和 Macintosh

机上的,苹果公司的机器以性能优异,价格昂贵、自成体系而著称,它的 Mac OS 是世界上最早成功应用图形化界面的操作系统,它的图形处理能力很强,广泛用于专业的图形工作站和桌面出版等应用领域,但它与 Windows 系列不兼容,应用软件不够丰富,这在一定程度上影响了它的普及。

应用软件是指用户在各自的应用领域,为了解决各类实际问题而编写的程序。应用软件被广泛应用于国民经济的各个领域,几乎可以处理人们日常生活中遇到的所有问题。除操作系统外的软件都是应用软件,如最常用的 Office 系列、数据库系统软件和图形图像处理等软件。

1.2.3 计算机语言

计算机的一个显著缺点,就是只能执行预先由程序安排的事情。因此,人们要利用计算机来解决问题,就必须采用计算机语言来编制程序。编制程序的过程称为程序设计,计算机语言又称为程序设计语言。计算机语言通常分为机器语言、汇编语言和高级语言三类,其中机器语言和汇编语言又称为低级语言。

1. 机器语言

机器语言(Machine Language)是以二进制代码表示的指令集合,是计算机能直接识别和执行的语言。机器语言的优点是占内存少、执行速度快。缺点是面向机器的语言,随机而异,通用性差,而且指令代码是二进制形式,不易阅读和记忆。

2. 汇编语言

汇编语言(Assemble Language)是用助记符来表示机器指令的语言符号。优点是比机器语言易学易记。缺点与机器语言相同,即通用性差,随机而异。由于计算机只能执行用机器语言编写的程序,因而,必须用汇编程序将汇编语言编写的源程序翻译成机器能执行的目标程序,这一翻译加工过程称为汇编。

3. 高级语言

高级语言(High Level Language)是 20 世纪 50 年代后开发的,它们比较接近于人们习惯用的自然语言和数学表达式,因此称为高级语言。高级语言的优点是通用性强,可以在不同的计算机上运行,程序简短易读,便于维护,极大地提高了程序设计的效率和可靠性。对于高级语言编写的程序,计算机是不能识别和执行的。要执行高级语言编写的程序,首先要将高级语言编写的程序通过语言处理程序翻译成计算机能识别和执行的二进制机器指令,然后供计算机执行。

一般将用高级语言或汇编语言编写的程序称为"源程序",而把已翻译成机器语言的程序称为"目标程序",不同高级语言编写的程序必须通过相应的语言处理程序进行翻译。

计算机将源程序翻译成机器指令时,通常分两种翻译方式:一种为"编译"方式;另一种为"解释"方式。

编译方式:是通过相应语言的编译程序将源程序一次全部翻译成目标程序,再经过连接程序的连接,最终处理成为可直接执行的可执行程序,如 C 语言、PASCAL 语言。

解释方式:是通过相应的解释程序将源程序逐句解释翻译成一组机器指令,翻译一句执行一句,边翻译边执行,如 BASIC 语言。

1.3 计算机中信息的表示方法

计算机所处理的信息必须经过信息数字化处理,即人们日常使用的数据、文字符号、图形等各种信息都必须经过编码,成为计算机可识别和处理的数字信号。因此,计算机采用哪种数字系统,如何表示数据,将直接影响计算机的性能和结构。

数字在计算机中是用电子器件的物理状态表示的,故在工艺允许的情况下,应尽量选择简单的数据表示形式,以提高机器效率和通用性。因为二进制数只有 0 和 1 两个数码,不仅易于物理实现、数据存储、传送和处理简便可靠,而且运算规则简单、节省设备,特别是采用二进制后,能方便地使用逻辑代数这一数学工具进行逻辑电路的设计、分析、综合,并使计算机具有逻辑性。因此,有必要掌握二进制表示及其与其他常用记数制之间的转换方法。

1.3.1 常用记数制及相互转换

人们最熟悉的是十进制数,但在不同的应用领域,为了表示、处理方便,还存在二进制、八进制、十六进制等多种进位记数制。

1. 进位记数制

进位记数制是采用位置表示法,就是说,处于不同位置的同一数字符号所表示的数值不同。一般来说,如果某记数制只采用 R 个基本符号,则称为基 R 数制,R 为数制的"基数"或简称"基";而数制中每一固定位置对应的单位值称为"权"。

进位记数制的编码符合"逢 R 进 1"的规则,各位的权值是以 R 为底的幂,一个数可按权展开成多项式。

常用的进位记数制有十进制、二进制、八进制和十六进制,为了区别各种数制,可在数字后面加一字母。例如 B(Binary)表示二进制数,D(Decimal)或不带字母表示十进制,O(Octal)表示八进制数,H(Hexadecimal)表示十六进制数,如表 1.5 所示。

表 1.5 常用进位记数制

记数制	基 R	第 i 位数		基本符号	符号	按权展开举例
		整数部分	小数部分			
十进制	10	10^{i-1}	10^{-i}	0,1,2,3,4,5,6,7,8,9	D	$12.65 = 1 \times 10^1 + 2 \times 10^0 + 6 \times 10^{-1} + 5 \times 10^{-2}$
二进制	2	2^{i-1}	2^{-i}	0,1	B	$110.11B = 1 \times 2^2 + 1 \times 2^1 + 0 \times 2^0 + 1 \times 2^{-1} + 1 \times 2^{-2}$
八进制	8	8^{i-1}	3^{-i}	0,1,2,3,4,5,6,7	O	$47.50 = 4 \times 8^1 + 7 \times 8^0 + 5 \times 8^{-1}$
十六进制	16	16^{i-1}	16^{-i}	0,1,2,3,4,5,6,7,8,9,A,B,C,D,E,F	H	$2B.3FH = 2 \times 16^2 + 11 \times 16^1 + 3 \times 16^{-1} + 15 \times 16^{-2}$

2. 各种记数制的相互转换

1) R 进制转换为十进制

R 进制转换为十进制的转换规则为"按权相加",即将 R 进制数的系数与其所在位对应的权值之积相加,其和就是相应的十进制数。

例 1.1　将二进制数 110101.101B 转换为十进制数。

解：$110101.101B = 1 \times 2^5 + 1 \times 2^4 + 0 \times 2^3 + 1 \times 2^2 + 0 \times 2^1 + 1 \times 2^0 + 1 \times 2^{-1} + 0 \times 2^{-2} + 1 \times 2^{-3} = 32 + 16 + 0 + 4 + 0 + 1 + 0.5 + 0 + 0.125 = 53.625D$

例 1.2　将八进制数 374.1 转换为十进制数。

解：$374.1 = 3 \times 8^2 + 7 \times 8^1 + 4 \times 8^0 + 1 \times 8^{-1} = 192 + 56 + 4 + 0.125 = 252.125D$

例 1.3　将十六进制数 B5CH 转换为十进制数。

解：$B5CH = B \times 16^2 + 5 \times 16^1 + C \times 16^0 = 11 \times 16^2 + 5 \times 16^1 + 12 \times 16^0 = 2908D$

2) 十进制转换为 R 进制

十进制转换为二进制、八进制、十六进制,整数部分和小数部分分别采用不同方法。

整数部分的转换规则为：将十进制整数连续用基数 R 去除,直到商为 0,每次所得的余数,依次为 R 进制数由低到高各位的值。

例 1.4　将十进制数 35D 转换为二进制数。

解：

商	余数
$35/2 = 17$	1
$17/2 = 8$	1
$8/2 = 4$	0
$4/2 = 2$	0
$2/2 = 1$	0
$1/2 = 0$	1

因此,35D = 100011B。

例 1.5　将十进制 829D 转换为十六进制。

解：

商	余数
$829/16 = 51$	13
$51/16 = 3$	3
$3/16 = 0$	3

因此,829D = 33DH。

小数部分的转换规则为：将十进制小数连续乘以基数 R,每次所得乘积的整数部分,依次为 R 进制数由高到低各位的值,直至乘积的整数部分为 0 或者达到相应的精度。

例 1.6　将十进制 0.125D 转换为二进制。

解：

乘积	取整
$0.125 \times 2 = 0.25$	0
$0.25 \times 2 = 0.5$	0
$0.5 \times 2 = 1.0$	1

因此,0.125D = 0.001B。

3）二进制与八进制和十六进制之间的转换。

由于八进制和十六进制数比二进制数书写方便,且与二进制数之间的转换方便、直观,因此,在汇编语言程序及机器指令、数据书写大多采用八进制或十六进制。又由于八进制、十六进制基数与二进制基数有内在联系,即 $2^3=8,2^4=16$,所以每位八进制数可转换为 3 位二进制数,每位十六进制数可转换为 4 位二进制数,转换直接且方便。

将二进制数以小数点为界,小数点左边各位,从右到左每三位划分为一组,不足三位者用 0 补齐;小数点右边各位,从左到右每三位划分为一组,不足三位者用 0 补齐,即可换算出对应的八进制数。

例 1.7　将二进制数 101111101.1011B 转换为八进制数。

解：101111101.1011B＝(101)(111)(101).(101)(100)B＝575.540

因此,101111101.1011B＝575.540。

将八进制数各位数字用相应的三位二进制数表示,即可得到其相对应的二进制数。

例 1.8　将八进制数 53.510 转换为二进制数。

解：53.510 ＝(101)(011).(101)(001)B

　　　　＝101011.101001B

因此,53.510＝101011.101001B。

将二进制数以小数点为界,小数点左边各位,从右到左每四位划分为一组,不足四位者用 0 补齐;小数点右边各位,从左到右每四位划分为一组,不足四位用 0 补齐,即可换算出对应的十六进制数。

例 1.9　将二进制数 110111101.0101B 转换为十六进制数。

解：111001101.0101B＝(0001)(1100)(1101).(0101)B＝1CD.5H

因此,111001101.0101B＝1CD.5H。

将十六进制数各位数字用相应的四位二进制数表示,即可得到相对应的二进制数。

例 1.10　将十六进制数 97B.1CH 转换成二进制数。

解：97B.1CH＝(1001)(0111)(1011).(0001)(1100)B＝100101111011.000111B

因此,97B.1CH＝100101111011.000111B。

1.3.2　字符编码

通常,编写程序、编辑文档等用的都是字符或一些特殊符号,然而,计算机只能处理二进制数据,因此,有必要将字符数据转换为二进制数据,这个过程称之为字符编码。这些字符如同数字一样都必须按照一定的规则用一组二进制编码来表示,才能被计算机识别、传送和处理,即当信息输入时,要通过输入设备将输入的字符编成一定格式的代码接收进来,而输出时则要将相应的编码送到外部设备显示和打印。字符编码的标准很多,目前国际通用的字符编码是 ASCII(American Standard Code for Information Interchange)码,即美国信息交换标准代码。

ASCII 码采用七位二进制编码,故可以表示 128 个字符,其中包括 10 个十进制数(0～9),52 个英文大写和小写字母(A～Z,a～z),32 个通用控制字符,34 个专用字符。例如数字 0～9 的 ASCII 编码为 30H～39H,英文大写 ABC…Z 的 ASCII 编码从 41H 依次往下编排。ASCII 码中有些字符不能打印输出,比如退格键、换行、回车等控制符。ASCII 码表见附录 A。

1.3.3 汉字编码

计算机发展之初,只能处理英文字母、数字和符号,不能处理汉字,这就大大地影响了计算机在我国的普及和发展。因此,20 世纪 80 年代初,我国开始了利用计算机对汉字信息进行存储、传输、加工等研究,形成了汉字信息处理系统。为了适应汉字信息处理技术发展的需要,国家标准局于 1981 年发布了《信息交换用汉字编码字符集(基本集)》,简称 GB2312 或国标码。

GB2312 以类似于 ASCII 码表的形式给出,将汉字和必要的非汉字字符排列在 94×94 方阵的区域中。方阵中每一个位置的行和列分别用一个 7 位二进制编码表示,分别对应于区码和位码。由于每一个汉字和非汉字字符对应于方阵中的一个位置,因此,可以将汉字和非汉字字符所在的位置的区码和位码作为它们的编码。区码和位码各占一个字节,所以在国标汉字编码中,每个汉字和非汉字字符占用两个字节。

1.4 计算机与人工智能之父图灵

阿兰·麦席森·图灵(Alan Mathison Turing),1912 年 6 月 23 日生于伦敦,英国数学家、逻辑学家、密码专家。

图灵被视为近代计算机科学之父。在数值计算与算法方面他提出了有限状态自动机的概念,为计算机的发展率先打开了理论之门。基于他在计算机领域所作的贡献,时代周刊将其列入 20 世纪最有影响力的百位名人。

1931 年图灵进入剑桥大学国王学院,毕业后到美国普林斯顿大学攻读博士学位,二战爆发后回到剑桥,曾协助军方破解德国的著名密码系统 Enigma,帮助盟军取得了二战的胜利。1936 年,图灵向伦敦权威的数学杂志投了一篇论文,题为"论数字计算在决断难题中的应用"(On Computable Numbers,With An Application To The Entscheidungs Problem)。在这篇开创性的论文中,图灵给"可计算性"下了一个严格的数学定义,并提出著名的"图灵机"(Turing Machine)的设想。"图灵机"不是一种具体的机器,而是一种思想模型,可制造一种十分简单但运算能力极强的计算装置,用来计算所有能想象得到的可计算函数。"图灵机"与"冯·诺依曼机"齐名,被永远载入计算机的发展史中。

1945 年,图灵带着大英帝国授予的荣誉勋章,来到英国国家物理研究所担任高级研究员。两年后,图灵写了一份内部报告,提出了"自动程序"的概念,但由于英国政府严密、死板的保密法令,这份报告一直不见天日。1969 年,美国的瓦丁格(Woldingger)发表了同样成果,英国才连忙亮出压在箱底的宝贝,终于在 1970 年给图灵的报告"解密"。图灵的这份报告后来收入爱丁堡大学编的《机器智能》论文集中。由于有了布雷契莱的经验,图灵提交了一份"自动计算机"的设计方案,领导一批优秀的电子工程师,着手制造一种名叫 ACE 的新型计算机。它大约用了 800 个电子管,成本约为 4 万英镑。1950 年,ACE 计算机就横空出世,开始公开露面,为感兴趣的人们玩一些"小把戏",赢得阵阵喝彩。图灵在介绍 ACE 的内存装置时说:"它可以很容易地把一本书的 10 页内容记住。"显然,ACE 是当时世界上最快、最强劲的电子计算机之一。

1946 年,在纽曼博士的建议下,皇家学会成立计算机实验室。纽曼博士是皇家学会会员,又是当年破译 Enigma 小组的成员,正是他对"赫斯·鲁宾逊"的制造起了关键作用。皇家学会的这一新实验室不在伦敦,而是设在曼彻斯特大学,由纽曼博士牵头负责。1946 年 7 月,研制基金到位,纽曼博士开始招募人选。阿兰·图灵也在次年 9 月加盟计算机实验室。一时间,曼彻斯特大学群英荟萃。实验室设在一幢维多利亚时代的老房子里,条件十分简陋,但因图灵他们的到来,也算是蓬荜生辉了。在 1948 年 6 月,这里造出了一台小的模型机,大家都爱叫它"婴儿"(Baby)。这台模型机用阴极射线管来解决存储问题,能存储 32 个字,每一字有 32 位字长。这是第一台能完全执行存储程序的电子计算机的模型。

1949 年 10 月,各项改进工作都已展开,夹在两层存储器之间的自动控制系统已正常运转,并能在程序的控制下,实现磁鼓和阴极射线管存储单元间信息交互。图灵设计出一些协同电路来做输入和输出的外设。有关的电动打字设备也是图灵通过老关系从他战时供职的外交部通信部门弄过来的,其中甚至包括一个战后从德国人那里收缴来的穿孔纸带键盘。这样,整个模型机已大功告成。在整个试验阶段,大家忙上忙下。1949 年底,模型机交付给曼彻斯特当地的一家叫弗兰尼蒂(Ferranti)的电子公司,开始正式建造。1951 年 2 月完工,通称"迈可 1 型"。它有 4000 个电子管,72 000 个电阻器,2500 个电容器,能在 0.1 秒内进行开平方根、求对数和三角函数的运算。比起先前的模型机"迈可 1 型"功能更为齐全,静电存储器的内存容量已翻倍,能存 256 个 40 位字长字,分别存在 8 个阴极射线管中,而磁鼓的容量能扩容到 16 384 个字,真是一项了不起的工程。

与冯·诺依曼同时代的富兰克尔(Frankel)在回忆中说:冯·诺依曼没有说过"存储程序"型计算机的概念是他的发明,却不止一次地说过,图灵是现代计算机设计思想的创始人。当有人将"电子计算机之父"的头衔戴在冯·诺依曼头上时,他谦逊地说,真正的计算机之父应该是图灵。当然,冯·诺依曼也当之无愧,他俩是计算机历史浩瀚星空中相互映照的两颗巨星。

早在 1945 年,图灵就提出"仿真系统"的概念,并有一份详细的报告,想建造一台没有固定指令系统的计算机。它能够模拟其他不同指令系统的计算机的功能,但这份报告直到 1972 年才公布。这说明图灵在二战结束后就开始了后来被称为"人工智能"领域的探索,他开始关注人的神经网络和计算机计算之间的关联。1950 年,图灵又来到曼彻斯特大学任教,同时还担任该大学自动计算机项目的负责人。就在这一年的 10 月,他又发表了另一篇题为《机器能思考吗?》的论文,成为划时代之作。也正是这篇文章,为图灵赢得了一顶桂冠——"人工智能之父"。在这篇论文里,图灵第一次提出"机器思维"的概念。他逐条反驳了机器不能思维的论调,做出了肯定的回答。他还对智能问题从行为主义的角度给出了定义,由此提出一种假想:即一个人在不接触对方的情况下,通过一种特殊的方式和对方进行一系列的问答,如果在相当长时间内,他无法根据这些问题判断对方是人还是计算机,那么,就可以认为这个计算机具有同人相当的智力,即这台计算机是能思维的,这就是著名的"图灵测试"。当时全世界只有几台计算机,根本无法通过这一测试。但图灵预言,在 20 世纪末,一定会有计算机通过"图灵测试"。终于他的预言在 IBM 的"深蓝"身上得到彻底实现。

当然，卡斯帕罗夫和"深蓝"之间不是猜谜式的泛泛而谈，而是你输我赢的彼此较量。

1954 年 6 月 8 日，图灵 42 岁，正逢进入他生命中最辉煌的创造顶峰的时候。这天早晨，女管家走进他的卧室，发现台灯还亮着，床头上还有个苹果，只咬了一小半，图灵沉睡在床上，一切都和往常一样。但这一次，图灵是永远地睡着了，不会再醒来……经过解剖，法医断定是剧毒氰化物致死，那个苹果是在氰化物溶液中浸泡过的。图灵的母亲则说他是在做化学实验时，不小心沾上的，她的"阿兰"从小就有咬指甲的习惯。但外界的说法是服毒自杀，一代天才就这样走完了人生。

20 世纪 60 年代后，美国计算机学会为表彰图灵在计算机和人工智能方面开天辟地的贡献，专门设立一年一度的"图灵奖"，颁发给最优秀的计算机和人工智能等方面的科学家。这枚奖章意味着计算机界的"诺贝尔奖"，能为计算机界的获奖者带来至高无上的荣誉。而阿兰·图灵本人，更被人们推崇为人工智能之父，在计算机以 10 倍速变化的历史画卷中永远占有一席之地。

第 2 章

计算机程序设计

主要内容

◆ 面向机器语言程序设计;

◆ 面向过程程序设计;

◆ 面向对象程序设计;

◆ 可视化程序设计;

◆ 图灵奖获得者 Alan Kay。

难点内容

面向对象程序设计。

2.1　面向机器语言程序设计

在计算机刚发明时,打孔机被用来直接进行机器指令程序设计,这就是最早的计算机程序,被称为面向机器的程序,这样的语言称为机器语言或称为二进制代码语言。机器语言是直接用二进制代码指令表达的计算机语言,二进制指令是由 0 和 1 组成的一串代码,它们有一定的位数,并分成若干段,各段的编码具有不同的含义。机器语言是最早的计算机语言,它不需要进行任何翻译就可以由计算机直接识别。因为不同机器的指令,其格式和代码所代表的含义有不同的规定,所以才被称为面向机器的语言,简称为机器语言。例如某台计算机字长为 32 位,即由 32 个二进制数组成一条指令。32 个 0 和 1 可组成不同的排列组合,经过线路传递转变为电信号,进而让计算机执行各种不同的操作。面向机器语言的最大优点是可以充分发掘硬件的潜力、扬长避短,拥有非常高的运行效率。

面向机器的程序设计语言主要有各种机器语言和汇编语言,尽管它们在计算机发展的早期起过重要的作用,但是其本身也存在固有的缺陷,例如:

(1) 程序员需要过度专注于大量复杂琐碎的细节,导致无法将有限的时间和精力投入到创造性的劳动中去,进而完成更重要的任务,如保证程序的正确性和效率。

(2) 开发人员要既能掌握程序设计的全局又能深入各个局部乃至实现的细节,就算是智力出众的人员也无法做到对二者的兼顾,容易出现差错,而导致程序的低可靠性和过长的开发周期。

（3）由于计算机能识别的机器语言与人类思维和表达方式的巨大差异，只有经过系统和长期培训的人员才能胜任程序开发工作，使得程序设计的普及率难以提高。

（4）机器语言的书面表现形式均为 0、1 序列，其可读性差，开发人员难以交流。

（5）机器语言过分依赖于具体的计算机，其可移植性和重用性差。

以上的缺点随着计算机技术的飞速发展和普及越来越阻碍软件的发展，因此，在 20 世纪六七十年代，一种全新的面向过程的程序设计方法被提出和使用。

2.2　面向过程程序设计

面向过程语言的开发初衷是希望把程序开发的注意力从完成特定任务或功能的机器转移到该问题的本身，其重点在于将待解决的问题和解决问题的具体方法、步骤用计算机能够理解的逻辑来描述。

面向过程程序设计的核心是数据结构和算法。具体来说就是用类似自然语言的形式描述对问题的处理过程，用数学表达式的形式描述对数据的计算过程。所以，面向过程的语言更加关注人们向计算机描述问题的求解过程，而不关心计算机的内部结构，所以又被称为高级语言。典型的面向过程语言有 BASIC、FORTRAN、COBOL、C、Pascal 等，它们类似于人类使用的自然语言，比机器语言更容易理解，从而改善了程序的可读性和可维护性；更重要的是，由于面向过程语言看重的是问题的求解过程而不依赖于特定的计算机，这大大提高了程序的可移植性和易推广性。

正是由于上述优点，自面向过程程序设计方法问世之后，就得到了业界广泛的肯定和应用，成为软件技术发展史上重要的一员，至今仍然发挥着它的作用。但是随着软硬件系统规模的飞速发展，面向过程程序设计也暴露出其难以管理和维护，程序可重用性低等无法解决的问题。因此，出现了面向对象程序设计语言。

2.3　面向对象程序设计

面向对象程序设计语言，与之前的各种程序设计语言相比，体现了一种全新的思维模式，而正是这种思维模式能够方便、快捷、有效地解决以往程序开发过程中所面临的在软件扩展、管理和复用方面的问题，使大规模软件的高效、高质地开发、管理、维护成为可能，才进一步在软件开发技术方面开拓一片新的广阔天地。

面向对象程序设计方法早在 20 世纪 60 年代就在实验室中提出了。最早的面向对象语言被认为是 1967 年挪威计算中心的 Kristen Nygaard 和 Ole-Johan Dahl 开发的 Simula 67 语言，它引入了数据抽象、类、对象和继承的概念。20 世纪 70 年代初，Alan Kay 所在的 Xerox PARC 研究小组提出 SmallTalk 原型，其中吸收了 Simula 67 的类的概念并结合了海龟绘图和图形界面等概念，之后在标准硬件的移植性等方面不断修改和加强又开发出 SmallTalk-80。SmallTalk-80 被认为是最纯正的面向对象语言，它对后来出现的面向对象语言，如 Object-C，C++，Eiffel 都产生了深远的影响。随着面向对象语言的出现，面向对象程序设计也就应运而生并迅速发展。之后，面向对象的概念和应用已超出了软件开发的范围,扩展到数据库系统、交互式界面、分布式系统、人工智能等众多领域。

面向对象程序设计具有封装、继承和多态三大特征,与传统的方法相比,面向对象的问题求解具有更好的可重用性、可扩展性和易管理性。

1. 可重用性

可重用性是指利用标准化的软件模块快速构建特定的应用系统,即在一个软件项目中开发的模块(如项目的组织、软件需求、设计、文档、实现、测试方法和测试用例等)都是可以被重复利用的有效资源,从而可以在多个不同的系统中发挥作用。据统计,开发一个新的应用系统,40%~60%的代码是重复以前类似系统的内容,重复比例有时甚至更高。因此,重用模块能节约软件开发成本,真正有效地提高软件生产效率,进而缩短开发周期;其次,能提高软件开发质量,降低软件开发和维护费用;再次,能生产更加标准化的软件,符合现代化大规模软件开发的需求。

2. 可扩展性

可扩展性是要求设计良好的软件能够快捷、容易地进行扩充和修改,并在必要的时候应用于适当的位置。面向对象程序设计的扩展性首先体现在它特别适合于在快速原型(详见5.2.5节)的软件开发方法中使用;另外易于完成系统的维护和升级工作,即仅需要维持原有系统框架,对类的定义进行扩充(利用继承)或修改,降低了维护和升级工作的工作量和费用。

3. 易管理性

面向过程的程序设计在开发过程中是以过程或函数为基础来实现整个软件系统的。当开发项目的规模很庞大时,其中涉及的过程和函数数量则会急剧增加,给管理和控制增加了难度。而面向对象程序设计方法的基本组织单位是类(包含属性和操作),随着软件项目规模扩大,其数量的增长速度远远小于同等情况下过程和函数数量的增长速度。例如,一个软件项目若采用面向过程程序设计方法实现,可能需要 5000 个过程或函数,如此数量的过程或函数是难以管理和控制的;而采用面向对象程序设计来实现,可能只需要 200 个类,平均每个类包括 25 个方法(未考虑面向对象的其他实现技术),就可以完成统一的功能。200 相对于 5000,无论是在管理难度还是控制的工作量上都形成了巨大的反差。由此可见面向对象的程序设计在管理上具有其他方法所无可比拟的优势。

2.3.1　基于 C++ 的面向对象程序设计

C++最初叫做"带类的 C",很明显它是 C 的增强版本。而这种语言是由美国 AT&T 贝尔实验室的本贾尼·施特劳斯特卢普(Bjarne Stroustrup)博士于 1980 年提出来的,到 1983 年才改名为 C++。C++在维持 C 原来优点的基础上,借鉴了 Simula 67 的面向对象的思想,将这两种程序设计语言的优点相结合。C++的程序在结构清晰、易于扩展、易于维护的同时又不失效率,但 C++能够完全兼容 C 语言,很多用 C 写的应用程序都可以在 C++环境中使用,所以其不是纯粹的面向对象语言,而是一种混合型的面向对象语言,它既支持面向对象的程序设计方法,又支持面向过程程序设计方法。C++成功构造了许多高性能的软件,如《魔兽世界》等网络游戏,百度搜索引擎以及主流的 3 种操作系统 Windows,Linux 和 UNIX 的上层高级特性。C++与 C 相比,具有三个重要的特征,从而使其优越于 C。

　　第一个特征是封装性,即支持抽象数据类型(Abstract Data Type,ADT)。在 C++中抽象数据类型表现为类,是对相同类型的对象的抽象,而对象是封装了数据和操作这些数据的代码的逻辑实体,它实现了对数据和代码的有效保护和不同访问权限,可避免程序其他无关部分的干扰或使用对象的私有部分,这是 C 所无法实现的。

　　第二个特征是多态性,即不同内部结构的对象可以共享相同的外部接口。C++既支持静态联编又支持动态联编(虚函数的支持下实现),而 C 仅支持前者。

　　最后一个特征是继承性,继承使得某个类型的对象能获得另一个类型的对象的特征。通过继承可以实现代码重用。

2.3.2　基于 Java 的面向对象程序设计

　　Java 由 Sun 公司参与“Green 计划”的詹姆斯·高斯林(James Gosling)等人于 20 世纪90 年代初开发。该计划最初的目标设定为下一代智能家电小型系统的编程语言,来解决诸如微波炉、电视机顶盒、闹钟、烤面包机等家用电器的控制和通信问题。团队起初考虑使用C 语言,但是由于 C 的移植性、安全性和多线程等方面的功能不足,才决定开发一种适合项目需求的新语言。该语言最初被命名为 Oak(橡树,硅谷很常见的树),并逐步趋于成熟,但由于商业方面的原因该项目被束之高阁,直到 1993 年 WWW(万维网)的迅速发展而重现生机。Sun 公司发现这种技术在创造含动态内容的 WWW 网页上有突出的优势,便组织人力对其进行重新开发和改造。但 Oak 已经被一家显卡制造商注册因此才更名为 Java(印尼爪哇岛产的咖啡)。1995 年 5 月 23 日,Java 和基于 Java 的小型万维网浏览器 HotJava 在Sun World 大会上被正式推出。

　　1995 年 9 月,Netscape(网景)公司发布了其广为流传的著名 WWW 浏览器软件Navigator 2.0,该浏览器支持 Java 程序,从而为 Java 登上历史舞台和其快速推广奠定了基础。其后,IBM、Microsoft、DEC 等数百家公司纷纷购买 Java 使用权并利用 Java 开发软件硬件应用。从 1996 年起,Sun 公司不断推出免费的 Java 编程环境 JDK,其版本从最初的 1.0 到现在的 1.6。随着 Java 技术的快速发展,大批的 Java 应用涌现出来,其中软件方面的代表有 IBM 公司的 WebSphere 应用服务器等,硬件方面的代表有 TCI 电信公司开发的采用Personal Java 为操作系统的数字顶置盒等。

　　据 TIOBE 网站 2010 年 11 月截止的统计,编程语言排行榜上的第一位仍然是 Java,全球使用率达 17.999%。Java 语言之所以在众多编程语言中能遥遥领先,除当今业界的应用需求决定外,其自身突出的优势也是必不可少的原因。作为一种通用语言,Java 语言可以说几乎是完美的,使用 Java 语言可以开发出面向对象的、平台无关的、健壮、完全高性能的程序。Java 语言的主要特点有以下 7 点。

1. 面向对象

　　Java 语言是一种完全面向对象的语言。它支持类、接口和继承等面向对象的特性,同时只支持类间的单继承,但支持接口间的多继承和类与接口间的实现机制。

2. 平台无关性

Java语言所具有的平台无关性是指：使用Java语言编写的程序能够不做修改地在任何一台计算机上正确运行，即所谓的"一次编写，到处运行"，从而大大降低了开发、维护和管理的开销。

3. 分布式开发

Java语言支持Internet应用的开发，能够方便地开发出包括客户端（Applet）、本地（Application）和服务器端（Servlet、JSP）的多种不同运行机制的网络应用程序。此外，Java应用编程接口中的网络应用接口提供了用于网络应用编程的类库，使开发者能比较容易地实现基于TCP/IP的分布式应用系统。

4. 安全性

Java语言具有很高的健壮性与安全性。Java的强类型机制、异常处理、垃圾自动回收都保证了其健壮性。除了Java语言的很多安全特性外，字节代码检查，安全管理机制都让Java应用设置了安全哨兵。

5. 内存自动管理

Java语言实现了无用内存自动回收功能。垃圾收集器周期性回收无用的存储单元。

6. 支持多线程

Java不但支持多线程功能，而且提供多线程间的同步机制，即定义了一些用于建立、管理多线程的类和方法，使得开发人员能容易、有效地开发具有多线程功能的程序。

7. 简单易学

Java语言既去掉了C++中很少用的、难以理解的部分，又几乎具有和C/C++语言一模一样的基本语法。这样，大多数C/C++程序员很容易学习和使用Java。

2.4 可视化程序设计

以"所见即所得"的编程思想为原则力求实现可视化的编程，即随时看到程序设计的结果，程序的每一次调整都能在结果上立刻显示出来的程序设计方式就是可视化程序设计。可视化（Visualization）是利用计算机图形学和图像处理技术，将数据转换成图形或图像在屏幕上显示出来，并进行交互处理的理论、方法和技术。

与传统的编程方式相比，可视化编程中的"可视"指的是不需要编程，只利用直观的操作方式就能够完成界面的设计工作，主要包括两种方式：

第一，利用编程语言（如C++，C♯，.NET等）将二维或三维可视化技术通过编程完美地呈现在像计算机屏幕、信号显示器、离子液晶器等终端媒介上。

第二，通过二次开发技术来显示需要的二维或三维图或者其他表格、文字、影像图、纹理贴图、地形高程图、等高线图等,采用基于已有组件的二次编程来实现图形、图像的全方位显示。

可视化程序设计的最大优点就是开发人员无需或只需完成很少的代码,就能够达到界面设计的目的,从而大大减少开发时间,提高程序开发的效率。

2.4.1　Microsoft 公司的可视化工具

Visual C++是一个功能强大的可视化软件开发工具。自 1993 年 Microsoft 公司推出 Visual C++ 1.0 后,随着其新版本的不断问世,Visual C++已成为专业程序员进行软件开发的首选工具。虽然微软公司推出了 Visual C++ .NET(Visual C++7.0),但它的应用有很大的局限性,只适用于 Windows 2000,Windows XP 和 Windows NT 4.0。所以实际中,更多的是以 Visual C++ 6.0 为平台。Visual C++ 6.0 不仅是一个 C++编译器,而且是一个基于 Windows 操作系统的可视化集成开发环境(Integrated Development Environment,IDE),如图 2.1 所示。Visual C++ 6.0 由许多组件组成,包括编辑器、调试器以及程序向导 AppWizard、类向导 Class Wizard 等开发工具。这些组件通过一个名为 Developer Studio 的组件集成为和谐的开发环境。

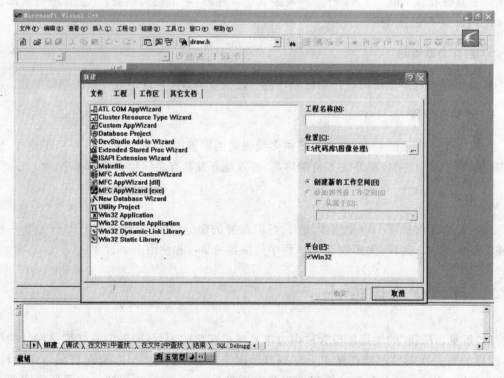

图 2.1　Visual C++可视化程序设计界面

1998 年,微软公司发布了 Visual Studio 6.0。所有开发语言的开发环境版本均升至 6.0。由于微软公司对于 Sun 公司 Java 语言扩充导致与 Java 虚拟机不兼容而被 Sun 告上法庭,微软在后续的 Visual Studio 中不再包括面向 Java 虚拟机的开发环境。2002 年,Visual Studio .NET 推出,微软引入了建立在.NET 框架上的托管代码机制以及一门新的语言 C#。C#是一门建立在 C++和 Java 基础上的现代语言,是编写.NET 框架的语言。2003 年,微软对

Visual Studio 2002 进行了部分修订,以 Visual Studio 2003 的名义发布(内部版本号为 7.1)。Visio 作为使用统一建模语言(UML)架构应用程序框架的程序被引入,同时被引入的还包括移动设备支持和企业模板。2005 年,微软发布了 Visual Studio 2005。.NET 字眼从各种语言的名字中被抹去,但是这个版本的 Visual Studio 仍然还是面向.NET 框架的(版本 2.0)。它同时也能开发跨平台的应用程序,如开发使用微软操作系统的手机的程序等。总体来说是一个非常庞大的软件,甚至包含代码测试功能。这个版本的 Visual Studio 包含有众多版本,分别面向不同的开发角色,同时还永久提供免费的 Visual Studio Express 版本。经过 Visual Studio 2008 的进一步发展和扩充,Visual Studio 2010 于 2010 年 4 月 12 日在中国北京率先上市,公布的软件包如图 2.2 所示,Visual Studio 程序设计界面如图 2.3 所示。

图 2.2 Visual Studio 2010 软件包安装界面

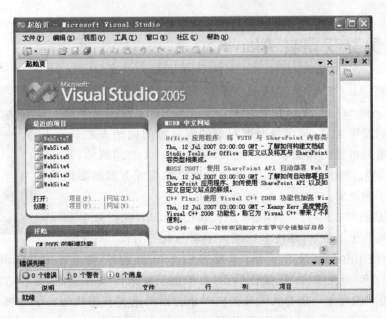

图 2.3 Visual Studio 程序设计界面

2.4.2 基于 Java 的可视化程序设计

Visual Editor Project(VEP)由 Eclipse 开源项目推出。VEP 项目使得功能强大的 Eclipse 平台在 Java 开发方面又增加了一个可视化 Java 组件开发利器。它让 Java 开发者再也不用依赖其他的 IDE(Integrated Development Environment)产品来做 GUI(Graphical User Interface)界面方面的工作。所有的开发,从应用程序界面到业务逻辑的开发,都可以在 Eclipse 平台上完成,Eclipse 嵌入 Visual Editor 插件后的界面如图 2.4 所示。

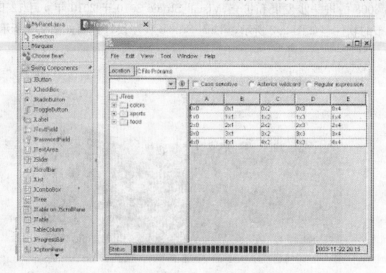

图 2.4 Eclipse 可视化界面

2.5 图灵奖获得者 Alan Kay

阿伦·凯(Alan Kay)于 1940 年 5 月 17 日出生在美国的马萨诸塞州(Massachusets)的 Sprinfield。Alan 是 Smalltalk 面向对象编程环境语言的发明人之一,也是面向对象编程思想的创始人之一,还是笔记本电脑最早的构想者和现代 Windows GUI 的建筑师,是最早提出 PC 概念的人。2003 年,由于在面向对象编程方面的原创思想而获得了图灵奖。

1966 年从科罗拉多大学(University of Colorado)获得数学和分子生物学的学士学位后,他进入犹他大学学习电气工程。在上学期间,他开始使用由 Ivan Sutherland 开发的 Sketchpad 程序,并开始用 Simula 仿真语言编写程序。1967 年,他为 Flex 机设计界面,由于过于复杂而没有成功,他开始用图标编程。1969 年,阿伦·凯写了一篇有关图形面向对象方面的论文获得犹他大学的博士学位,接着在斯坦福人工智能实验室担任教学工作。在犹他大学期间,Kay 参与研制了 Sutherland(1988 年图灵奖得主)的第一个计算机图形系统 Sketchpad。1970 年,Kay 加入了著名的施乐(XEROX)在 Palo Alto 的研究院 PARC,在 PARC 期间,Kay 参与了许多个人计算机的研发工作,最大的贡献是成为面向对象编程语言 SmallTalk 的主创之一。Smalltalk 是按照阿伦·凯的单独个体(即"细胞")生物学模型来设计的,个体之间可通过"信息"相互交流。后来,他的 Smalltalk 成了面向对象语言的鼻祖之一。

1970 年,施乐建立了一个长期的研究中心,聘请了曾是 ARPA 成员的空想家鲍勃·泰勒负责,简称 PARC 研究中心,阿伦·凯成了他的第一个雇员,泰勒给凯提供了"按照自己直觉工作"的机会。阿伦·凯组建了学习研究工作组(LRC),自己出任经理。在领导 PARC 研究小组期间,凯也做出了一个笔记本电脑的模型,名为 Dynabook。阿伦·凯的 Dynabook 是现代笔记本电脑的先驱。当时个人计算机技术尚处于襁褓期,但阿伦·凯的设计中却已包含了许多未来的技术,比如平板显示器和无线通信系统。1993 年,阿伦·凯的 Dynabook 理念终于成为现实,化为了苹果公司的 Newton,但是这个产品距离他的梦想还是太遥远了。Newton 成了一件缺陷百出的产品,并且成了苹果公司的噩梦。

1979 年,在阿伦·凯的邀请下,乔布斯、Teff Raskin 以及其他苹果公司的元老们来到 PARC 参观。他们一下子被阿伦·凯的理念所吸引,认为这就是未来之路。他们对视窗图形用户界面印象深刻,对 Smalltalk 语言的灵活性也大为惊奇。阿伦·凯在 PARC 的工作就是苹果 Macintosh 的种子,甚至今天最流行的操作系统——微软 Windows——也是阿伦·凯理念的孙子。

1984 年,阿伦·凯加盟苹果,这使他有时间和金钱开始研究他那长期以来的梦想。同一年,一台以图形界面为中心并为市场广泛接受的计算机——Macintosh 诞生。接下来的几年中,阿伦·凯住在洛杉矶,但在全国各地四处奔波。在 MIT 担任过一段时间的教学工作,也间或为苹果工作。

1991 年,在接受《Byte》杂志的采访中,阿伦·凯透露他在研究"基于代理的系统",且在编写一种新的计算机语言,可在计算机中构建仿真智能,使机器能够自己告诉自己,下一步要干什么。一个"代理"就是计算机的智能内核。在这篇文章中,凯预言基于"代理"的商用系统将在 2000 年出现。他预想了计算机能够通过用户来学习,并且适应用户的需求。同时他也迫切希望他的"Dynabook"最终能够得到大规模的推广。

在 20 世纪 70 年代的一份备忘录上,阿伦·凯还正确预言到,20 世纪 90 年代将有成百万的个人计算机,而且都将连接到全球公用的信息设施上(类似今天的互联网),这也印证了他的一个著名的论点:"The best way to predict the future is to invent it"(预测未来的最好办法,就是把它创造出来)。

第3章

网络基础

3.1 计算机网络概述

进入 20 世纪 90 年代以后，以因特网（Internet）为代表的计算机网络得到飞速发展，已从最初的教育科研网络逐步发展成为商业网络，因特网正在改变和影响着人们工作和生活的各个方面，它已经给很多国家带来了巨大的效益，并加速了全球信息化革命的进程。可以说，因特网是自印刷术以来人类通信方面的最大变革。

1993 年 9 月 15 日，美国政府发布了一个在全世界引起很大反响的文件，其标题是"国家信息基础结构 NII(National Information Infrastructure)行动计划"。这个文件提出，高速信息网是国家信息基础结构的一个重要组成部分。1994 年 9 月美国又提出建立全球信息基础结构 GII(Global Information Infrastructure)，建议将各国的 NII 互联起来组成世界范围的信息基础结构，当前的因特网就是这种全球性的信息基础结构的雏形。世界各国都已经制订了本国建设信息基础结构的计划，使得计算机网络的发展进入到高速发展的历史阶段，也变成了几乎人人都知道而且十分关心的热门学科。

3.1.1 计算机网络的定义与发展

计算机网络最简单的定义是：一些互相连接的、自治的计算机的集合。若按此定义，早期的面向终端的网络都不能算是计算机网络，而只能称为联机系统（因为那时的许多终端不是自治的计算机)。但随着硬件价格的下降,许多终端都具有一定智能,因而"终端"和"自治"的计算机逐渐失去严格界限。因此,若用微型计算机作为终端,按上述定义,则早期的那种面向终端的网络也可称为计算机网络。

计算机网络源于计算机与通信技术的结合,始于 20 世纪 50 年代,近 60 年来得到迅猛发展。由单机与终端之间远程通信,到今天世界上成千上万计算机互联,其发展经历了以下几个阶段。

1. 面向终端的计算机网络

面向终端的计算机网络产生于 20 世纪 50 年代初,它是将一台大型计算机通过通信线路与若干台终端设备直接相连,见图 3.1。计算机处于主控地位,承担数据处理和通信控制的工作,而终端一般只具备输入、输出功能,处于从属地位。通常将具有以上特征的系统称为面向终端的计算机网络系统。面向终端的计算机网络是一种主从式结构,这种网络与现代计算机网络的概念并不同,但它是现代计算机网络的雏形。

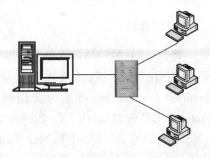

图 3.1 面向终端计算机网络

在这种系统中,一端是由键盘和显示器构成的终端机,它们不具备处理数据能力,只能发出请求叫另一端做什么,另一端是具有计算能力的主机,可以同时处理多个远方终端发来的请求。

联机终端网络与多处理机网络相比较具有以下缺点:

(1) 主机负荷较重,既要承担通信功能,又要承担数据处理,主机的效率低。

(2) 通信线路利用率低,尤其在远距离时,分散的终端都要单独占有一条通信线路,费用高。解决的方法是在终端聚集的地方采用远程线路集中器,以降低通信费用。

(3) 这种结构属于集中控制,可靠性低。

2. 分组交换网

现代计算机网络产生于 20 世纪 60 年代中期,网络基本结构如图 3.2 所示,它利用传输介质(如双绞线等)将具有独立功能的计算机连接起来。这种网络的典型是美国国防部高级研究计划局研制的 ARPANET。美国军方要求这种网络必须具有很强的生存性,能够适应现代战争的需要。根据这一要求,专家们提出将分组交换技术应用于 ARPANET 中,引入分组交换技术大大推动了计算机网络的发展。

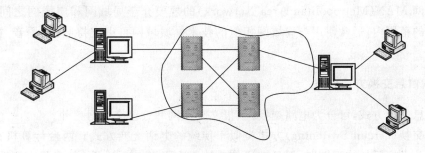

图 3.2 分组交换网的基本结构

3. 体系结构化的计算机网络

随着组网技术、方法和理论的研究日趋成熟,为促进网络产品的开发,各大计算机公司纷纷制订自己的网络技术标准,最终促成国际标准的制定。到 20 世纪 70 年代末,国际标准化组织 ISO(International Standardization Organization)成立专门工作组来研究计算机网络的标准,制定了"开放系统互连参考模型"OSI(Open System Interconnection),它意在方便地将各种计算机互联成网络,这种遵循网络体系结构标准的网络称为第三代网络。今天,所有网络产品厂商的产品都是开放系统,不遵从国际标准的产品将失去市场,这种统一的、标准化的 IT 产品的市场给网络技术的发展带来了繁荣。

4. 因特网

目前,计算机网络的发展处于第 4 阶段,这个时期计算机网络的特点是互联、高速和商业化应用。1983 年,传输控制协议/网际协议 TCP/IP(Transmission Control Protocol/Internet Protocol)被批准为美国军方规定的网络通信协议。同年,ARPRNET 分化为 ARPANET 和 MILNET 两个网络。1984 年,美国国家科学基金会决定将教育科研网(NSFNET)与 ARPANET、MILNET 合并,全部采用 TCP/IP 运行,向世界范围扩展,并命名为 Internet。Internet 的出现和发展,对世界经济、社会、科学、文化等多个领域产生了深刻的影响。

3.1.2　计算机网络的分类与功能

计算机网络有多种的分类方法,下面简单介绍几种常见的网络类型及分类方法。

1. 按网络的地理范围分类

按地域覆盖范围,可把计算机网络分为局域网、广域网和城域网三种。

局域网 LAN(Local Area Network)一般限定在较小的区域内,通常采用有线的方法连接起来。其分布范围局限在一个办公室、一幢大楼或一个校园内。局域网常用的硬件设备有:网卡(NIC)、集线器(Hub)和交换机(Switch)。

广域网 WAN(Wide Area Network)也称远程网,其分布范围可覆盖一个省、一个国家,甚至全球范围。广域网的典型代表是因特网。广域网常用设备有路由器(Router)、调制解调器(Modem)。

城域网 MAN(Metropolitan Area Network)的规模介于局域网和广域网之间,局限在一座城市的范围内,通常使用与局域网相似的技术。城域网可以支持数据、语音、视频与图形传输等。

2. 按信息交换方式分类

按信息交换方式,可分为电路交换网、报文交换网和分组交换网三种。

电路交换(Circuit Switching)方式类似于传统的电话交换方式。两台计算机在相互通信时使用一条实际的物理链路,并且在通信时始终占用它。该方式的特点是实用性好、不会产生"阻塞",但浪费信道容量;而且,要求两台计算机的通信速度必须相同。

报文交换(Message Switching)方式采用存储转发原理。其特点是：通信双方不独占一条物理链路，提高了线路利用率；可以将信息发送给不同的接收方；不同速率之间的用户可以通信，这是电路交换方式所做不到的。但是，报文交换方式也有实时性差、需要较大容量存储设备等缺点。

分组交换(Packet Switching)方式又称包交换方式，该方式综合了电路交换和报文交换的优点。其特点是：通信资源可被多个用户共享，线路利用率大大高于电路交换和报文交换；不但可以实现一点发、多点发，还可多点同时通信。

3. 按网络的传输介质分类

按照传输介质可以将网络分成有线网和无线网两大类。有线网的传输介质为：同轴电缆、双绞线和光纤。无线网的传输介质为红外线和微波等。

4. 按网络的拓扑结构分类

网络拓扑结构是指网络上各计算机之间连接的方式，换句话说，是指网络中通信线路和各站点(计算机或设备)的物理布局，特别是计算机分布的位置以及电缆的连接形式。按拓扑结构来分类，计算机网络可分为星型网、环型网、总线网和树型网。

星型网络是各站点(计算机或设备)通过点到点的链路与中心处理机(也是一台计算机)相连，相关站点之间的通信都依靠中心处理机进行，如图 3.3 所示。星型网络的优点是很容易在网络中增加新的站点，数据的安全性和优先级容易控制，易实现网络监控。星型网络的缺点之一是中心处理机的负担较重，而且，一旦发生故障会引起整个网络瘫痪，因此，要求中心处理机的可靠性要很高。另外，由于每个站点都要和中心处理机直接连接，因而需要耗费大量的电缆。

环型网络是将各站点通过传输介质依次连成一个封闭的环型，信息沿着环型线路传输，如图 3.4 所示。环型网络的一个例子是令牌环局域网，这种网络结构最早由 IBM 推出，但现在被其他厂家采用。在令牌环网络中，拥有"令牌"的设备允许在网络中传输数据。这样可以保证在某一段时间内，网络中只有一台设备可以传送信息。环型网络的优点是一次通信信息在网中传输的最大时间是固定的，因而网络上不会出现阻塞和死锁现象，容易安装和监控，而且，与星型网络相比，电缆的消耗量大大减少。缺点是一个站点的故障可能导致整个网络终止运行。

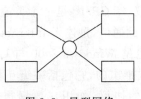

图 3.3 星型网络

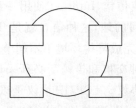

图 3.4 环型网络

总线型网络中所有的站点共享一条数据通道，如图 3.5 所示。任何一个站点发送的信息都沿同一通道传输，而且能够被所有其他的站点接收。人们常提到的以太网就是总线型网络最主要的实现，它目前已经成为局域网的标准。总线型网络的优点是安装简单方便，电缆的消耗最小,成本低;而且,增加或减少站点对整个网络工作的影响不大。缺点是同一时刻只能有两个网络站点相互通信;通信介质的故障会导致网络瘫痪;而且,总线型网络的安全性较低,监控比较困难。

在树型结构中,结点按照层次进行连接,信息交换主要在上下结点间进行。其形状像一棵倒置的树,顶端为根,从根向下分支,每个分支又可以延伸出多个子分支,一直到树叶,如图 3.6 所示,这种结构易于扩展,但是一个非叶子结点发生故障很容易导致网络分割。

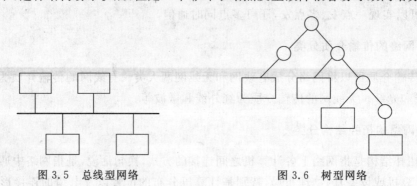

图 3.5 总线型网络   图 3.6 树型网络

计算机网络主要功能是资源共享、信息通信和分布式处理。

(1)资源共享。网络资源主要指计算机网络中的硬件和软件资源。资源共享可使连接到网络中的用户对资源进行浏览和查询等操作,从而大大提高网络资源的利用率。

(2)数据通信。数据通信是计算机网络最基本的功能,它主要完成网络中各个节点之间的通信。计算机网络提供了快捷、方便的信息交流方式,人们可以在网络上收发 E-mail,发布 Web 网页,开展电子商务、远程教育、远程医疗等活动。

(3)分布式处理。利用计算机网络技术,可以将许多计算机连接成具有更高性能的计算机系统,使计算机网络具有解决复杂问题的能力。对于复杂的大型计算问题,可以采用合适的算法,将计算任务分布到网络中不同的计算机上分别进行处理。

3.1.3 TCP/IP 协议

计算机网络是由许多计算机组成的,要实现网络内的计算机之间相互传输数据,必须要做两件事,数据传输的目的地址和保证数据迅速可靠传输的措施,这是因为数据在传输过程中很容易丢失或传错,Internet 使用一种专门的计算机语言(协议),以保证数据安全、可靠地到达指定的目的地,这种语言就是 TCP/IP 协议。TCP/IP 是一个普遍使用的网络互连标准协议,它可完成异构环境下不同节点之间的彼此通信,是连入 Internet 的所有计算机在网络上进行各种交换和传输所必须采用的协议,也是 Windows 2000 与 UNIX 等操作系统互连所采用的协议。TCP/IP 协议是以套件的形式推出的,它包括一组互相补充、互相配合的协议,TCP/IP 协议套件包括 TCP、IP 和其他的协议,如用户数据报协议 UDP(User Datagram Protocol)等,它们相互配合,实现网络上的信息通信。

1. TCP 协议

TCP 把数据分成数据单元,用到达目的地的信息进行包装,接收端则将这些数据单元进行重组。TCP 建立一条虚拟通信回路,以在源节点与目标节点之间形成一条临时的通信路径,将数据包(已包含封装的源、目的端口号的报头)的流动限制在建立好的路径内,从而确保信息的可靠传输。

2. IP 协议

IP 协议处于 TCP/IP 协议的网络层,要完成数据从一个节点向另一个节点的移动。IP 传输的数据包,它不含错误检测或错误恢复的编码,属不可靠协议,但位于传输层的 TCP 协议提供了错误检测和恢复机制。而且传输的数据包都是独立的,不分前后顺序,可见其主要功能是为数据的发送寻找一条通向目的地的路径。

1) 标准的 IP 地址

无论是从使用 Internet 的角度还是从运行 Internet 的角度看 IP 地址和域名都是十分重要的,当一个用户与 Internet 上其他用户进行通信时,或者寻找 Internet 的各种资源时,都会用到 IP 地址或者域名。IP 地址是 Internet 主机的一种数字型标识,它由两部分构成,一部分是网络标识(netid),另一部分是主机标识(hostid)。

网络标识	主机标识

目前所使用的 IP 协议版本规定:IP 地址的长度为 32 位。Internet 的网络地址可分为五类(A 类至 E 类),其中 A、B、C 三类由各国互联网信息中心在全球范围内统一分配,D、E 两类地址为特殊地址。每一类网络地址中 IP 地址的结构即网络标识长度和主机标识长度都有所不同。

A类:
0	7 8	31
0　网络标识		主机标识

凡是以 0 开始的 IP 地址均属于 A 类网络地址。A 类地址用第一个字节表示网络类型和网络标识号,后三个字节标识主机标识号。其中第一个字母的高 1 位设为 0,其余 7 个位标识网络地址,最多可有 126 个网络标识号,3 个字节标识主机,每个网络最多可提供大约 1678 万个主机地址。国家级网络和大型的组织用 A 类地址。

B类:
0 1	15 16	31
10　网络标识		主机标识

凡是以 10 开始的 IP 地址都属于 B 类网络。B 类地址用前两个字节表示网络类型和网络标识号,后两个字节标识主机标识号。其中第一个字节的两个最高位设为 10,其余 6 位和第二个字节标识网络地址,最多可提供 16 384 个网络标识号,两个字节标识主机,每个网络最多可提供大约 65 534 个主机地址。B 类地址适用于主机数量较大的中型网络。

C类:
0 1 2	23 24	31
110　网络标识		网络标识

凡是以 110 开始的 IP 地址都属于 C 类网络。C 类地址用前三个字节表示网络类型和网络标识号,后一个字节标识主机标识号。其中第一个字节的三个最高位设为 110,其余 5 位和后面两个字节标识网络地址,最多可提供约 200 万个网络标识号,每个网络最多可提供 254 个主机地址。适用于小型网络,如公司、院校等。

特殊的 IP 地址(D、E 类),例如,网络标识号 127 用来循环测试,不能作其他用途;主机地址全为 0 代表一个网络或子网,全为 1 代表一个网络或子网的广播地址。因此,主机地址中全为 0 或 1 的地址不可用。

由此可见 A 类网络 IP 地址的网络标识长度为 7 位,主机标识的长度为 24 位。B 类网络 IP 地址的网络标识的长度为 14 位,主机标识长度 16 位。C 类网络 IP 地址的网络标识长度为 21 位,主机标识长度为 8 位。这样可以容易地计算出 Internet 整个 IP 地址空间的各类网络数目和每个网络地址中可以容纳的主机数目。有些 IP 地址是作为保留的,如 127.0.0.1 是作为测试本地网络连接状况测试的 IP 地址,在命令提示符窗口输入"ping 127.0.0.1",如图 3.7 所示,可以看到本地网络发送数据包成功与失败情况。

图 3.7　测试本地网络连接情况

从表 3.1 看出,A 类网络地址数量最少,可以用于主机数多达 1600 多万台的大型网络,B 类网络适用于中等规模的网络,C 类网络地址适用于主机数不多的小型网络。

表 3.1　各类地址的网络数与主机数

	数字范围	网络数	主机数
A 类地址	1～126	126	16 777 217
B 类地址	128～191	16 284	65 534
C 类地址	192～223	2 097 152	254

由于二进制不容易记忆,通常用四组三位的十进制数表示,中间用小数点分开,每组十进制数代表 8 位二进制数,其范围为 0～255,但是 0 和 255 这两个地址在 Internet 上有特殊用途(用于广播),因此,实际上每组数字可以真正使用的范围是 1～254。例如:某公司主机的 IP 地址可表示为:212.7.13.168,相对于二进制形式表示要直观得多。

2) 域名、域名系统和域名服务器

IP 地址是一种数字型网络标识和主机标识,数字型标识对计算机网络来讲自然是最有效的,但是对使用网络的人来说有不便记忆的缺点,为此研究出一种字符型标识,这就是域名。目前所使用的域名是一种层次型命名法。

第 n 级子域名	…	第二级子域名	第一级子域名

这里一般：$2 \leqslant n \leqslant 5$。域名以一个字母或数字开头和结尾，并且中间的字符只能是字母、数字和连字符，标号必须小于 255。

网络信息中心（NIC）将第一级域名的管理特权分派给指定管理机构，各管理机构再对其管理下的域名空间继续划分，并将各子部分管理特权授予子管理机构，如此下去，便形成了层次型域名，由于管理机构是逐级授权的，所以最终的域名都得到 NIC 承认，成为 Internet 全网中的正式名字。第一级子域名是一种标准化的标号，如表 3.2 所示。

表 3.2　第一级子域名

域　　名	意　　义	域　　名	意　　义
gov	政府部门	net	主要网络支持中心
edu	教育机构	org	上述以外的机构
com	商业组织	int	国际组织
mil	军事部门		

Internet 地址中的第一级域名和第二级域名由 NIC 管理，我国国家级域名（cn）由中国科学院计算机网络中心（NCFC）进行管理，第三级以下的域名由各个子网的 NIC 或具有 NIC 功能的节点自己负责管理。

把域名翻译成 IP 地址的软件称为域名系统（DNS）。从功能上说，域名系统基本上相当于一本电话簿，已知一个姓名就可以查到一个电话号码，它与电话簿的区别是可以自动完成查找过程。现在，完整的域名系统应该具有双向查找功能。

3.1.4　IPv6

现有的互联网是在 IPv4 协议的基础上运行的。IPv6 是下一版本的互联网协议，也可以说是下一代互联网的协议，它的提出最初是因为随着互联网的迅速发展，IPv4 定义的有限地址空间将被耗尽，而地址空间的不足必将妨碍互联网的进一步发展。为了扩大地址空间，拟通过 IPv6 以重新定义地址空间。IPv4 采用 32 位地址长度，只有大约 43 亿个地址，目前几乎被分配完，而 IPv6 采用 128 位 16 进制的地址长度，几乎可以不受限制地提供地址。按保守方法估算 IPv6 实际可分配的地址，整个地球的每平方米面积上仍可分配 1000 多个地址。在 IPv6 的设计过程中除解决了地址短缺的问题以外，还考虑了在 IPv4 中解决不好的其他一些问题，主要有端到端 IP 连接、服务质量（QoS）、安全性、多播、移动性、即插即用等。

与 IPv4 相比，IPv6 主要有如下一些优势。

（1）明显地扩大了地址空间。IPv6 采用 128 位地址长度，几乎可以不受限制地提供 IP 地址，从而确保了端到端连接的可能性。

（2）提高了网络的整体吞吐量。由于 IPv6 的数据包可以远远超过 64KB，应用程序可以利用最大传输单元（MTU），获得更快、更可靠的数据传输，同时在设计上改进了路由选择结构，采用简化的报头定长结构和更合理的分段方法，使路由器加快数据包处理速度，提高了转发效率，从而提高了网络的整体吞吐量。

（3）使得整个服务质量得到很大改善。报头中的业务级别和流标记通过路由器的配置可以实现优先级控制和 QoS 保障，从而极大地改善了 IPv6 的服务质量。

(4) 安全性有了更好的保证。采用 IPSec 可以为上层协议和应用提供有效的端到端安全保证，能提高在路由器水平上的安全性。

(5) 支持即插即用和移动性。设备接入网络时通过自动配置可自动获取 IP 地址和必要的参数，实现即插即用，简化了网络管理，易于支持移动节点。而且 IPv6 不仅从 IPv4 中借鉴了许多概念和术语，它还定义了许多移动 IPv6 所需的新功能。

(6) 更好地实现了多播功能。在 IPv6 的多播功能中增加了"范围"和"标志"，限定了路由范围，可以区分永久性与临时性地址，更有利于多播功能的实现。

当前一些操作系统已经开始支持 IPv6，如 Windows 7 等操作系统。

3.2 网格计算

网格(Grid)的构想源于电力网(Power Grid)，其基本思想就像人们日常生活中从电网中获取电能一样获取分布在网络上强大而丰富的高性能的计算能力。网格是继传统因特网、万维网之后的第三代因特网应用。传统因特网实现了计算机硬件的连通，Web 实现了网页的连通，而网格则试图实现互联网上所有资源的全面连通，即将互联网上的资源整合成一台超级服务器，形成对用户相对透明的虚拟的高性能计算环境，最终实现网络虚拟环境上的资源共享和协同工作，有效地提供计算服务、内容服务、存储服务等。为了充分地聚集分散的计算能力，共享网上资源，如何建立合理有效的网格体系结构是构架网格系统的核心问题。

1. 网格的定义与特点

网格是一种无缝、集成的计算和协作环境，它能够提供虚拟的、无限制的计算和分布数据资源，实现虚拟组织(Virtual Organizations)的资源共享和问题求解，其具有如下特点。

(1) 虚拟性，网格中的资源和用户都要经过抽象，把实际的用户和资源虚拟化为网格用户和网格资源。网格用户使用标准、开放、通用的协议和界面，可以访问网格中的各种资源，但实际的用户和物理资源是相互不可见的，资源对外提供的只是一个虚拟化的接口。

(2) 共享性，网格中的各种资源都能够被共享使用，网格是一个提供资源共享的场所。网格中的多个用户不仅能够共同使用网格中的一个资源，网格中的一个用户也可以同时使用多个网格资源。

(3) 集成性，网格把地理位置上分布的各种资源集成在一起，成为一个有机的整体，协调分散在不同地理位置的资源使用者。用户不仅可以使用单个资源提供的功能，而且能够联合使用多个资源的合成功能。网格可以集成来自不同管理域的不同管理平台的具有不同能力的资源。

(4) 协商性，网格支持资源的协商使用，资源请求者和资源提供者之间还可以建立专用的服务接口，提供突出个性的服务。请求者可指定系统的响应时间、数据带宽、资源可用性、安全性等接口，得到非凡的服务质量。使得整体系统能提供的功能大于其各个组成部分的功能之和。

2．网格系统组成

按照层次划分,网格系统可分为:资源层、中间件层、网格操作系统层、工具环境层、应用层,如图 3.8 所示。

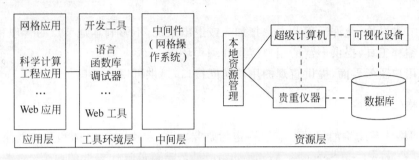

图 3.8　网格系统层次结构

网格资源(Grid Resource)是构成网格系统的基础设施,主要包括网格节点和宽带网络系统。网格节点包括各种计算资源,如超级计算机、集群系统、贵重仪器、可视化设备、现有应用软件、数据库等,这些计算资源通过网络设备连接起来,具有分布和异构特性,而宽带网络系统是在网格系统中提供高性能通信的必要手段。

网格中间件(Grid Middleware)是指一系列协议和服务软件,其功能是屏蔽网格资源层中计算资源的分布、异构特性,向网格应用层提供透明、一致的使用接口。网格中间件层也称为网格操作系统(Grid Operating System),其核心服务包括:网格资源的管理分配、信息优化、任务调度、存储访问、安全控制、质量服务 QoS 等。还需提供 API 和相应的环境,以支持网格应用开发。

网格必须提供良好的应用开发工具环境(Grid Tools)。如 C++、Fortran 以及 Java 等语言,MPI(Message Passing Interface)、PVM(Parallel Virtual Machine) 等应用开发界面,并支持消息传递、分布共享内存等多种编程模型。

网格应用(Grid Application)是用户需求的具体体现,是各种应用软件的研究。在网格操作系统支持下,网格用户可以使用其提供的可视化工具或环境开发各种应用系统。

3．网格系统的基本功能

网格系统中管理的是广域分布、动态、异构的资源,网格系统应屏蔽这些资源的分布、异构特性,向网格应用提供透明、一致的使用接口。一个理想的网格系统应类似当前的 Web 服务,可以构建在当前所有硬件和软件平台上,给用户提供完全透明的使用环境。为此,网格系统必须提供以下基本功能:

(1) 管理等级层次定义,网格系统的组织方式、确定管理层次体系。

(2) 通信服务,提供不同的服务,可靠的、不可靠的、点对点和广播方式、通信协议和提供 QoS 支持。

(3) 信息服务,提供资源的全局访问。

(4) 名称服务,网格中为所有资源提供统一的名称空间,以便引用各种资源。

(5) 文件系统,提供分布式文件系统机制、全局存储和缓存空间,以支持文件存取。

（6）安全认证，提供登录认证、可信赖、完整性和记账等方面的安全性。

（7）系统状态和容错，提供监视系统资源和运行情况的工具。

（8）资源管理和调度，提供透明的资源管理、进程调度。

（9）资源交易机制，提供一种资源的交易机制，以鼓励不同组织或资源的拥有者加入网格系统。

（10）节点自治，允许远程节点选择加入或退出系统，不影响本地节点的管理和自主性。

（11）编程工具，提供丰富的用户接口和编程环境。

（12）用户图形界面，提供直观的用户访问接口，提供可视化工具。

4. 网格体系结构

目前网格体系结构的设计已有了一定的研究，其中层次协议结构和开放网格服务体系结构 OGSA(Open Grid Services Architecture)是最重要最具代表性的两个。

层次协议结构是在 Globus 项目中提出的具有一般性的网格体系结构。它是以协议为中心的"协议结构"，强调协议在网格的资源共享和互操作中的地位。根据层次协议结构中各组成部分与共享资源的距离，将对共享资源进行操作、管理和使用的功能分散到 5 个不同的层次，分别是构造层、连接层、资源层、汇集层和应用层。基于五层协议的网格体系结构使得不同的网格应用可以在统一的网格体系结构框架下使用相同的底层协议。

（1）构造层是物理或逻辑实体，作用是向上提供可供共享的资源。

（2）连接层是网格中网络事务处理通信和授权控制的核心协议。

（3）构造层提交的各种资源间的数据交换都在这一层的控制下实现，并实现各资源间的授权验证、安全控制等。

（4）资源层共享单独的资源，定义在个别资源上的共享操作的安全协商、创始、监控、控制、记账和付费方面的协议。这些协议的实现调用构造层的功能来访问和控制本地的资源。资源层只关心单个的局部资源，不考虑跨分布收集的全局性和原子性，如事务问题。

（5）汇集层定义全局的、跨所有资源捕捉相互作用的协议和服务，实现多个资源的协调、汇集，供虚拟组织的应用程序共享、调用。

（6）应用层由网格、虚拟组织、用户中操作的应用组成。应用程序通过各层的 API 调用相应的服务，再通过服务调用网格上的资源来完成任务。

层次协议结构是一个抽象层次结构，它的一个重要特点就是"沙漏"形状，如图 3.9 所示，为此也称"五层沙漏结构"。究其原因在于各层协议的数量不同，对于最核心的部分，沙漏的瓶颈定义核心抽象和协议的一个小集合，如在 Internet 中的 TCP 和 HTTP。许多不同的高层沙漏的顶部行为映射到它们的上面，它们自身也能被映射到不同的基本技术之上的沙漏的底部，所以核心协议的数量必须是较少的。较少的核心协议有利于移植，也比较容易实现和得到支持。在五层结构中，资源层和连接层共同组成这一核心的瓶颈部分。

OGSA 是在五层沙漏结构的基础上，结合 Web Service 技术提出来的，OGSA 架构从下到上依次为：资源层，Web 服务层，基于 OGSA 架构的服务层，网格应用层，如图 3.10 所示。

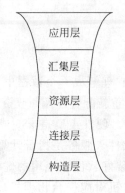

图 3.9　五层沙漏结构的协议分层　　　　图 3.10　OGSA 层次结构

（1）资源层，它包括物理资源和逻辑资源。物理资源包括存储器、网络、计算机、显示设备、服务器和其他相关的本地服务。逻辑资源通过虚拟化和聚合物理层的资源来提供额外的功能、通用的中间件，比如文件系统、数据库、目录、工作流管理和安全认证等，在物理网格之上提供这些抽象服务。

（2）Web 服务层，在这一层所有网格资源逻辑的与物理的都被建模为服务。OGSI（Open Grid Service Interface）规范定义了网格服务并建立在标准 Web Service 技术之上。OGSI 进一步扩展了 Web Service 的定义，利用诸如 XML 与 WSDL 这样的 Web Service 机制，为所有网格资源指定标准的接口、行为与交互，提供动态的、有状态的和可管理的 Web Service 能力。

（3）基于 OGSA 架构的网格服务层，Web 服务层及其 OGSI 扩展为上一层提供了基础设施：基于架构的网格服务。目前，研究人员致力于在程序执行、数据服务、核心服务等方面定义基于网格架构的服务。定义这些核心网格服务，主要是因为它们最有可能得到大多数高级服务的利用，实现这些高级服务或者是为了支持程序执行，或者是支持数据访问，又或者是将它们实现为特定领域的服务。这些核心网格服务包括：

① 服务管理，提供相关功能来管理分布式网格中部署的服务。

② 服务通信，支持网格服务用来与其他网格服务通信的基本方法。支持多种通信模型，允许进行有效的服务间通信。

③ 策略服务，提供用于创建、执行和管理系统操作策略和协议的一般框架。包括控制安全、资源分配和性能的策略，以及一个用于策略敏感的服务的基础结构，以便使用策略来控制它们的操作。

④ 安全服务，以一种使不同操作系统能够安全地互操作的方式，支持、集成和统一现在流行的安全模型、机制、协议和技术。这些安全服务启用并扩展了核心 Web 服务安全协议和绑定，同时提供面向服务的身份验证、授权、信任策略强制、证书转换等机制。这些服务的提供使 OGSA 变成更加有用的面向服务的架构 SOA（Service Oriented Architecture）。

（4）网格应用层，随着基于网格结构的服务不断被开发出来，使用一个或多个基于网格架构的服务的新网格应用程序亦将大量出现，构成网格应用层。

3.3 云计算

云计算是一种新的 IT 资源提供模式,可以简单地把它理解成一个数据中心,这个数据中心的计算机可以自动地管理和动态的分配、部署、配置、重新配置以及回收资源,也可以自动安装软件和应用。云计算的构成包括硬件、软件和服务。硬件主要是 x86 或 Power 的机器。软件包括管理计算机自动化的软件,以及被管理的软件。服务是指云计算中心的搭建和以后的运行与维护。云计算中心向它的用户提供的是装好软件和应用的虚拟计算机,这个虚拟计算机有可能对应一台物理机,也有可能多个虚拟机对应一台物理机。最终用户通过网络连接到虚拟机,相当于用户拥有了一台已装好他需要使用的软件的服务器。用户拥有一定的权限,当然他还可以安装其他这个云计算中心不提供的软件。

1. 定义

云计算是一个虚拟化的计算机资源池,它可以托管多种不同的工作负载,包括批处理作业和面向用户的交互式应用程序,通过快速部署虚拟机器或物理机器,迅速部署系统并增加系统容量,支持冗余的、能够自我恢复的且高可扩展的编程模型,以使工作负载能够从多种不可避免的硬件/软件故障中进行恢复,实时监控资源使用情况,在需要时重新平衡资源分配。

2. 体系结构

图 3.11 左边部分概括了云计算平台的体系结构。体系结构由一个数据中心、一组部署管理软件、虚拟化组件和云计算管理系统所组成。部署管理软件包括 IBM 的 TPM(Tivoli Provisioning Manager)、TM (Tivoli Monitoring)、WAS (Websphere Application Server)和 IBM DB2,部署管理软件的作用是管理数据中心的计算资源,如服务器、存储和被托管的软件及应用。虚拟化组件提供了数据中心的虚拟化技术,配合部署管理软件,使数据中心的虚拟化成为可能。云计算管理系统则提供了用户申请云计算资源的界面,并允许管理人员定制云计算管理的规则。

图 3.11 右边部分是云计算最终用户看到的已安装好软件和应用的虚拟机。用户根据自己的需要,通过云计算管理系统界面,设定虚拟机的类型、容量和所需安装的软件,经过合法的批准流程,云计算会自动为虚拟机分配并配置好硬件,安装操作系统及所需的软件和应用,并将配置好的虚拟机的相关信息,如 IP 地址、账号和密码等交付给用户,用户就可以使用虚拟机了,使用方式就像自己使用一台服务器一样。

3. 云计算架构

云计算架构的底层是硬件和操作系统的基础设施,在这之上是软件的系统和管理平台,包括一组部署管理软件、虚拟化组件和云计算管理系统;再上面是云计算提供的各种虚拟机;最上面是虚拟机的组合形成了各个具体的云计算使用中心,也完成了各中心对计算资源的动态和虚拟分配,如图 3.12 所示。

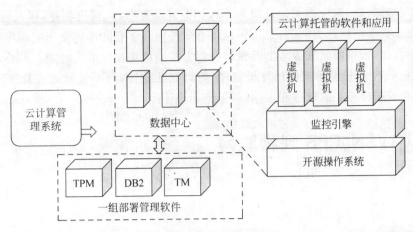

图 3.11 云计算体系结构

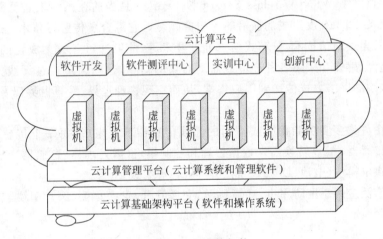

图 3.12 云计算架构

4．云计算的优势

云计算基础架构使企业可以更有效地利用其 IT 硬件和软件。企业可以通过该基础设施，打破相互隔离的系统中固有的物理障碍，并使对系统多个资源的管理犹如对单个实体那样方便自如。云计算是终极虚拟化系统的范例，是使用自动化系统管理、工作负载均衡和虚拟化技术的数据中心的自然发展。

云计算是具有以下特性的服务管理平台：

（1）动态性，能够监控计算资源，并根据已定义的规则自动地平衡资源的分配。

（2）虚拟性，计算资源的物理位置及底层的基础架构对于用户来说是透明和不相关的，用户可以通过简单的界面使用资源，并感觉自己独享资源。

（3）扩展性，可以将复杂的工作负载分解成小块的工作，并将工作分配到可逐渐扩展的架构中；另外当新增的资源投入使用时，需要增加的管理费用几乎为零。

（4）有效性，基于服务为导向的架构，动态地分配和部署共享的计算资源。

（5）灵活性，可以支持多种计算机应用类型，且同时支持消费者应用和商业应用。

云计算基础架构,对于提供信息服务、降低 IT 管理复杂性、促进创新,以及通过实时工作负载均衡来提高响应能力而言,是一种经济有效的模型。它能迅速发布应用程序,也能随需扩展应用程序,使得瞬间在成千上万台服务器上扩展应用程序成为可能。另外,云计算平台大量采用 XEN 虚拟机形式的计算机资源,可以在几分钟(而不是几天或几周)内使机器准备就绪,并安装好相关的软件和应用,供最终用户使用。

3.4　从 WSN、CPS 到物联网

3.4.1　WSN

1. 基本概念

无线传感器网络 WSN(Wireless Sensor Networks)是当前在国际上备受关注的、涉及多学科高度交叉、知识高度集成的前沿热点研究领域。它综合了传感器技术、嵌入式计算技术、现代网络及无线通信技术、分布式信息处理技术等,能够通过各类集成化的微型传感器协作地实时监测、感知和采集各种环境或监测对象的信息,这些信息通过无线方式被发送,并以自组织多跳的网络方式传送到用户终端,从而实现物理世界、计算世界以及人类社会三元世界的连通。

WSN 是由许许多多功能相同或不同的无线传感器节点组成,每一个传感器节点由数据采集模块(传感器、A/D 转换器)、数据处理和控制模块(微处理器、存储器)、通信模块(无线收发器)和供电模块(电池、DC/AC 能量转换器)等组成。

WSN 可广泛应用于国防军事、环境科学、交通管理、灾害预测、医疗卫生、制造业、城市信息化建设等领域。

2. WSN 的特点

(1) 硬件资源有限,WSN 节点采用嵌入式处理器和存储器,计算能力和存储能力十分有限。所以,需要解决如何在有限计算能力的条件下进行协作分布式信息处理的难题。

(2) 电源容量有限,WSN 节点通过自身携带的电池来提供电源,当电池能量耗尽时,往往被废弃,甚至造成网络中断。所以,任何 WSN 技术和协议的研究都要以节能为前提。

(3) 无中心,WSN 没有严格的控制中心,所有节点地位平等,是一个对等网络。节点可以随时加入或离开网络,任何节点的故障都不影响整个网络运行,具有很强的抗毁性。

(4) 自组织,网络的布设和展开无需依赖于任何预设的网络设施,节点通过分层协议和分布式算法协调各自的行为,节点开机后就可以快速、自动地组成一个独立的网络。

(5) 多跳(Multi-Hop),路由 WSN 节点通信能力有限,覆盖范围只有几十米到几百米,节点只能与它的邻居直接通信。如果希望与其射频覆盖范围之外的节点进行通信,则需要通过中间节点进行路由。WSN 中的多跳路由是由普通网络节点完成的。

(6) 动态拓扑,WSN 是一个动态的网络,节点可以随处移动;一个节点可能会因为电池能量耗尽或其他故障,退出网络运行;也可能由于工作的需要而被添加到网络中。这些都会使网络的拓扑结构随时发生变化,因此网络应该具有动态拓扑组织功能。

（7）节点数量众多、分布密集，WSN 节点数量大、分布范围广，难于维护甚至不可维护。所以，需要解决如何提高传感器网络的软、硬件健壮性和容错性。

3．WSN 无线模块的优势

普通的无线模块只可点对点通信或者组成简单的星形网络，如图 3.13 所示。而 WSN 无线模块可以灵活方便地形成各种拓扑类型的网络，如线形网络、树形网络及网状网（Mesh），如图 3.14 所示。

（1）更远的传输距离，由于 WSN 模块可以组成多跳网络，每一个节点都自动具有中继功能，所以不受点对点模块之间通信距离的限制，在延时允许的范围内，可以经过多跳，达到更远的传输距离。

（2）更广阔的无线覆盖范围，普通的无线模块只能传输在一跳范围内，最多组成个星形网格，覆盖范围有限，而 WSN 模块，可以形成对等的 Mesh 网络，大大扩展了无线通信网络的覆盖范围。

（3）更强的链路可靠性，由于 WSN 无线模块形成的 Mesh 网络采用自动路由算法，可以自动选择任意两点之间的最佳路径。同时，如果某条路径上有节点变动导致此条路径不通，节点能够自动选择其他可用路径，增强了传输链路的可靠性。

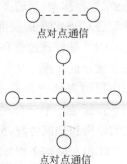

图 3.13 普通无线模块的组网

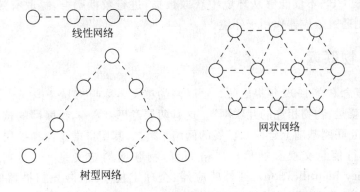

图 3.14 WSN 无线模块组网

（4）更低的系统成本，利用 WSN 无线模块可以将更多的信息采集点连成一个网络，将采集到的信息集中到一个网关节点，再利用其他的传输方式传输到监控中心。这样节省了昂贵的网关节点数目和免除了布线的麻烦，大大降低了采集系统的成本。

（5）配置简单、操作方便，WSN 无线模块配置简单、安装方便，只要一上电就可自组织形成无线网络，数据传输时可以自动寻找路由。

3.4.2 CPS

CPS(Cyber-Physical System)是一个综合计算、网络和物理环境的多维复杂系统，实现大型工程系统的实时感知、动态控制和信息服务。CPS 实现计算、通信与物理系统的一体化设计，可使系统更加可靠、高效、实时协同，具有重要而广泛的应用前景。近年来，CPS 不仅已成为国内外学术界和科技界研究开发的重要方向,预计也将成为企业界优先发展的产业领域。开展 CPS 的研究与应用对于加快我国推进工业化与信息化融合具有重要意义。

CPS 系统把计算与通信深深地嵌入实物过程、使之与实物过程密切互动,从而给实物系统添加新的能力。这种 CPS 系统小如心脏起搏器,大如国家电网。由于计算机增强的装置无处不在,CPS 系统具有巨大的经济影响力,如家居、交通控制、安全、高级汽车、过程控制、环境控制、关键基础设施控制(电力、灌溉网络、通信系统)、分布式机器人、防御系统、制造业、智能构造、交通系统等,尽管很难估计 CPS 为未来生活带来的积极的潜在的价值,但都知道 CPS 的价值是巨大的。

CPS 是物理过程和计算过程的集成系统,人类通过 CPS 系统包含的数字世界和机械设备与物理世界进行交互,这种交互的主体既包括人类自身也包括在人的意图指导下的系统。而作用的客体包括真实世界的各方面:自然环境、建筑、机器、同时也包括人类自身等。CPS 可能是一个分布式异构系统,它不仅包含了许多功能不同的子系统,而且这些子系统之间结构和功能各异,分布在不同的地理范围内。各个子系统之间要通过有线或无线的通信方式相互协调工作。

CPS 具有自适应性、自主性、高效性、功能性、可靠性、安全性等特点和要求。物理构建和软件构建必须能够在不关机或停机的状态下动态加入系统,同时保证满足系统的需求和服务质量。比如一个超市安防系统,在加入传感器、摄像头、监视器等物理节点或者进行软件升级的过程中不需关掉整个系统或者停机就可以动态升级。CPS 应该是一个智能的有自主行为的系统,CPS 不仅能够从环境中获取数据,进行数据融合,提取有效信息,而且能够根据系统规则通过效应器作用于环境。

3.4.3　物联网

物联网的概念是在 1999 年提出的。物联网的英文名称叫"The Internet of Things",简而言之,物联网就是"物物相连的互联网"。这有两层意思:第一,物联网的核心和基础仍然是互联网,是在互联网基础上延伸和扩展的网络;第二,其用户端延伸和扩展到了任何物品与物品之间,进行信息交换和通信。严格而言,物联网的定义是:通过射频识别 RFID(Radio Frequency Identification)、红外感应器、全球定位系统、激光扫描器等信息传感设备,按约定的协议,把任何物品与互联网连接起来,进行信息交换和通信,以实现智能化识别、定位、跟踪、监控和管理的一种网络。

1. "中国式"的物联网定义

物联网指的是将无处不在的末端设备和设施,包括具备"内在智能"的传感器、移动终端、工业系统、楼控系统、家庭智能设施、视频监控系统等,和"外在使能"的,如贴上 RFID 的各种资产、携带无线终端的个人与车辆等"智能化物件或动物"或"智能尘埃",通过各种无线和/或有线的长距离和/或短距离通信网络实现互联互通(M2M)、应用大集成以及基于云计算的"软件即服务"SaaS(Software-as-a-service)营运等模式,在内网、专网、互联网环境下,采用适当的信息安全保障机制,提供安全可控乃至个性化的实时在线监测、定位追溯、报警联动、调度指挥、预案管理、远程控制、安全防范、远程维保、在线升级、统计报表、决策支持、领导桌面等管理和服务功能,实现对"万物"的"高效、节能、安全、环保"的"管、控、营"一体化。

2．欧盟的物联网定义

2009 年 9 月,在北京举办的物联网与企业环境中欧研讨会上,欧盟委员会信息和社会媒体司 RFID 部门负责人 Lorent Ferderix 博士给出了欧盟对物联网的定义:物联网是一个动态的全球网络基础设施,它具有基于标准和互操作通信协议的自组织能力,其中物理的和虚拟的"物"具有身份标识、物理属性、虚拟的特性和智能的接口,并与信息网络无缝整合。物联网将与媒体互联网、服务互联网和企业互联网一道构成未来互联网。

物联网主要由以下四层构成,如图 3.15 所示。

图 3.15　物联网层次

物联网通过智能感知、识别技术与普适计算、泛在网络的融合应用,打破了之前的传统思维,人类可以实现无所不在的计算和网络连接。传统的思路一直是将物理基础设施和 IT 基础设施分开:一方面是机场、公路、建筑物,而另一方面是数据中心,个人计算机、宽带等。而在物联网时代,钢筋混凝土、电缆将与芯片、宽带整合为统一的基础设施,在此意义上,基础设施更像是一块新的地球工地,世界的运转就在它上面进行,其中包括经济管理、生产运行、社会管理乃至个人生活。物联网可以使得人们以更加精细和动态的方式管理生产和生活,管理未来的城市,达到"智慧"状态,提高资源利用率和生产力水平,改善人与自然间的关系,如图 3.16 所示。

图 3.16　物联网应用

3. 物联网原理

在物联网中，物品(商品)能够彼此进行交流，而无需人的干预。其实质是利用射频自动识别(RFID)技术，通过计算机互联网实现物品(商品)的自动识别和信息的互联与共享。物联网中非常重要的技术是射频识别技术，RFID 是 20 世纪 90 年代开始兴起的一种自动识别技术，是目前比较先进的一种非接触识别技术。以简单 RFID 系统为基础，结合已有的网络技术、数据库技术、中间件技术等，构筑一个由大量联网的阅读器和无数移动的标签组成的、比 Internet 更为庞大的物联网成为 RFID 技术发展的趋势。而 RFID 正是能够让物品"开口说话"的一种技术。在物联网的构想中，RFID 标签中存储着规范而具有互用性的信息，通过无线数据通信网络把它们自动采集到中央信息系统，实现物品(商品)的识别，进而通过开放性的计算机网络实现信息交换和共享，实现对物品的"透明"管理。

4. 物联网趋势

物联网一方面可以提高经济效益，大大节约成本；另一方面可以为全球经济的复苏提供技术动力。目前，美国、欧盟等都在投入巨资深入研究物联网。我国也高度关注、重视物联网的研究，工业和信息化部会同有关部门，在新一代信息技术方面正在开展研究，以形成支持新一代信息技术发展的政策措施。

中国移动提出，物联网将会成为中国移动未来的发展重点。运用物联网技术，上海移动已为多个行业客户量身打造了集数据采集、传输、处理和业务管理于一体的整套无线综合应用解决方案。最新数据显示，上海移动目前已将超过 10 万个芯片装载在出租车、公交车上，形式多样的物联网应用在各行各业大显神通，确保城市的有序运作。在上海世博会期间，"车务通"全面运用于上海公共交通系统，以最先进的技术保障世博园区周边大流量交通的通畅；面向物流企业运输管理的"e 物流"，将为用户提供实时准确的货况信息、车辆跟踪定位、运输路径选择、物流网络设计与优化等服务，大大提升物流企业综合竞争能力。

此外，在物联网普及以后，用于动物、植物和机器、物品的传感器与电子标签及配套的接口装置的数量将大大超过手机的数量。物联网的推广将会成为推进经济发展的又一个驱动器，为产业开拓了又一个潜力无穷的发展机会。按照目前对物联网的需求，在近年内就需要按亿计的传感器和电子标签，这将大大推进信息技术元件的生产，同时增加了大量的就业机会。

美国权威咨询机构 FORRESTER 预测，到 2020 年，世界上物物互联的业务，跟人与人通信的业务相比，将达到 30 比 1，因此，"物联网"被称为是下一个万亿级的通信业务。

3.5　图灵奖获得者 Vinton G. Cerf、Robert E. Kahn

温顿·瑟夫(Vinton G. Cerf)博士是谷歌公司副总裁兼首席互联网专家。瑟夫博士曾在 MCI 公司担任技术战略高级副总裁。许多人把瑟夫博士看作"互联网之父"，他是 TCP/IP 协议和互联网架构的联合设计者之一。1997 年 12 月，克林顿总统向瑟夫博士和他的同事 Robert E. Kahn 颁发了美国国家技术奖章，表彰他们对于互联网的创立和发展做出的贡献。2004 年，瑟夫博士和罗伯特·卡恩(Robert Elliot Kahn)因为他们在互联网协议方面所取得的杰出成就而荣膺美

国计算机学会(ACM)颁发的图灵奖。2005年11月,乔治·布什总统向卡恩和瑟夫博士颁发了总统自由勋章,这是美国政府授予其公民的最高民事荣誉。

在1994年加入MCI之前,瑟夫博士曾担任国家研究计划(CNRI)公司的副总裁。他在1982年至1986年担任MCI数字信息服务副总裁期间,领导开发了MCI邮件服务,这是世界上第一种连接到互联网的商用电子邮件服务。1976年至1982年,瑟夫博士在美国国防部高级研究计划局(DARPA)任职,他在互联网以及与互联网相关的数据包和安全技术开发方面扮演了关键性的角色。

温顿·瑟夫博士曾担任互联网名称与数字地址分配机构(ICANN)的理事长。1992年至1995年,瑟夫博士担任互联网协会的创会主席,并曾在1999年当过一任理事长。此外,瑟夫博士还是IPv6论坛名誉主席,为唤起公众注意,并加速新互联网协议演进做出了贡献。1997年到2001年,瑟夫博士是美国总统信息技术顾问委员会(PITAC)成员,而且也是其他几个国家级、州级和行业级网络安全委员会的成员。瑟夫博士是杰出教育基金会、Avanex公司和Clear Sight系统公司的董事会成员。他也是国家科学技术奖章基金会的第一副总裁和财务官。瑟夫博士是美国电气与电子工程师学会(IEEE)院士、美国计算机学会院士、美国科学促进协会院士、美国艺术和科学院院士、国际工程学联盟院士、计算机历史博物馆馆员、南加州大学Annenberg传播中心学者以及国家工程学院院士。

瑟夫博士凭着自己在互联网方面的杰出成就,获得了无数荣誉和褒奖,其中包括Marconi研究基金、国家工程学院Charles Stark Draper奖、西班牙Asturias王子科学技术奖、突尼斯国家科学勋章、保加利亚St. Cyril和St. Methodius表彰令(大十字)、Alexander Graham Bell聋人基金会颁发的Alexander Graham Bell奖、NEC计算机和通信奖、国际电信联盟银质奖章、IEEE Alexander Graham Bell奖章、IEEE Koji Kobayashi奖、ACM软件和系统奖、ACM SIGCOMM奖、计算机和通信行业协会业传奇奖、入选著名发明家纪念馆、Yuri Rubinsky网络奖、Kilby奖(Kilby是集成电路发明人)、Yankee集团/Interop/网络世界终生成就奖、George R. Stibitz奖、Werner Wolter奖、Andrew Saks工程奖、IEEE第三千禧年奖章、计算机世界/Smithsonian研究院领袖奖、J. D. Edwards合作领袖奖、世界残障研究所年度奖以及国会的图书馆两百周年当代传奇奖。瑟夫博士于2006年5月入选美国国家发明家名人堂。

瑟夫博士持有斯坦福大学数学学士学位以及加利福尼亚大学洛杉矶分校的计算机科学硕士和博士学位。他还持有瑞士苏黎世的联邦技术学院(ETH)、瑞典的Lulea科技大学、帕尔玛的巴利阿里群岛大学、马里兰州国会学院、宾夕法尼亚州盖茨堡学院、弗吉尼亚州乔治梅森大学、西班牙的塔拉格纳省Rovirai Virgili大学、纽约州的特洛伊莱塞拉尔理工学院、荷兰Enschede的屯特大学、布鲁克林理工学院、Marymount大学、意大利比萨大学、北京邮电大学、西班牙萨拉戈萨大学、西班牙卡塔赫纳大学等著名学府授予的荣誉博士学位。

罗伯特·卡恩(Robert Elliot Kahn)1938年出生于布鲁克林,获纽约城市大学电机工程学士学位,普林斯顿大学硕士和博士学位,之后被麻省理工学院聘为助理教授。罗伯特·卡恩是现代全球互联网发展史上最著名的科学家之一,TCP/IP协议合作发明者,互联网雏形Arpanet网络系统设计者,"信息高速公路"概念创立人。

美国国家工程协会(National Academy of Engineering)成员,美国电气与电子工程师 IEEE 学会 fellow,美国人工智能协会(American Association for Artificial Intelligence)会员,美国计算机协会会员,前美国总统科技顾问。罗伯特·卡恩目前在美国全国研究创新联合会 CNRI(Corporation for National Research Initiatives)任主席。CNRI 是罗伯特·卡恩于 1986 年亲自领导创建的,为美国信息基础设施研究和发展提供指导和资金支持的非赢利组织,同时也执行 IETF 的秘书处职能。

第4章

多媒体技术基础

主要内容

◆ 多媒体技术概述；

◆ 多媒体关键技术；

◆ 多媒体技术软件；

◆ 图灵奖获得者 Donald E. Knuth。

难点内容

多媒体关键技术。

4.1 多媒体技术概述

20 世纪 80 年代以前，利用计算机处理的数据主要都是文字。1980 年后，随着计算机硬件的发展，开始使用计算机处理图像信息。20 世纪 90 年代，计算机应用领域得到进一步拓展，计算机处理的内容发展到现今的动画、声音、视频、图像等多种媒体形式。目前，随着网络技术和 Internet 的快速发展，多媒体的功能得到了更好的发挥。

1. 多媒体的基本概念

人类在信息的交流中要使用各种各样的信息载体，多媒体是指多种信息载体的表现形式和传递方式，如报刊杂志、画册、电视、广播、电影等。可见多媒体信息的几种基本元素是：文字、图形图像、视频影像、动画和声音等。这几种元素构成了平时所接触的各种信息。因此，可以说由这几种基本元素组合而成的传播方式，就是多媒体。

在计算机领域中，媒体有两种含义：一是指用于存储信息的实体，如硬盘、光盘和 U 盘等；二是指信息的载体，如文字、声音、视频、图形、图像和动画等。多媒体计算机技术中的媒体指的是后者，它是应用计算机技术将各种媒体以数字化的方式集成在一起，从而使计算机具有表现、处理和存储各种媒体信息的综合能力和交互能力。

当前所谈到的多媒体技术是要至少能够同时获取、处理、编辑、存储和展示两种以上不同类型信息的媒体，并且具有数字化和交互性，这与电影、电视的"多媒体"有着本质的区别。

2. 多媒体计算机组成

称具有多媒体功能的计算机为多媒体计算机,多媒体计算机能将多种媒体集为一体进行处理。多媒体计算机除需要有较高配置的硬件系统之外,还需要有高质量的音频、视频、图像处理设备、大容量存储器、各种媒体输入输出设备等。多媒体计算机软件系统除要有操作系统外,多媒体数据库管理系统、多媒体压缩/解压缩软件、多媒体声像同步软件、多媒体通信软件和其他相关的多媒体编辑软件等也是必不可少的。

3. 多媒体技术的应用

多媒体技术已经应用到日常生活的各个领域,如电子产品、通信、传播、出版、商业广告及购物和文化娱乐等领域,典型领域有如下几个方面:

(1) 教育与教学。教育领域是应用多媒体技术最早,也是进展最快的领域。利用多媒体技术可以编制出图文并茂的教学软件,构成生动多元的教学环境,以交互式的操作方式教学,可激发学生学习的积极性和主动性。可是要制作出优秀的多媒体教学软件需要巨大的劳动量。

(2) 商业。多媒体在商业方面的应用更加广阔,例如应用先进的数字影像设备(数码相机、扫描仪)、图文传真机、文件资料微缩系统等构成的全新办公室自动化系统;运用各种多媒体素材生动地展示产品或进行商业演示的产品广告和演示系统;商场、银行、医院、机场可以利用多媒体计算机系统提供查询服务,为顾客提供方便、自由的交互式查询服务。

(3) 新闻与电子出版物。由于多媒体计算机技术和光盘存储技术的发展,电子出版物因其容量大、体积小、价格低、保存时间长等优点使得出版业进入多媒体光盘出版物时代。另外,电子出版物不仅可以存储文字信息,而且可以存储图像、动画等信息,并可交互式阅读和检索。

(4) 多媒体通信。多媒体技术的另一个重要应用领域是多媒体通信。在网络上传播的各种多媒体信息,以各种形式相互交流,如信息点播 ID(Information Demand)和计算机协同工作 CSCWS(Computer Supported Cooperation Work)。信息点播主要有桌上多媒体通信系统和交互电视两种形式。桌上多媒体通信系统可以远距离点播所需信息,点播的信息可以是各种数据类型;交互电视可以让观众除根据需要选取电视台节目外,还可以有其他信息服务,如数字多媒体图书、杂志、电视采购、电视电话等,将计算机网络与家庭生活、娱乐、商业导购等多项应用密切地结合在一起。计算机协同工作是指在计算机支持的环境中,一个计算机群体协同工作共同完成一项任务,如产品的协同设计制造、远程会诊和异地电视会议等。

(5) 游戏和娱乐。多媒体技术中的三维动画、仿真模拟使计算机游戏变得逼真、精彩。游戏软件的开发已成为产业。近年来,DVD 的普及使人们可以享受到高质量、高清晰度的影视画面、更具震撼力的音响效果。

4.2　多媒体关键技术

多媒体系统利用计算机和数字通信等技术处理和控制多媒体信息,多种媒体信息获取、加工、处理、传输、存储和表现要靠计算机软硬件技术、数字化声像技术和高速通信网络技术的综合应用。因此,多媒体关键技术涉及计算机技术、数字化处理技术、音频视频技术、网络通信技术等跨学科的综合应用技术。

4.2.1　多媒体压缩和解压缩技术

在多媒体计算机上运行的多媒体信息要求能够快速实时地传输处理,用传统的模拟信号方式是无法实现的。随着数字多媒体技术的发展,突破了传统的信息模拟化表现方式,新的数字化技术在多媒体信息采集、存储、处理上得到普遍应用。文本、图形、图像、音频信息、视频影像等多种媒体占有的数据量相当大,尤其是音视频信息,如 PAL 制式中一幅分辨率为 720×576 像素、24 位真彩色的画面,其数据量约占 1.2MB 左右,若以 25 帧/秒的速度播放,则一张 700M 的 CD-ROM 光盘只能播放 24 秒左右。可见难以实现对这样庞大多媒体数据的处理、存储和传输,而且高速网络的通信带宽也不能满足要求。因此,必须对多媒体信息进行压缩,这使得多媒体数据的压缩和编码技术成为制约多媒体系统发展的关键因素。

多媒体系统原始信息中存在大量的数据冗余,可以使得多媒体信息在不失真情况下数据量变小。多媒体系统的数据冗余包括:

(1) 时间轴上的数据冗余,指动态视频图像系列中,相邻两帧画面间,背景或固定物体的色彩、亮度等物理特征会有雷同,具有较大的相关性,出现帧与帧的重复。

(2) 空间的数据冗余,指在同一画面上某些局部区域中邻近像素具有相同的数据。

(3) 结构冗余,指有些画面的大块区域具有明显的重复分布结构特征,如格栅之类。

(4) 视觉冗余,指摄录设备记录的画面原始数据是均等的,而人类的视觉敏感性是非均匀和非线性的,对图像的中心对象和陪衬区域在视觉的敏感性上是有差异的。

数据压缩技术是按照一定的算法对数字图像中表现出来的各种数据冗余进行压缩。数据压缩技术要将冗余的数据转换成一种相对节省空间的数据表达格式,便于信息的保存和传输,压缩后的信息必须通过解压缩才能恢复。因此,数据的压缩处理实际包括数据的压缩和解压过程,压缩是编码过程,解压是解码过程。用于数据压缩的算法要简单、压缩和解压速度要快、数据还原时恢复效果要好。压缩前后数据量的比值作为进行数据压缩的一个关键指标,即压缩比,在不引起失真的情况下,其比值较大为好。

数据压缩的方法很多,一般分为两大类:一类是压缩中数据不损失,解压时数据能够完全还原的无损压缩;另一类是允许有一定的失真度的有损压缩。

多媒体信息压缩须遵循一定的标准,国际标准化组织和国际电报电话咨询委员会共同制定了 3 种压缩编码标准:一是针对静止图像压缩的静止图像压缩编码标准(JPEG);二是针对视频压缩和视频与伴音同步的动态图像压缩编码标准(MPEG);三是针对可视电话和电视会议,具有实时处理能力的视听通信编码标准。

4.2.2　多媒体存储技术

经过压缩处理的多媒体音频、视频、图像等信息,仍需相当大的存储空间,传统的存储介质已不能满足多媒体信息存储的要求,这就使得多媒体存储技术成为多媒体技术发展和应用的关键。目前,光盘存储器因其具有存储容量大、读写速度快、保存时间长、价格便宜等优点,在多媒体信息存储上发挥了很大作用,因此,光盘成为理想的多媒体信息存储介质。

光存储技术是一种用光学方法读写数据的存储技术,基本原理是利用激光光束聚焦在存储介质上,通过介质对光束反射强弱的反应来进行光学读写。高能量的激光光束在盘片上聚焦后只形成 1um 的光斑,因此,可以存储大量的数据。

CD-ROM 光盘片主要由保护层、铝反射层、刻槽和聚碳酸酯衬垫层 4 部分组成(如图 4.1 所示)。保护层及聚碳酸酯衬垫层的作用是保护铝反射层,保护层位于铝反射层上面,通常还印刷有文字,若被划伤,就不能读出数据,因此这一层的保护比聚碳酸酯衬垫层的保护更重要。

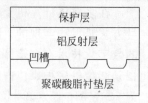

保护层
铝反射层
凹槽
聚碳酸脂衬垫层

图 4.1　CD-ROM 光盘结构

光盘存储数据的原理是,利用光盘上压制的许多凹槽对激光束的反射来记录信息,当激光束照射光盘凹槽时,在凹槽部分的反射光强度要比平坦部分反射光的强度弱,利用反射光强弱不同的原理来区分“1”和“0”代码。但是,信息的记录并不是直接用凹槽和平坦部分本身,而是用凹槽的前沿和后沿代表“1”,凹槽和非凹槽的长度代表“0”,这种方法比直接用凹槽和平坦部分代表“1”和“0”有效。

随着光盘存储技术的广泛应用,国际标准化组织 ISO 陆续出台了各种光盘存储格式标准,因采用各种不同的封面颜色而得名,包括了红、黄、绿、橙、蓝及白皮书,一种颜色代表一种规范。

常用光存储器主要分为三类:CD-ROM 是一种只读光盘存储器,它只能写一次;CD-R 允许用户用光盘刻录机写入一次,写入后盘片上的信息就不能再被改写或删除;CD-RW 允许 CD-RW 刻录机对 CD-RW 盘片可重复多次信息的删改、写入、擦除和多次刻录。

DVD(Digital Video Disk)是数字视频光盘的英文缩写,是近年来发展起来的新型光存储介质,可以保存视频、音频数据和其他类型的数据。与 CD-ROM 相比,它具有更优越的性能,其存储容量、读写速度、播放质量都优于 CD-ROM。除了音视频数据外,它还可以存储其他类型的数据。DVD 以 MPEG-2 为标准,一张单面单层的 DVD 光盘储存容量达到 4.7GB,其容量是 CD-ROM 光盘的 7 倍左右。

DVD 有很多类型,最为常见的有:DVD-ROM、DVD-Video、DVD-Audio、DVD-R、DVD+RW、DVD-RAM 等。DVD-ROM 与 CD-ROM 很相似,为只读型光盘,用于保存资料(数据);DVD-Video、DVD-Audio 类似于 VCD 和 CD,分别是视听光盘和音乐光盘;DVD-R 类似 CD-R,是只能按顺序一次写入数据,但可反复读出;DVD-RAM 和 DVD+RW 类似于 CD-RW,都是多次读写型 DVD,是 DVD 系列中推进速度最快的产品。

DVD 盘片与 CD/VCD 盘片在结构上是不同的。DVD 的盘面凹槽更小,光道的间距更近,激光的波长更短,因而 DVD 比 CD 具有高得多的存储密度。常规的 CD 机和 CD-ROM 驱动光头发射的激光波长是 780nm,而 DVD 机和 DVD-ROM 驱动器的激光波长为 635nm～

650nm，较短的激光波长有利于分辨更小的凹槽。

随着更多新型存储媒体和存储技术的发展，超高密度、超大容量、超高速度的存储介质正成为各大研究机构的研究动力，全息光存储、近场光存储、荧光多层存储等下一代超高密度存储技术，描绘了存储数字化信息美好的明天。

4.2.3 多媒体数据库技术

多媒体数据库是用于管理多媒体信息的数据库，与传统数据库相比，多媒体数据库中处理的数据包含了图形、图像、声音、视频影像和动画等多样而复杂的多媒体信息。庞大的数据量和复杂的数据类型，对数据库管理系统的数据组织、控制管理提出了新的要求。多媒体数据库要在短时间内完成检索、替换、增删、存储和传输多媒体信息的操作，从体系结构和功能要求上都与传统的数据库有较大的差别，主要表现在：

1. 多媒体数据库体系结构

在传统的关系数据库（关系数据库内容见第8章）中，数据只有抽象的字符和数值，形式比较单一，由于其数据模型是基于数值的，并且对数据的操作和管理都很简单，所以很适合表格的应用。但多媒体数据的形式复杂，类型不同，表示方式也各不相同，传统的关系数据库不能适应多媒体这样的数据。

多媒体数据库应能处理数据对象的各种表示方式，要能反映出各种媒体数据的特性和管理各种媒体数据之间在空间或时间上的关联，以实现对多种媒体的联合操作、合成处理、数据存取及查询检索。当前，多媒体数据模型的研究还不很成熟，主要采用扩展关系型数据模型、面向对象数据模型和超媒体数据模型。由于没有统一的标准模型，所以专门的应用要进行专门的结构设计。如组合图像数据库、文本数据库、视频数据库、音频数据库，形成"组合型多媒体数据库结构"，用户可以通过相互通信进行协调和执行相应的操作。"主从型多媒体数据库结构"和"集中型多媒体数据库结构"也是多媒体数据库常用的结构类型。

2. 多媒体数据的管理

多媒体数据库要存储差异十分明显的各种媒体，并且数据量巨大，这在数据库的组织结构和存储方法上都要比传统数据库复杂。要提高对不同形式的多媒体信息组合进行有效的管理就要组织好多媒体数据库的数据，设计合适的数据结构和逻辑结构。多媒体数据库管理系统在对数据处理上，除了应具备传统数据库系统的存储管理、数据共享、事务处理功能外，还应支持各种多媒体数据类型、支持对各种媒体信息的语义查询和检索、支持定长数据与非定长数据的集成管理和支持分布式环境等特殊功能。

3. 基于内容的非精确匹配的数据库查询方式

由于多媒体数据库中包含大量的图像、声音、视频等，要查询和检索这些非格式化数据就比较复杂，例如要检索媒体中表达的情节内容，就可以采用基于内容的检索技术，基于内容的检索改变了数据库的操作形式，传统的查询机制和方法就不适合这种多媒体信息的查询，针对媒体的复合、分散、时序性质以及形象化的特点，可以通过媒体语义进行查询使得查询不是通过传统方式的字符的精确匹配来完成。但是这些媒体语义在媒体中是很不容易确定的,如视频内容查询,就是一种模糊的、非精确的匹配方式。多媒体信息查询的结果是多种媒体的一组"表现",而不只是一张类似关系数据库的表。因此,多媒体数据库的查询是用一种近似匹配的方式从媒体内容中提取信息的,即特征提取法。

多媒体数据库许多的理论和技术还需要进一步的研究和探索。有理由相信随着技术的进步,多媒体数据库技术将日趋成熟,应用更加广泛。

4.2.4　多媒体网络通信技术

多媒体技术、网络技术和现代通信技术的有机结合形成的多媒体网络通信技术给人类社会带来了深远影响。多媒体网络通信技术把计算机交互性、网络的分布性和多媒体信息的综合性融为一体。为人类的生活提供了多媒体电子邮件、实时视频会议、计算机支持的协同工作,远程教育和远程医疗等全新的信息服务方式。

通过通信网络传输大流量的、连续的、实时的多媒体信息,这对网络带宽、包交换协议、数据压缩技术、各媒体间的时空同步等技术都提出了更高的要求。另外,多媒体信息交换方式以及高层协议,也将影响传输及服务的质量。因此,多媒体通信网络除具备足够的带宽之外,还要具备通信的实时性、可靠性和同步的要求。如宽带综合业务数字网的传输介质采用同步光纤网,其信息交换方式采用异步传输模式。数据传输速率最高可达25Gbps,在其上可以传输高保真的立体声、普通和高清晰度的视频,是多媒体通信的理想环境。

通信系统必须提供有力的支撑才能实现多媒体数据的远程传送。目前,多媒体通信技术的发展从以语音处理为主的单一媒体转向多种媒体形式,它能够实时快速传输多媒体信息,为人们提供了良好的交流环境。

因此,多媒体通信技术是综合性技术,该技术以集成性、交互性、同步性为主要特征,多媒体数据压缩、通信带宽及高速可靠传送、信息实时同步等是多媒体通信技术的关键性问题。

4.2.5　多媒体同步技术

同步是多媒体系统中的一个关键性问题,多媒体同步是指在多媒体终端上显现的视频画面、声音和文字均以同步方式工作。当几种媒体被集成一个整体,进行还原回放时,必须同步。如视频信息播放时,伴音应与口形相吻合,人的解说词与屏幕正在显示的内容相对应等。尤其是在远程通信中,多媒体同步技术显得更为重要。因为传输的多媒体信息在时空上都是相互关联、相互约束的,多媒体通信系统必须正确反映多媒体信息在时空之间的约束关系,同步技术与通信系统、操作系统、数据库、文件及应用形式等许多因素有关。因此,应在不同的层面上考虑多媒体系统的同步问题。

1. 链路层同步

处理媒体流内部以及多个媒体流之间的同步在链路层实现。对于单一连续媒体流,要避免因延时而使媒体流信号在还原时发生抖动,如重放声音信号时出现断续的情况;如果是音视频混合数据流,要保证口型与声音同步;如果若干个多媒体数据流同时播放,则需要保持不同媒体流之间的时间关系,如实时多媒体通信系统中,特别是引入运动图像的实时通信系统,链路层的同步就显得十分重要。链路层同步要受到通信线路的延时抖动、操作系统调度的实时性等影响。

2. 表示层同步

几种单一对象复合而成的对象称为复合对象,在多媒体对象中,如声音、影像、字幕组成的复合视频画面按照某种规律组合成多媒体复合对象。将不同表示层媒体的对象复合成一个复合对象的过程需要同步机制,构成多媒体复合对象;或者用超级链接将不同表示层媒体的对象链接的过程中也需要同步机制,构成超媒体。这两个过程均在表示层完成,因此称表示层同步。HyTime 和 MHEG 标准中的同步就属于表示层同步。

3. 应用层同步

根据制作脚本中对媒体表现出同步的要求,用多媒体创作工具将各种不同的媒体素材有机地联系在一起,形成有声有色的多媒体信息,而在这些媒体集成的过程中,同时满足了信息间同步的要求,因此称应用层同步。

4.3 多媒体技术软件

多媒体软件是多媒体计算机系统的支撑平台,多媒体计算机系统的软件主要包括各种硬件驱动程序、多媒体操作系统、多媒体信息采集处理软件、多媒体创作工具和多媒体应用软件。

1. 各种硬件驱动程序

为使多媒体系统能够表现出良好的信息,就要为硬件系统加配各种内置板卡和外部设备,这些加配硬件设备的驱动程序要直接管理和控制多媒体硬件,完成对硬件设备的启动、初始化和停止的控制,可以进行基于硬件的压缩和解压操作,能够负责图像或其他媒体的各种变换及功能调用等。

2. 多媒体操作系统

多媒体操作系统除具有普通操作系统功能外,还具有支持多媒体信息的能力,能够进行多媒体硬件的调度和指挥,能够为多媒体开发和播放提供支撑平台,支持各种多媒体软件的运行,并具备良好的可扩展性。

BeOS 是 Be. Inc 公司设计的媒体操作系统(Media OS),它有美观的图形用户界面、64位的文件系统、支持对称多处理器技术、支持 INTEL 和 POWERPC 两个平台等等。BeOS集成了许多功能强大的多媒体软件,如 Media Player、CD Burner 和 MIDI Player 等工具直接内嵌于系统中,使多媒体的制作更加方便,这使得 BeOS 应用很广泛。

Mac OS x 是 APPLE 公司新一代的操作系统,它基于 UNIX 并融合了 Macintosh 操作系统的平台,具有很强的图形图像处理功能,适合于专业的图形图像处理。Mac OS 运行稳定,网络安全性好。不足之处是移植性较差,一般只在苹果机上使用。

3. 多媒体素材采集处理软件

多媒体作品中大都包含文本、图形、图像、声音信息、视频影像、动画等多种媒体素材。多媒体创作的前期工作就是要进行各种媒体素材的采集、设计、制作、加工、处理,完成素材的准备。这些工作需要使用众多的素材采集制作软件。不同的媒体素材,用到的软件工具也不同。具体包括如下工具。

(1) 文本素材制作工具。文字素材一般用文字处理软件输入编辑后获得,常用的文字编辑软件有微软 Office 系列的 Word、金山公司的 WPS 等。

(2) 图形图像素材工具。矢量图形和位图图像分别是两种不同的图片形式。图形素材用专门的图形设计软件制作,如 AutoDesk 公司的 AutoCAD 设计制作复杂的图形素材,Corel 公司的 CorelDRAW 制作具有细致材质效果的图形素材。Adobe 公司的 Illustrator、Macromedia 公司的 FreeHand 等也是不错的矢量图形软件。位图图像素材可利用数码照相机等获取,也可以通过一些绘图软件绘制,再用图像处理软件对原始图片加工处理,如 Adobe 公司的 Photoshop 等。另外,一些如 ACDSee 等一些图片浏览工具也是不可缺少的,也要用到一些抓图的工具如 SnagIt、Snapview 及 Capture Professional 等。

(3) 音频素材工具。指能够配合硬件,完成声音录制、编辑、播放的软件,如美国 Syntrillium 公司推出的 Cool Edit 是一款较强的数字音频处理软件,能够完成高质量的录音、编辑、合成等多种任务,能对声音进行特殊处理,如降噪、扩音、特技等,也能以多种格式保存声音文件。常用的音频信息处理软件 Sound Forge、Wavelab、MIDI Maestro V 4.00.14 等也能够胜任多种声音格式的编辑处理,适合于各种音频制作的场合。

(4) 视频素材工具。指能够进行视频信息采集、编辑、剪辑、特效处理、视频播放的软件,如 Adobe 公司开发的 Premiere,是一款功能强大的非线性的专业视频处理软件,集采集、编辑、合成等功能于一身,能对视频影像、声音、动画、图片、文本进行编辑加工,并可最终生成电影文件。Premiere 能够配合多种视频卡进行实时视频捕获和视频输出,用多轨的影像与声音合成剪辑方式来制作多种动态影像格式的影片,操作界面丰富,满足专业化的剪辑需求。

(5) 动画素材工具。指能够进行动画素材创作、编辑的软件。如 Macromedia 公司推出的用于矢量图编辑与动画制作的专业软件 Flash,具有较强的平面动画制作功能,图像质量较高。由于 Flash 创作的动画是矢量动画,可以方便地对它进行放大、缩小,而且生成的动画文件数据量很小,易于网上传输。时下最流行的三维动画制作软件是 Autodesk 公司推出的玛雅(Maya)三维动画软件,Autodesk Maya 是一个用于端到端 CG 制作的屡获殊荣的创作解决方案。Maya 为艺术家提供了一个强大的创作工具集:广泛的三维建模、动画和渲染功能,创新的模拟技术以及高级合成功能。由于具有强大的开放框架、灵活的脚本功能以及扩展的应用程序编程接口(API)和软件开发工具包(SDK),Maya 更容易进行自定义和扩展,从而更高效地集成到制作流程中。Maya 广泛应用于 2001 年以来所有荣获奥斯卡最佳视觉效果奖的影片的制作,而且全球 20 大游戏出版商都是它的用户,Maya 使全球各地的艺术家、设计师和三维爱好者能够更轻松地制作出精彩、引人入胜的数字图像、风格化设计、可信的动画角色以及超凡逼真的视觉特效。

4. 多媒体创作集成工具

多媒体创作集成工具能够按用户的要求组织、编辑、集成各种媒体素材并进行统一的媒体信息管理，将多媒体信息组合成一个结构完整的具有交互功能的多媒体演播作品，是多媒体应用软件的开发工具，是多媒体作品的创作与开发平台。多媒体创作集成工具很多，不同的创作工具提供不同的应用开发环境。

PowerPoint 是 Microsoft Office 系列组件之一，是一种以页面制作为基础的多媒体集成工具，能够制作出各种形式的电子演讲稿、多媒体演示课件、幻灯广告，是应用最广泛的幻灯片制作工具。

Macromedia 公司开发的 Authorware 是一款通过图标、流程线来编辑和控制程序走向的多媒体集成创作工具软件，具有可视化编程界面，能够集成多媒体素材，形成具有较强人机交互功能的多媒体演播系统，被广泛应用于教育、广告等领域。

Macromedia 公司的另一款多媒体创作软件 Director 是基于时间的，它以可视的时间轴来确定事件出现的顺序和对象演示的时段，它的多轨编辑方式，在按时间序列控制多媒体同步上有独到之处，特别适合动画的制作。

5. 多媒体应用软件

多媒体应用软件是提供给用户直接使用的多媒体作品软件，是用多媒体开发工具将各种多媒体信息编辑集成后封装打包，在脱离原开发制作环境后，仍能独立运行的多媒体应用软件。用户只需按开发者提供的使用说明，安装或操作软件即可获取所需信息。

4.4　图灵奖获得者 Donald E. Knuth

Donald E. Knuth，1938 年出生于 Wisconsin，1986 年因设计和完成 TEX（一种创新的具有很高排版质量的文档制作工具）而被授予软件系统奖。1960 年，当他毕业于 Case Institute of Technology 数学系时，因为成绩过于出色，被校方打破历史惯例，同时授予学士和硕士学位。他随即进入大名鼎鼎的加州理工学院数学系，仅用三年时间便取得博士学位，此时年仅 25 岁。

毕业后留校任助理教授，28 岁时升为副教授。30 岁时，加盟斯坦福大学计算机系，任正教授。从 31 岁那年起，他开始出版他的历史性经典巨著：*The Art of Computer Programming*。他计划共写 7 卷，然而仅仅出版三卷之后，便已经震惊世界，使他获得计算机科学界的最高荣誉 Turing Award，此时，他年仅 36 岁。后来，此书与牛顿的"自然哲学的数学原理"等一起，被评为"世界历史上最伟大的十种科学著作"。相信学过数据结构和编译原理的同学们都知道 KMP 算法和 LR(K) 算法有多么的不可思议，然而此书中这样的算法比比皆是！

在计算机科学上，他主要是一位理论家。然而，他在理论以外也同样做出了惊人的成就。鼎鼎大名的排版软件 TEX，就是他的作品。此外，还有 Metafont 等，也在世界上得到广泛使用。

他的其他著作和论文难以数计，其中包括 Concrete Mathematics 等名著。从 1977 年起，他获得了 Fletcher Jones Professor of Computer Science 的头衔，并且同时兼任 Professor of Electrical Engineering。

1990 年，斯坦福大学更授予他一个非同寻常的头衔 Professor of The Art of Computer Science，作为对他的特殊贡献的承认！

他的其他荣誉数不胜数，其中主要的有：美国国家科学院院士，美国艺术与科学院院士，美国工程院院士，法国科学院外籍院士，挪威科学院外籍院士……美国数学会 Steele 奖，瑞典皇家科学院 Adelskold 奖，以色列工学院 Harvey 奖，IEEE 冯·诺依曼奖，东京高科技奖……共达数十个之多。同时，他还是牛津大学等二十几所大学的荣誉博士。早在 1970 年，他就在国际数学大会上做过特邀报告。

Knuth 获得图灵奖时为 36 岁，他是历史上最年轻的图灵奖获得者，甚至有可能永远把这个记录保持下去。相比之下，其他获得图灵奖的人当时一般都是五十几岁或者六十几岁，可见 Knuth 有多伟大！他真不愧为大师中的大师！

Knuth 很早就提前退休，为的是集中精力把巨著 The Art of Computer Programming 写完。他一生共带过 24 个（此数字也许不准）博士生，发誓不会再带更多的学生。但是，他有一个奇妙的承诺：在他定期进行的讲座中，会不断提出一些新的难题。如果有人能在给定的期限内解出任何一道难题，他将为那个人的博士论文签名（大约相当于名誉导师吧）！不知道世界之大，有没有哪位后起之秀能获得这样的殊誉。

第5章

软件工程

主要内容

- 软件工程概述；
- 软件生命周期；
- 软件项目管理；
- 软件可靠性；
- 图灵奖获得者 Frederick P. Brooks, Jr.。

难点内容

软件项目管理。

5.1 软件工程概述

1979 年 11 月 9 日美国战略防空司令部收到由全球军事指挥控制系统（WWMCCS）计算机网络发出的警报，警报说前苏联已经向美国发射导弹，但这实际上却是一个软件错误而引起的混乱。WWMCCS 误把模拟演习当成事实，就像 5 年后电影《战争游戏》（War Games）里所上演的一幕。尽管最后美国国防部宽宏大量地原谅了这出把实验数据当成真实数据而引起的闹剧，但无论是可能导致错误的软件错误，或是系统在区分模拟和真实数据上的设计失误，还是终端用户无法依靠系统提供的必要检查进行事实分辨都给我们提出了一个深刻的问题，即由软件引起的问题或称为软件错误很可能会给现代的文明社会带来不愉快或灾难性的结局。

1967 年软件工程的概念由北大西洋公约组织 NATO（North Atlantic Treaty Organization）的一个研究小组首次提出。这一术语在 1968 年于德国的 Garmisch 召开的 NATO 软件工程会议上正式公布。这表明软件项目的开发应该与其他工程任务的开发相类似，所以软件工程应当使用已建立的工程学科的基本原理和方法示例来解决所谓的软件危机。软件危机体现在软件开发费用和进度失控、软件可靠性差、生产出的软件难以维护等方面。

软件工程一直都缺乏统一的定义，不同的学者、组织结构都给出了自己的定义，如 Barry Boehm 更加侧重于程序及其涉及的文件资料方面；IEEE 则认为软件工程是将工程化应用于软件及其中用到的方法的研究；FritzBauer 在 NATO 会议上提出：利用完善的工程化原则来获得有效运行的可靠软件的方法可以看做是软件工程的核心。目前受到业界大多数研究者认可的一种定义为：软件工程是研究和应用如何以系统性的、规范化的、可定量的过程化方法去开发和维护软件，以及如何把经过时间考验而证明正确的管理和当前能够得到的最好的技术方法结合起来。尽管软件工程的提出致力于软件危机的解决且经过多年的研究实践取得了可喜的成就，但仍有相当数量的软件产品延期交付、成本超出预算，或存在错误，甚至有些项目被迫取消。例如，分析软件开发项目的研究机构 Standish Group 于 2010 年 3 月对 2009 年完成的软件开发项目进行的统计结果（如图 5.1 所示）表明软件工程仍然是今后很长时间的热门研究学科。

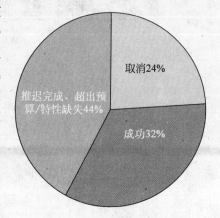

图 5.1   软件开发项目结果统计

5.2   软件生命周期模型

软件生命周期是软件产品或系统经过孕育、诞生、成长、成熟，一直到衰亡的过程；与之对应的，把整个生命周期划分为多个目标明确的阶段，从而便于软件项目的控制与管理。传统的生命周期模型可以大致划分为 6 个阶段。

◆ 需求阶段：对要解决的问题进行研究和细化，了解客户的需求。

◆ 分析（规格说明）阶段：分析客户需求并给出规格说明书，明确最终客户希望得到的产品。

◆ 设计阶段：对整个系统进行设计，如框架设计，数据库设计等。一般包含总体设计和详细设计两个过程。总体设计又称概要设计，对全局问题的设计，设计出系统实现的总体处理方案，包括配置设计、模块结构设计等内容。而每个模块的具体实现则由详细设计完成。

◆ 实现阶段：此阶段的主要工作是将设计的结果转换成计算机可运行的程序代码，即程序编码和测试。测试过程由单元测试、组装测试及系统测试构成。

◆ 交付后维护：本阶段是生命周期中时间最长的阶段。软件投入使用后，经客户验收测试后仍可能需要对软件做纠错性和改进性维护，使软件产品满足客户需要。

◆ 废弃：软件无法满足客户要求，即客户不再使用该软件产品时，该软件的生命周期就宣告结束。

◆ 理想的软件项目开发可以按图 5.2 中的步骤进行。系统从零开始的，∅表示空集（即从无开始）。在明确客户需求后进行分析得到系统最终可能的雏形，按照规格说明书依次进行总体和详细设计，最后得到产品的实现，并提交给客户安装使用。

图 5.2   理想的软件开发

然而,软件开发在实践中与理想的情况有很大的不同。究其原因有两点:一,软件开发人员既然是人就不可避免地会犯错,导致软件开发过程的反复;二,客户的需求并不是一成不变的,在软件开发过程中,客户需求的不断变化也造成了软件开发过程的变化。

基于以上原因,软件生命周期模型通俗地说就是软件开发过程中所遵循的模式,具体有以下若干种。

5.2.1 进化树模型

因为理想的软件开发过程是不存在的,所以软件开发过程都需要根据项目开发过程中出现的问题进行调整和修改,来满足客户的需求。例如,随着城市规模的不断扩充和人民生活水平的提高,越来越多的私家车出现在城市街道中。为了缓解某市区交通拥堵现象,鼓励市民乘坐公共交通设施,拟在每辆公共汽车中安装自动收款机,乘客乘车时将乘车资费1元纸币塞入收款机,收款机能够利用特定的图像识别算法验证纸币的面值及真伪。为了提高乘客投币上车的速度,要求收款机对每张纸币的识别速度及响应时间要少于1秒且识别的准确度应达到98%。

阶段1:完成系统的初步设计及实现,即1.0版。

阶段2:经过测试发现该软件对纸币的识别速度及平均响应时间超过规定的1秒钟时间。经过检查发现,为了达到较高的准确率,开发人员提高了数字的精度,因此导致花费了更长的时间,找到原因后,开发人员对实现进行修改。

阶段3:再次测试发现平均时间仍超过1秒钟,实现过程的问题已经解决,需要向上追溯到设计阶段。由于图像识别算法效率无法达到系统要求,选用效率更高的算法,修改系统设计并按照新的设计方案完成实现。

阶段4:由于前期的问题不断,项目的开发进度远远落后于原定计划,花费也超出了既定的预算。管理者为弥补项目整体损失,希望能进一步提高该系统的识别准确度,增加识别纸币的面额种类,从而扩大软件的销售市场。为达到新的需求,需要从整个系统需求、分析、设计和实现多方面进行修改。最后该软件在提高准确度和增加识别面额种类前提下,应用于公交系统和自动售货机系统,在一定程度上补偿了之前的项目超支。

按照上述开发过程可以得到如图5.3所示的进化树生命周期模型。按照问题出现和解决的过程,可以从左向右划分为4个阶段。阶段1表示该系统从零开始开发直到完成版本

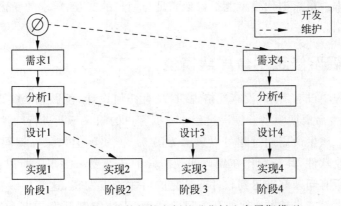

图5.3 自动收款软件实例的进化树生命周期模型

1.0。阶段2出现问题后,仅对实现进行修改得到新的软件版本。由于问题没有从根本上解决,阶段3中不得不改变设计,采用更快速的图形识别算法,并根据该设计完成实现。为弥补之前的损失,阶段4中,由于需求的改变,不得不对后续的分析(分析4)、设计(设计4)及实现(实现4)都进行修改。进化树生命周期的每一个阶段结束后几乎都可以得到一个近似完整的软件版本。

5.2.2 迭代-增量生命周期模型

迭代-增量生命周期模型是软件开发过程中常用的模型之一。所谓增量是指软件开发过程中先开发主要功能,再开发次要功能,逐步完善;迭代是指在增量开发过程中,某一模块的开发是反复进行的。实际过程中二者互相结合,不断重复。即软件是一部分一部分地完成(递增),每个部分又经过多个开发版本(迭代)。针对5.2.1节的软件实例可以得到如图5.4所示的迭代-递增生命周期模型。

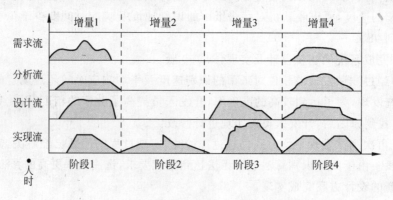

图 5.4　自动收款软件实例的迭代-增量生命周期模型

图5.4用4个增量显示了软件产品的开发过程,分别标为增量1、增量2、增量3和增量4。水平坐标轴是时间,垂直坐标轴是人时(1人时是一个人在1个小时内所能做的工作量),因此在每条曲线下的阴影区是该增量的总的工作量。

迭代-增量模型显示的是强调迭代和增量的软件的建造方式。所以,同一软件产品根据侧重点不同可以生成不同的迭代-增量生命周期模型。迭代-增量模型要求每次迭代后都是一个可交付的版本。虽然迭代模型能很好地满足与用户的交互、需求的变化,但却是一个很难真正用好的模型。

5.2.3 编码-修正生命周期模型

软件实现过程中没有需求、没有规格说明、没有任何设计,仅做编码实现的生命周期模型称为编码-修正生命周期模型。编码过程中根据客户的需求不断进行软件的重新编码,也就是边写边修改。该生命周期过程可以表示为图5.5。实际上如果在编码前的需求、分析或是设计阶段修改软件,其花费比在编码实现阶段的花费要小很多。所以,编码-修正模型最大的缺点是将所有问题都推迟到软件产品完成后才能被发现,这就导致软件的结构可能随修改的多次发生而越来越差;软件开发风险增大,无法控制开发周期和开发成本;没有生成任何相关文档,软件维护困难。所以编码-修正生命周期模型尽管是最简单的软件开发方式,但也是迄今为止最糟糕的方式。

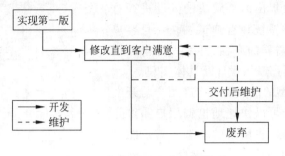

图 5.5　编码-修正生命周期模型

5.2.4　瀑布(Waterfall)生命周期模型

瀑布生命模型最初由温斯顿·罗伊斯(Winston Royce)于 1970 年提出,图 5.6 显示产品的完整瀑布生命周期模型。

瀑布模型的核心思想是按照工序将问题简化,将功能的实现与设计分开,便于分工协作。瀑布模型规定 6 个基本阶段是自上而下、相互衔接的固定次序,如同瀑布一样,逐级下落。在各阶段进行过程中都会产生循环反馈,因此,如果发现问题,就要回到上一个阶段进行修改。

瀑布模型有许多优点,包括在项目开发过程中进行阶段性检查;前一阶段结束后,注意力集中于后续阶段;可以和迭代-增量模型结合使用;在各个阶段都要求提供相应的文档等。然而,瀑布模型对文档的强调也成为其弱点。软件过程从需求分析及规格说明文档开始,而客户通常没有阅

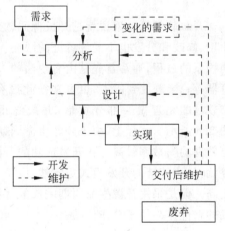

图 5.6　完整的瀑布生命周期模型

读软件规格说明书的经验,客户无论是否真正明白开发方提供的规格说明,最终都会签署规格说明文档,因为客户认为规格说明书描述的正是自己期望的软件产品。由于开发模型是线性的,客户只能在整个过程的末期见到开发的成果后,才能发现签署的规格说明描述的产品并不符合自身的需求。所以瀑布模型太过理想化,已不再适合现代的软件开发模式。

5.2.5　快速原型开发生命周期模型

快速原型简单地说就是一个模型,它是实际期望系统的精简版或缩小比例版。该模型可以实际运行、反复修改并不断完善,最终达到客户需求。这里的原型可以分为抛弃型和不抛弃型。如果原型仅仅是需求阶段和用户沟通画的 DEMO(演示版),则可以在得到用户确认后抛弃。若在开发过程中应用了迭代技术,则每次开发的结果都是相对独立的系统,作为

后续细化的基础,不建议抛弃。图 5.7 所示的快速原型开发生命周期模型的第一步是建造一个快速原型,即开发人员对用户提出的待解决的问题进行总结,然后给出一个原型系统让客户试用。一旦客户认为该原型正是自己需要的东西,开发人员就可以在该原型的基础上进行分析、设计及具体实现。

快速原型开发模型的优点有:增进用户与开发人员之间的沟通,从而可以快速地挖掘用户需求并达成需求理解上的一致,将用户的动态的需求能最早地提上设计实现日程;缩短开发周期,降低开发风险,特别适用于对项目需求的分析难以一次完成的系统开发中;可以结合瀑布或迭代-增量等方法一起使用,达到最好的效果。

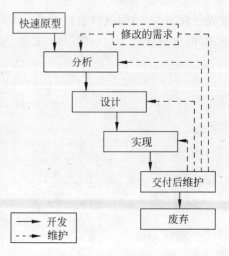

图 5.7　快速原型开发生命周期模型

5.2.6　开源生命周期模型

开源软件简单地说就是开放源码软件,即其源代码可以被公众使用的软件,并且软件的使用、修改和分发也不受许可证的限制。几乎所有成功的开源软件项目的开发都是一个长期积累的过程,通常首先是由有想法的人初步完成一个版本,如 Linux 操作系统、Firefox 浏览器等;接着放到网上,由更多彼此没有联系但都对该软件项目有兴趣和开发热情的人为该软件的完善做一部分贡献,并最终得到共同开发的软件作品。开源生命周期模型如图 5.8 所示。实际上,由于开源生命周期模型的特定模式,以及缺乏必要的约束和管理,开源软件的失败率较高。在开发成功的开源软件中,这种模式不仅能更快地生产出更好的软件,而且比传统的开发模式更省钱,由于开发者都是自愿参加该软件开发的,其工作热情也更高。但是采用开源生命周期完成的开源软件是有版权的,按照规定,由众多开发者共同开发的软件作品属于合作作品。

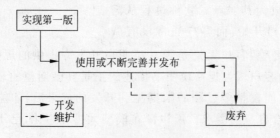

图 5.8　开源生命周期模型

5.2.7　螺旋生命周期模型

1988 年,巴利·玻姆(Barry Boehm)正式发表了软件系统开发的"螺旋模型",它将瀑布模型和快速原型模型结合起来,强调了其他模型所忽视的风险分析,特别适合于大型复杂的系统。图 5.9 是完整的螺旋模型,螺旋模型沿着螺线进行若干次迭代旋转,图中的 4 个象限代表以下活动:制定计划——确定软件目标,选定实施方案,弄清项目开发的限制条件;风险分析——分析所选方案,考虑如何识别和消除风险;实施工程——实施软件开发;客户评估——评价开发工作,提出修正建议。

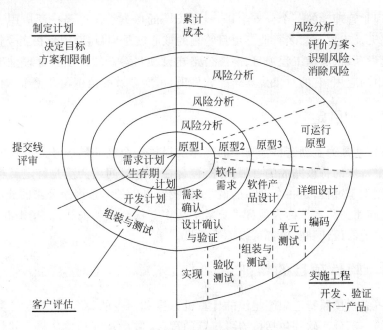

图 5.9 螺旋生命周期模型

螺旋模型在每个阶段开始前都需要进行风险评估,但风险分析需要丰富的评估经验,风险规避也需要深厚的专业知识,这给螺旋模型的应用增加了难度。

5.2.8 生命周期模型的比较

表 5.1 全面比较了前面讨论的 7 种生命周期模型。

表 5.1 生命周期模型的比较

生命周期模型	长 处	短 处
进化树模型	贴近现实软件开发模型,与迭代-增量模型等价	
迭代-增量生命周期模型	贴近现实软件开发模型,降低风险,加快开发进度	
编码-修正生命周期模型	适用于不需要任何维护的小程序	不适合重要的程序
瀑布生命周期模型	阶段性检查,依赖于规格说明书	交付的产品可能不符合客户的要求
快速原型生命周期模型	产品符合客户的要求,开发速度快	不适合大规模软件开发
开源生命周期模型	成功的软件质量高且花费少	失败率较高
螺旋生命周期模型	风险驱动	建设周期长,开发者必须精通风险分析和风险排除

5.3   软件项目管理

项目管理是管理学的一个分支学科,经过长期的探索总结已经广泛应用于软件、金融、服务、航空航天及工程等诸多行业。项目管理的核心就是项目,而项目在当今社会中普遍存在,如城市建设项目、电信工程项目、高速公路建设项目等。软件项目管理是项目管理理论在软件行业中的应用,它的对象是具体的软件项目,所涉及的范围覆盖整个软件工程过程。

5.3.1   项目定义

所谓项目,就是为了创造一个唯一的产品或提供一个唯一的服务而进行的临时性的努力。它是一个特殊的将被完成的有限任务,包含在一定时间内为满足特定目标的多项相关工作。项目侧重于过程,是一个动态的概念,如我们可以把一条高速公路的建设过程称为项目,但不能把高速公路本身称为项目。日常生活中一次会议的安排,一场婚礼的策划,一个实用计算机系统的设计和实施都可以称为项目。

5.3.2   软件项目的特征

软件是一系列按照特定顺序组织的计算机数据和指令的集合,它是与计算机系统中硬件相互依存的一部分。软件包括机器可执行的程序、数据及其相关文档。软件产品与其他产品不同,它是无形的,完全没有物理属性的。这样的产品对于用户和开发人员一样都是难以理解,难以完全驾驭的。由于用户一开始很难给出明确的想法,无法提出确切的要求,搞不清楚自己的需求,这样开发人员就更是摸不着头脑了。开发过程中,程序与文档又要不断修改,修改过程中又可能产生之后很长时间才能发现的新问题。所以软件项目除了具有一般项目的特征外,它还具有自己的特殊性。软件项目的特点主要表现在以下几个方面。

1. 项目的定制性

特定的硬件配置,加上特定的系统或支撑软件构成特定的开发环境。再加上软件项目的独特性,使得软件项目具有独一无二的特色,几乎找不到一模一样的软件产品。软件开发至今没有摆脱手工的开发模式,软件项目的各个阶段都渗透了大量的手工劳动,尽管开展了软件工具和 CASE(Computer Aided Software Engineering,计算机辅助软件工程)的研究,但由于软件产品基本上是"定制"的,所以仍未达到自动化的程度。这就和其他领域中大规模现代化生产有了很大的差别,自然会给管理工作造成很多实际的困难。

2. 不确定性

项目一般应该是目标确定的,这里的不确定性是指软件项目能否按照要求在开发周期内以给定的预算由特定的开发人员完成是无法得到保证的。因为软件项目在计划阶段的预估与实际开展过程中的情况会有一定差别。在软件开发过程中有可能遇到更多始料未及的风险,如用户需求的临时变动、开发人员的突然流动等,都会影响项目的预定执行过程。因此,在实际的项目实施过程中,不但要制定合理的实施计划,也要在计划进展中严格监控软件开发过程,争取在第一时间了解并掌握影响计划变动的因素,并采取切实可行的应对措施。

3. 智力密集型

软件项目是智力密集、劳动密集型项目,软件工程过程充满了大量的高强度的脑力劳动。软件开发的成果不是可见的逻辑实体,软件产品的质量难以用简单的尺度进行衡量。为高质量完成软件项目,充分发掘人员的智力、才能和创造精神,不仅要求软件人员具有一定的技术水平和工作经验,而且要求他们具有良好的心理素质。软件开发人员的情绪和工作环境等对工作成果有很大影响。与其他性质的项目相比,在软件系统开发中,人力资源的作用更为突出,必须在人才激励和团队管理问题上给予足够的重视。

5.3.3　软件项目管理的特征和内容

软件项目管理于 20 世纪 70 年代在美国提出,当时美国国防部在研究了软件开发不能按时提交、预算超支和质量不达标等情况后,发现导致 70% 的项目失败的原因并不是技术,而是项目开展过程中管理不善造成的。软件项目管理是为了使软件项目能够成功,对工作范围、花费工作量(成本)、需要的资源(人员、硬件/软件)、任务、进度文档等进行分析、管理、控制的活动。

由于软件项目管理和其他项目相比有自身的特殊性,所以对软件项目的管理不能完全照搬其他类型的管理方式。首先,软件是纯知识产品,其开发进度和质量不易估计和度量,生产效率也难以预测和保证。其次,软件系统的复杂性也导致了开发过程中各种难以预见和控制的风险。像 Windows 这样的操作系统至少有 1500 万行的代码,同时有数千个程序员在进行开发,其中的项目经理就超过 100 多个。如此庞大的系统如果没有很好的管理和控制,其软件质量是无法得到保证的。

软件项目管理一般可以分为 4 个阶段:项目启动、项目规划、项目跟踪控制和项目结束。具体来说,软件项目管理主要包括如下几个方面:人员的组织与管理、软件度量、软件项目计划、风险管理、软件质量保证、软件过程能力评估、软件配置管理等。这几个方面贯穿于整个软件开发过程中,其中人员的组织与管理把注意力集中在项目组人员的构成、优化;软件度量包括过程度量和产品度量两个方面,主要评测软件开发中的成本、效率、进度和质量等要素是否符合期望值;软件项目计划主要包括工作量、预算、开发周期的估算,并依据估算值安排和调整工作;风险管理从各个方面预测项目进行过程中可能出现的各种影响项目质量、进度或成本等方面的风险并积极采取措施予以避免;质量保证是为了保证产品和服务充分满足消费者要求的质量而进行的有计划、有组织的活动;软件过程能力评估是对软件开发能力进行衡量;软件配置管理针对开发过程中人员、工具的配置和使用提出管理策略。

5.3.4　软件项目管理成功衡量标准

软件项目成功与否的衡量标准一直是业内争论的话题。从项目的定义可以得出软件项目的关键要素只有 3 个,时间、成本、质量。即项目有没有在进度上超出计划,项目在成本上有没有超出预算,项目在质量上有没有满足需求,后者还可以进一步分解成更细的标准,如系统的功能是否符合需求计划,系统的信息处理和运行方式是否合适,项目的整体运行状态是否适应企业的运营体系等。人们总结出了软件项目管理的成功原则。

1. 平衡原则

时间规定了项目的开发周期,成本决定项目需要的投入,质量要求项目交付后能满足用户要求。这三者需要到达一定的平衡,不能单独追求其中的任意一环。

开发时间短是用户和开发方都希望的,但是开发周期是由成本、需求和质量等共同决定的。强行缩短开发时间一定是以牺牲质量或增大开发成本为代价的。

客户希望开发成本额度预算越低越好,但是开发方却希望客户给出的投入成本越高越好,从而获取最大的利润。由于供求双方一定是对立的,所以成本的确定是由双方都充分衡量自身要求后共同协商确定的。

质量是最难衡量的,用户满意是开发方的目标,但是相应的成本增加和时间投入却是用户不希望看到的,所以质量的衡量不能好高骛远,要以满足实际情况为准。

2. 分解原则

"化繁为简,各个击破"是复杂问题解决的最直接和有效的方法。软件项目开发过程中也应该贯彻这一思想,将大项目细化为小项目,周期长的项目分解成阶段性的项目。坚持分解原则才能降低管理的难度和项目的风险,阶段性成果的实现也能激励开发人员的自豪感和工作积极性。

3. 简单有效原则

就像没有完美的项目一样,管理也永远不可能做到无懈可击,一旦管理者力求构建一个没有任何问题的管理过程就会过分强调细节,反而不能有效地解决管理过程中的主要矛盾,进入一个没有尽头的黑洞,最终导致项目的失败。所以有效的管理往往比完美的管理更重要、更有用。

4. 规模控制原则

为了降低管理人员的工作难度,提高管理的效率,促进开发小组的沟通和合作,项目小组的人数不能太多。在微软,有一个明确的原则就是控制项目组的人数不要超过 10 人,当然这不是绝对的。但"贵精不贵多"是一个基本的原则。

5.3.5　软件项目生命周期的划分

与软件生命周期相对应,软件项目生命周期可以划分为类似的阶段:

1. 可行性研究

可行性研究必须从系统总体出发,对技术、经济、财务、商业甚至环境保护、法律等多个方面进行分析和论证,以确定项目是否可行,为正确进行投资决策提供科学依据。项目的可行性研究是对多因素和多目标系统进行的分析研究、评价和决策的过程,需要各方面知识的专业人才通力合作才能完成。该阶段往往对项目开发的成败起着至关重要的作用。这一阶段一般会形成"可行性研究报告"。

2．需求分析

需求分析是指理解用户需求，就软件功能与客户达成一致，估计软件风险和评估项目代价，最终形成开发计划的一个复杂过程。这个过程中用户的需求是处于主导地位的，需求分析工程师和项目经理的工作是全面地理解用户的各项要求，并整理用户需求，将用户需求以需求规格说明书的形式准确描述出来，为之后的软件设计打下基础。

3．系统设计

这一阶段是根据需求规格说明书，设计软件系统的模块层次、数据库结构、模块划分及具体的模块的实现细节，实质上就是明确系统"如何做"的问题。分成两个步骤：总体设计和详细设计，总体设计侧重于系统的层次结构设计；详细设计针对每个模块设计流程、算法和数据结构，为编写程序提供最直接的依据。

4．软件实现

这一阶段指的是依照软件详细设计规格说明书生成可用软件代码的相关活动及方法，包括软件编程、调试和实现过程中所需的项目管理技术。由于软件实现是人员最多、时间最长、工作量最大的阶段，所以必须制订实现的规范，才能保证顺利完成任务。除了编程规范外，采用成熟可靠的技术，对代码进行配置管理，由开发人员进行跟踪调试等都是保证开发质量的重要手段。

5．软件测试

软件测试的目的是利用测试工具对产品进行功能和性能测试，以确保开发的产品适合需求。软件测试技术在现代的软件项目管理中已经成为一个重要的分支，从不同的角度可以划分为不同的测试类型。在项目管理过程中主要分成单元测试、集成测试、确认测试和系统测试，其中单元测试可以在系统实现过程中完成，其余 3 种测试由专门的测试人员进行。软件测试除了对程序代码测试外，还应该包括对整个软件开发周期中产生的文档进行测试。

5.4 软件可靠性

随着计算机的应用日益广泛，人们对软件质量的要求也越来越高，作为软件质量最重要的一项内容——软件可靠性，自然也受到人们的重视。在这几十年的研究过程中，人们也日益认识到，要保证软件的质量，特别是软件的高可靠性，必须要求软件行业全体人员积极自主的工作和广泛的协作。

美国 IEEE 计算机学会于 1983 年对"软件可靠性"作出了明确定义，此后该定义逐渐被美国标准化研究所和我国认可为国家标准。该定义包括两方面的含义：

（1）在规定的条件下，在规定的时间内，软件不引起系统失效的概率；

（2）在规定的时间周期内，在所述条件下程序执行所要求的功能的能力。

于是，在 1990 年前后，终于形成了软件可靠性工程（Software Reliability Engineering）的概念。现在，已发展成每年举行一次国际软件可靠性工程学术会议，以交流本领域的发展与成就。围绕软件产品生命周期模型所进行的可靠性工程活动如图 5.10 所示。该过程的各个阶段不必遵循严格的顺序，可靠性工程的各种活动也有很多交叉和重复。

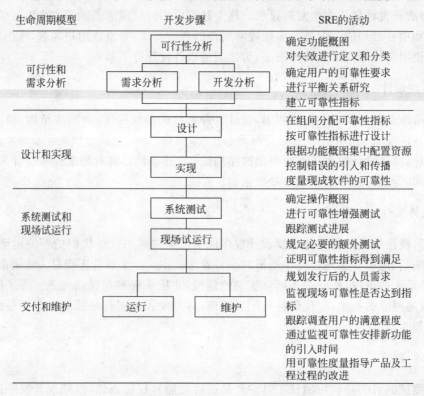

图 5.10　软件产品生命周期中的可靠性工程活动

5.5　图灵奖获得者 Frederick P. Brooks，Jr.

20 世纪最后一年也就是 1999 年的图灵奖，授予了时年 69 岁的资深计算机科学家布鲁克斯（Frederick Phillips Brooks，Jr.）。因为他在 20 世纪 60 年代初只有 29 岁时就主持与领导了被称为人类从原子能时代进入信息时代标志的 IBM/360 系列计算机的开发工作，取得了辉煌成功。他在计算机技术的诸多领域中都做出了巨大的贡献。从某种意义上说，对于布鲁克斯而言，图灵奖是一个"迟到的荣誉"。

布鲁克斯 1931 年 4 月 19 日生于北卡罗来纳州的杜哈姆。1953 年从杜克大学毕业，取得学士学位以后，进入哈佛大学深造，1955 年取得硕士学位，1956 年在哈佛取得博士学位以后，布鲁克斯进入 IBM 公司设立在纽约波凯普

茜的实验室当工程师。布鲁克斯参加了 Stretch 计算机的开发,任体系结构设计师。Stretch 计算机被认为是世界上第一台流水线计算机,布鲁克斯在其中的创造性贡献是解决了程序中断系统的设计难题。

1959 年,布鲁克斯曾被调至 IBM 在约克郡高地的研究中心工作,但第二年又重新调回波凯普茜的实验室研制 IBM/360,布鲁克斯与伊万斯率领着 2000 名程序员夜以继日地工作,单单 360 操作系统的开发就用了 5000 个人年。因此,当 1964 年 4 月 7 日,在 IBM 公司纪念其成立 50 周年的庆祝大会上发布 360 系列计算机的时候,小沃森完全有理由声称"这是公司历史上发布的最重要的产品"。到 20 世纪 70 年代中期,360 系列机的市场占有率达 50%。各计算机生产厂商纷纷以 360 为榜样,推出各自的系列机,有的则直接采用 360 的操作系统,比如著名的 Amdahl 公司的所谓"插接兼容式"计算机(Plug Compatible Computer)就是这样的。为此,伊万斯和布鲁克斯两人常常被并称为"IBM/360 之父"。

360 成功以后,布鲁克斯离开 IBM 回到故乡,为北卡大学(UNC)创建了计算机科学系,担任该系系主任长达 20 年(1964—1984 年)。卸任以后仍在该系任教至今,因此他培养的学生很多。除了教学以外,他还致力于发展美国的计算机技术和计算机在国防等方面的应用。1966—1970 年,他是 ACM 全国委员会的委员;1973—1975 年出任 ACM 体系结构委员会(SIGCA)的主席;1977—1980 年布鲁克斯在美国国家研究院计算机科学技术部任职;1983—1984 年他是美国国防科学委员会人工智能攻关领导小组的成员,1986—1987 年是上述委员会另一个攻关领导小组"计算机模拟和训练"的成员;1985—1987 年他担任军用软件攻关小组的组长。他的研究领域除了计算机体系结构、机器语言设计、软件工程、大型项目管理以外,还包括动态体系结构的可视化(如"走查"Walkthrough)、人机接口、交互计算机图形学等,十分广泛。1987 年布鲁克斯当选为美国工程院院士,他同时也是英国皇家学会和荷兰皇家科学与艺术院的外籍院士。

布鲁克斯的著作不多,但影响都很大。1963 年他和依费逊(Kenneth Iverson,APL 发明人,1979 年图灵奖获得者)合著了《自动数据处理》(Automatic Data Processing,Wiley)一书,这是该领域中最早的专著之一。1975 年,他把他历年来所写的有关软件工程和项目管理方面的文章汇集成书,书名为《人月神话》(The Mythical Man-Month:Essay on Software Engineering,Addison Wesley)。由于本书是他领导 IBM/360 软件开发经验的结晶,内容丰富而生动,成为软件工程方面的经典之作。最近的一本专著是他与荷兰特文德理工大学(Twente Technical University)的勃芬夫教授(G. A. Blaauw)合著的《计算机体系结构:概念与发展》(Computer Architecture:Concept and Evolution,Addison Wesley,1997),这本书实际上是对计算机体系结构半个多世纪来发展变化的一个全面的回顾和总结。1995 年,他与苏泽兰特(I. E. Sutherland,"计算机图形学之父",1988 年图灵奖获得者)等还合编了一本书,书名是 Evolving the High Performance Computing and Communications Initiative to Support the National Information Infrastructure,由 National Academy Pr. 出版,论述了有关高性能计算机计划及信息基础设施(也就是所谓"信息高速公路")建设的一系列问题。

在被授予图灵奖之前,ACM 在 1987 年曾授予布鲁克斯"杰出服务奖"(Distinguished Service Award),1995 年曾授予他以纽维尔(A. Newell,1975 年图灵奖获得者,1992 年去世)命名的 Newell 奖。加上这次的图灵奖,布鲁克斯成为继克努特(D. E. Knuth,1974 年图灵奖获得者)之后的第二位同时拥有 ACM 3 个奖项的计算机科学家。IEEE 也先后向布鲁克斯颁发了 3 个奖项，即 McDowell 奖(1970 年)、计算机先驱奖(1982 年)、冯·诺依曼奖(1993 年)。AFIPS 在 1989 年授予布鲁克斯 Harry Goode 奖。数据处理管理协会 DPMA 1970 年授予他"计算机科学"奖，并命名他为该年度的风云人物。1985 年布鲁克斯因在开发 IBM/360 上的杰出贡献而荣获全国技术奖章(National Medal of Technology)，同时获此殊荣的还有伊万斯和 IBM 的另一位功臣布洛克(Erich Bloch)。物理学界的富兰克林学会(Franklin Institute)也曾授予布鲁克斯 Bower 奖。

第6章

计算机图形学

主要内容

◆ 图形学基本概念；

◆ 计算机视觉和可视化；

◆ 图形用户界面；

◆ 人机交互与虚拟现实；

◆ 图灵奖获得者 Ivan Edward Sutherland。

难点内容

计算机视觉和可视化。

6.1 图形学基本概念

1962 年，MIT 林肯实验室的 Ivan E. Sutherland 在他的博士论文"Sketchpad：一个人机交互通信的图形系统"中首次使用了计算机图形学"Computer Graphics"这个术语，证明了交互计算机图形学是一个可行的、有用的研究领域，从而确定了计算机图形学作为一个崭新的独立科学分支的地位。

计算机图形学是研究怎样利用计算机来显示、生成和处理图形的原理、方法和技术的一门学科。计算机图形学的研究对象就是图形。通常意义下的图形指的是能够在人的视觉系统中形成视觉印象的客观对象。图形可以包含两类要素：几何要素即刻画形状的点、线、面、体等；非几何要素指反映物体表面属性或材质的明暗、灰度、色彩等的要素。计算机图形学中所关注的是从客观世界物体中抽象出来的带有颜色及形状信息的图形。

计算机图形学研究的基本问题包括以下几个方面：

1. 图形输入

图形输入的常规方法是将程序输入到计算机中，进行人机交互。常见的输入方法有交互输入法、工程图纸直接输入法、计算机自动生成法等。

图形输入的工作量和难度并不亚于几何算法和图形输出，随着时间的推移，图形输入将越来越成为计算机图形学应用中的主要难题。

2. 图形描述

图形描述是指图形物体能由计算机识别并在现实屏幕上以图形的方式输出。在三维空间，描述的是几何形体和几何曲面，只有在平面上，才是人们通常所称的图形。

图形描述中起着关键作用的技术是数据结构。如线性链接表、树结构、堆栈和队列等，都广泛应用于几何模型的描述、运算和输出中。

3. 图形变换

在实际图形处理过程中，经常要对图形进行各种变换，如几何变换、投影变换、窗口变换等。总体上可以将变换分为 3 种，即二维变换、三维变换和三维向二维的变换。图形变换在构造、产生、处理和输出图形的各个环节中都起着重要的作用。

4. 图形运算

在三维空间中，图形的运算是一种几何形体的运算，它是计算机辅助几何设计（Computer Aided Geometric Design，CAGD）的一个重要操作，这种操作通常叫做物体造型，或几何造型。几何造型系统的显著优越之处在于：无需人为干预就能预定形体与执行一连串运算，即具有高度自动化的图形定义或构造、产生处理或演变功能。

直线和圆弧这两种基本几何段的相贯运算是平面图形运算的基础，保证这些算法的准确性，提高这些算法的效率是计算机图形系统的一项基础性工作。

5. 图形输出

图形输出是将计算机处理的数字信息转换为图形输出的过程，它直接向人们显示出计算机图形系统的效果。图形输出是计算机图形学中研究得最早、最深入，解决得最好的部分。图形输出涉及的问题主要有基本几何的光栅化显示、几何裁剪算法、大规模场景显示算法等。

计算机图形学已经成了一种实用工具，频繁地应用于多种领域，如科学、艺术、工程、商务、工业、医药、政府、娱乐、广告和家庭等。

6.2　计算机视觉和可视化

6.2.1　计算机视觉

计算机视觉简单地说是一门研究如何使机器能够"看"的科学，具体地说，就是指用摄影机和计算机代替人眼对目标进行识别、跟踪和测量等工作，经过计算机的图形处理形成更适合人眼观察或传送给仪器检测的图像。作为一个学科，它的主要任务就是通过对采集的图片或视频进行处理来获得相应场景的三维信息，就像人类和许多其他类生物每天所做的那样。计算机视觉既是工程领域，也是科学领域中的一个富有挑战性的重要研究领域。所以计算机视觉实际上是一门综合性的学科，涉及包括计算机科学和工程、信号处理、物理学、应用数学和统计学、神经生理学和认知科学等各个学科。

在各个应用领域，如制造业、检验、文档分析、医疗诊断和军事等领域中各种智能自主系统中视觉都是不可分割的一部分。由于其重要性,很多国家如美国等都把计算机视觉视为对经济和科学有广泛影响的科学和工程中的重大基本问题进行研究,即所谓的重大挑战(Grand Challenge)。计算机视觉的最终研究目标就是使计算机能像人那样通过视觉观察和理解世界,具有自主适应环境的能力。这是需要经过长期的努力才能达到的目标。因此,在实现最终目标以前,人们努力的中期目标是建立一种视觉系统,这个系统能依据视觉敏感和反馈的某种程度的智能完成一定的任务。而机器视觉则需要通过图像信号、纹理和颜色建模、几何处理和推理,以及物体建模等步骤完成。例如,计算机视觉的一个重要应用领域就是自主车辆的视觉导航,目前还没有条件实现像人那样能识别和理解任何环境,完成自主导航的系统。因此,目前人们努力的目标是实现在高速公路上具有道路跟踪能力,可避免与前方车辆碰撞的视觉辅助驾驶系统。这里要指出的一点是在计算机视觉系统中计算机起代替人脑的作用,但这并不意味着计算机必须按人类视觉的方法完成视觉信息的处理。计算机视觉应该根据计算机系统的特点来进行视觉信息的处理。红外线、激光、热感应这些都可以作为计算机视觉系统中的信息输入设备。

计算机视觉研究虽然开始于20世纪60年代初,但经过20多年的探索才取得许多重要进展。在国外,计算机视觉系统应用于很多方面,如用于海洋石油开采中海底勘查的水下机器人;用于医疗外科手术及研究的医用机器人;帮助人类了解宇宙的空间机器人;完成特殊任务的核工业机器人等。其中得益于计算机视觉技术中的视觉检测技术的应用,大概40%~50%都集中在半导体行业,如各类生产印刷电路板的组装技术和设备、PCB印刷电缆、电子封装技术与设备、自动化生产线设备、电子生产加工设备、电子元件制造设备、半导体及集成电路制造设备、元器件成型设备、电工模具。计算机视觉系统在质量检测的各个方面已经得到了广泛的应用。

在国内,计算机视觉系统在多种领域的应用(如图6.1所示)中都起到了良好的作用,大大降低了劳动成本,比如可以利用计算机视觉技术对鱼类进行检测等。这些工作如果用人工进行,工作量极大并且难以保证准确性。随着近年来的经济发展,我国从农业大国向工业化强国迈进,伴随着经济的繁荣,我国的汽车保有量迅速增大,交通日益拥挤。计算机视觉在交通管理和车辆智能性上的应用取得了日新月异的成果。各城市都已采用了电子拍照的方式对超速、下道、违章车辆进行即时取证,监视过程中运用模式识别技术对图像进行处理,使用边缘图像增强方法增强道路车道线的边缘和车辆的边缘,得到较理想的车道标识边缘

图 6.1 计算机视觉应用

和车辆边缘,以此判断车辆在道路中的行驶状态,一旦发现车辆有违章行为则即时拍照。在车辆的智能性中的应用很贴近生活,虽然无人驾驶的智能汽车现在还只能在高速公路上运行,但目前已经有依靠车载电脑和摄像系统使车辆完成自动进车位停车的装置,并且目前高档汽车中像这样的设备已基本成为标准配置。可见计算机视觉技术在目前的应用有多么的广泛。

在未来的几年内,随着中国加工制造业的发展,对计算机视觉技术的需求必将逐渐增多;随着计算机视觉产品的增多、技术水平的提高,国内计算机视觉的应用状况将产生质的变化,由初期的低端应用转向更高级的应用。由于计算机视觉的介入,自动化将朝着更智能、更快速的方向发展。另外,由于不同用户需求的多样化,个性化的解决方案和服务在今后的竞争中将日益重要,即用特殊定制的产品来代替标准化的产品也是计算机视觉未来发展的一个趋向。并且这一定制产品将会以标准化的平台出售,由用户自行对其功能进行简单设置,而不像目前这样由专业人员进行编程打包后出售。

6.2.2 可视化

可视化(Visualization)技术最早运用于计算科学中,并形成了可视化技术的一个重要分支——科学计算可视化(Visualization in Scientific Computing)。1987 年提出的科学计算可视化能够把科学数据,包括测量获得的数值、图像或是计算中涉及和产生的数字信息变为直观的,以图形图像信息表示的,随时间和空间变化的物理现象和物理量呈现在研究者面前,使他们能够观察、模拟和计算。

最近几年计算机图形学的发展使得三维表现技术得以形成,这些三维表现技术能够再现三维世界中的物体,能够用三维形体来表示复杂的信息,这种技术就是可视化技术。可视化技术使人能够在三维图形世界中直接对具有形体的信息进行操作,和计算机直接交流。这种技术已经把人和机器的力量以一种直觉而自然的方式加以统一,这种革命性的变化无疑将极大地提高人们的工作效率。可视化技术赋予人们一种仿真的、三维的并且具有实时交互的能力,这样人们可以在三维图形世界中用以前不可想象的手段来获取信息或发挥自己创造性的思维。机械工程师可以从二维平面图中得以解放直接进入三维世界,从而很快地得到自己设计的三维机械零件模型;医生可以根据病人的三维扫描图像分析病人的病灶;军事指挥员可以面对用三维图形技术生成的战场地形,指挥具有真实感的三维飞机、军舰、坦克向目标开进并分析战斗方案的效果。

人们对计算机可视化技术的研究已经历了一个很长的历程,而且形成了许多可视化工具,其中 SGI 公司推出的 GL 三维图形库表现突出,易于使用而且功能强大。利用 GL 开发出来的三维应用软件颇受许多专业技术人员的喜爱,这些三维应用软件已涉及建筑、产品设计、医学、地球科学、流体力学等领域。随着计算机技术的继续发展,GL 已经进一步发展成为 Open GL,Open GL 已被认为是高性能图形和交互式视景处理的标准,目前包括 ATT 公司 UNIX 软件实验室以及 IBM、DEC、SUN、HP、Microsoft 和 SGI 在内的几家在计算机市场占据领导地位的大公司都采用了 Open GL 图形标准。

值得一提的是,由于 Microsoft 公司在 Windows NT 中提供 Open GL 图形标准,Open GL 在微机中得到广泛应用,尤其是 Open GL 三维图形加速卡和微机图形工作站的推出,人们可以在微机上实现三维图形应用,如 CAD 设计、仿真模拟、三维游戏等,从而有机会更方便地使用 Open GL 及其应用软件来建立自己的三维图形世界，如图 6.2 所示。

图 6.2　利用 Open GL 技术完成的虚拟现实文件

6.3　图形用户界面

　　用户界面是人们使用计算机的第一观感。友好的图形化的用户界面能够大大提高软件的易用性。在 DOS 时代，计算机的易用性很差，编写一个图形化的界面需要大量的劳动。过去软件中有 60％的程序是用来处理与用户界面有关的问题和功能的。进入 20 世纪80 年代后，随着 Windows 标准的面世，苹果公司图形化操作系统的推出，特别是微软公司Windows 操作系统的普及，标志着图形学已经全面融入计算机的方方面面。

　　如今的应用软件提供图形用户界面是非常普遍的，操作系统和应用软件中的图形、动画比比皆是，程序直观易用。很多软件几乎可以不看说明书，根据它的图形或动画界面的指示就可以进行操作。

　　图形用户界面的主要部分是一个允许用户显示多个矩形屏幕区域窗口的窗口管理程序。每一个屏幕显示区域可以进行不同的处理，展示图形或非图形信息，并且显示窗口可以用多种方式激活。可以通过使用鼠标之类的交互式点击设备将屏幕光标定位到某系统的显示窗口区域，并单击鼠标来激活该窗口。有的系统还可以通过单击标题条来激活显示窗口。

　　界面包括菜单和图标，用于选择显示窗口、处理选项或参数值。图标是设计成能暗示所选对象的图形符号。图标的优点是它比相应的文本描述占用较少的屏幕空间，如果设计得好，可以很容易地理解。一个显示窗口与相应的图标表示可以相互转换，而菜单中可以包含一组文字描述或图标。

　　图 6.3 给出了一个典型的包含多个显示窗口、菜单和图符的图形用户界面。从菜单中可以选择不同的处理、颜色值和图形参数。图标代表绘图、缩放、输入文本串以及其他相关的操作。

图 6.3　包含多个窗口、菜单和
图符的图形用户界面

6.4　人机交互与虚拟现实

6.4.1　人机交互

人机交互技术(Human-Computer Interaction Techniques)是指通过计算机输入输出设备,以有效的方式实现人与计算机对话的技术。它包括机器通过输出或显示设备提供大量有关的信息及提示请示等,人通过输入设备给机器输入有关信息,回答问题等。小到收音机的播放按键,大到飞机上的仪表板或是发电厂的控制室,设计人机交互界面考虑的重点是体会用户对系统的理解,即提供系统的可用性或者用户友好性。人机交互技术是计算机用户界面设计中的重要内容之一。

美国 Xerox 公司的 Palo Alto 研究中心于 20 世纪 70 年代中后期研制出原型机 Star,形成以窗口(Windows)、菜单(Menu)、图符(Icons)和指示装置(Pointing Devices)为基础的图形用户界面,也称 WIMP 界面。Apple 最先采用了这种图形界面,斯坦福研究所 20 世纪 60 年代的发展计划也对 WIMP 界面的发展产生了重要的影响。该计划强调增强计算机的智能,把人而不是技术放了人机交互的中心位置。该计划的结果导致了许多硬件的发明,如鼠标就是其中之一。

20 世纪 90 年代后期以来,高速处理芯片、多媒体技术和 Internet Web 技术的迅速发展和普及,改变了人与计算机通信的方式和要求,使人机交互发生了很大的变化。在多媒体系统中继续采用 WIMP 界面有其内在的缺陷,这是因为随着多媒体软硬件技术的发展,在人机交互界面中计算机可以使用多种媒体,而用户只能同时用一个交互通道进行交互。因为从计算机到用户的通信带宽要比从用户到计算机的通信带宽大得多,这就形成了一种不平衡的人与计算机交互。

基于 WIMP 技术的图形用户界面是一种二维交互技术,不具有三维直接操作的能力。要从根本上改变这种不平衡通信,人机交互技术的发展必须适应从精确交互向非精确交互,从单通道交互向多通道交互以及从二维交互向三维交互的转变,发展用户与计算机之间快速、低耗的多通道界面。所以现在把人机交互的研究重点放在了智能化交互、多模态(多通道)-多媒体交互、虚拟交互以及人机协同交互等方面,也就是放在以人为中心的人机交互技术方面。

6.4.2 虚拟现实技术

简单地说,虚拟现实(Virtual Reality,VR)技术就是人们利用计算机生成一个逼真的,具有视、听、触等多种感知的三维虚拟环境,用户通过使用各种交互设备,同虚拟环境中的实体相互作用,从而产生身临其境的感觉,是一种先进的人机交互技术。涉及的设备有用于产生立体视觉效果的关键外设,如图像显示设备,用于实现与虚拟现实交互功能的设备,包括数据手套、三维鼠标、运动跟踪器、力反馈装置、语音识别与合成系统等。目前常见的图像显示设备产品包括光阀眼镜、三维投影仪和头盔显示器等。其中高档的头盔显示器(见图 6.4)在屏蔽现实世界的同时,提供高分辨率、大视场角的虚拟场景,并带有立体声耳机,可以使人产生强烈的浸没感。

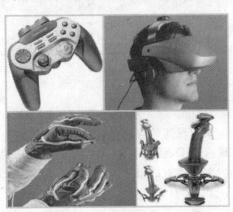

图 6.4　虚拟现实设备

虚拟现实技术的应用前景十分广阔。它始于军事和航空航天领域的需求,但近年来,虚拟现实技术的应用已大踏步走进工业、建筑设计、教育培训、文化娱乐等方面。它正在改变着人类的生活。

1. 工业方面

虚拟现实技术在当今的汽车工业中是不可或缺的。当原来建立的一些原型样机在进行组件高级测试时,规划师、设计师和工程师在同一个数字模型上工作,在屏幕上优化模型,如果有必要,将模型数据通过数据线同时传输到世界各地。这样减少了研发成本,特别是加速了研发过程,缩短了市场化时间。虚拟现实更深远的优势在于使用者可以在最初的时间点上及时评估不同变量。用虚拟现实技术设计新材料,可以预先了解改变成分对材料性能的影响,在材料还没有制造出来之前便知道用这种材料制造出来的零件在不同受力情况下是如何损坏的,易于提高材料的性能。

2. 商业方面

虚拟现实常用于推销。例如展示规划方案的虚拟现实系统不但能够给用户带来强烈、逼真的感官冲击,获得身临其境的体验,还可以在实时的虚拟环境中随时获取项目的数据资料,方便大型复杂工程项目的规划、设计、管理等,有利于设计与管理人员对各种规划设计方案进行辅助设计与方案评审。它同样可用于旅游景点(见图6.5)以及功能众多、用途多样的商品推销。因为用虚拟现实技术展现这类商品的魅力,比单用文字或图片宣传更加有吸引力。

图 6.5　虚拟现实数字作品

3．医疗方面

虚拟现实的应用在医疗方面上大致有两类。一类是虚拟人体,即数字化人体,借助于跟踪球、HMD、感觉手套,学生可以很容易地了解人体内部各器官结构,这比现有的采用教科书的方式要有效得多;另一类是虚拟手术系统,包括虚拟的手术台与手术灯、虚拟的外科工具(如手术刀等)、虚拟的人体模型与器官等,学生可以利用虚拟手术系统进行各种手术练习。这样的虚拟现实系统仿真程度高,其优越性和效果是不可估量和不可比拟的。

4．军事方面

军事上,自从虚拟现实概念诞生之后就立即受到各国军方的高度重视,到目前为止,虚拟现实已经在军事领域得到了非常广泛的应用,在提高军队训练质量、节省训练经费、缩短武器装备的研制周期和提高指挥决策水平等方面发挥了很大作用。例如,美国在研制第四代战斗机 F-22 的全过程中,由于采用了虚拟现实技术,实现了三维数字化设计和制造一体化,使研制周期缩短了 50％,节省的研制费用超过 93％。在系统设计的初期采用了虚拟现实技术,能够给飞行员提供直接体验新设计优点的“虚拟”系统,并能随时按照订货方的要求现场修改设计。

5．娱乐方面

娱乐应用是虚拟现实最有广阔用途的领域。英国出售的一种滑雪模拟器,使用者身穿滑雪服,脚踩滑雪板,手拄滑雪棍,头上载着头盔显示器,手脚上都装着传感器。虽然在斗室里,只要做着各种各样的滑雪动作,便可通过头盔式显示器,看到白雪皑皑的高山、峡谷、悬崖陡壁从身边掠过,其情景就和在滑雪场里进行真的滑雪所感觉的一样。虚拟现实技术不仅创造出虚拟场景,而且还创造出虚拟主持人、虚拟歌星、虚拟演员。日本电视台推出的歌星 DiKi，不仅歌声迷人而且风度翩翩，使无数歌迷纷纷倾倒，许多追星族欲睹其芳容，迫使电视台最后只好说明她不过是虚拟的歌星。现在游戏《古墓丽影》系列仍受到众多游戏迷的追捧，其原因之一就是女主角劳拉逼真的造型，而她也曾入选全球知名人物和世界最迷人的100 位美女榜单。

除了上述领域外，虚拟现实技术在应急推演、文物古迹保护、3D 产品/景物展示、地理信息系统等方面都发挥着越来越重要的作用。

6.5 图灵奖获得者 Ivan Edward Sutherland

1988 年，享有"计算机图形学之父"美誉的伊凡·苏泽兰特（Ivan Edward Sutherland）成为当年的图灵奖获得者。除了图灵奖以外，他还是美国工程院兹沃里金奖的第一位得主；1975 年他被系统、管理与控制论学会授予"杰出成就奖"；1986 年 IEEE 授予他皮奥尔奖。

1938 年 5 月 16 日，Ivan Edward Sutherland 出生于美国内布拉斯加州的黑斯廷斯（Hastings）。他的父亲是一名土木工程师。受其父亲职业的影响，他总是认为自己也会成为一个工程师。Sutherland 离开中西部到卡内基理工学院学习，1959 年获得学士学位。1960 年他在加州理工学院获得硕士学位，1963 年在麻省理工学院获得电子工程博士学位。在麻省理工学院，他很幸运地被信息论的开创者 Claude Shannon 选作学生。

在 Shannon 的指导下，Sutherland 进行了图形编程的开发，作为他博士研究的一部分。这一研究工作的目的是简化人与计算机之间的信息交互。他的研究还向相关领域扩展，在20 世纪 60 年代早期 Sutherland 被邀请参加 MIT 和 ARPA 资助的一个会议。这两所机构中的研究人员都在积极探索计算机与人之间更好的交流渠道。作为一名研究生，Sutherland 没有被邀请提交论文，但研究小组听说了 Claude Shannon 的这个天才学生的研究工作，产生了浓厚的兴趣。要知道，作为著名的科学家，Claude Shannon 以前是不会和一个研究生共同工作的。

Sutherland 没有使他的导师失望。虽然没有被安排进行正式的陈述，但他在会议结束时问了一个问题，这个问题使会议组织者认识到他可能会为这次会议添加某些重要的内容。第二天，他被邀请在研究小组内发言。发言中，他展示了他的研究工作，不仅描述了处理计算机图形的新方法，还阐述了更好的操作计算机的新方法。

Sutherland 的计算机编程，被称为 Sketchpad，可以通过使用手持物体（如光笔）直接在显示屏幕上创建图形图像。可视的图样随即被存入计算机内存，它们可以被重新调用，并同其他数据一样可以进行后期的处理。虽然今天这是显而易见的，但 Sketchpad 是第一个可以在显示屏幕上直接构造图形图像的系统，不用再通过键盘向计算机输入代码和公式。更具革命性的是，他考虑到了在显示屏幕上作某些改动后，存储在计算机中的信息可以被改变和更新。从此，除了数据处理，计算机又有了新的用途。Sketchpad 开创了计算机辅助设计的一个新领域，即人们所熟知的 CAD。

1968 年，Sutherland 到位于盐湖城的犹他大学担任电子工程教授。在那里，他继续研究头盔显示器系统。同时,他和 David Evans 创立了 Evans & Sutherland 公司,这是早期以计算机模型系统和软件为主的公司之一,如今已成为业内的主导设计者和制造商。

1975 年,Sutherland 离开了犹他大学和 Evans & Sutherland 公司,返回加州理工学院,在那里担任计算机科学系的系主任,直到 1980 年。此后,他离开加州理工学院,建立了 Sutherland, Sproull and Associates,一个顾问和资本投资公司,即现今 Sun 微系统实验室的五家伙伴公司之一。

第7章

智能系统

主要内容

◆ 人工智能概述；

◆ 知识表示及推理；

◆ 智能计算；

◆ 机器学习；

◆ 图灵奖获得者姚期智。

难点内容

知识表示及推理。

7.1 人工智能概述

7.1.1 人工智能的历史

"人工智能"一词最初是在 1956 年的达特茅斯(Dartmouth)学会上，由开发出了函数型语言 Lisp 而闻名的麦卡锡(Mc Carthy)首先提出的。从那以后人工智能的基本理论开始得到广泛研究。图灵提出的图灵测试可以看做是计算机的终极目标。图灵测试是指，把人和计算机分别放在不同的房间内，如果在让人不看外形的情况下，不能分辨出他们哪一个是人，哪一个是计算机，那么就可以说计算机是智能的(Intelligent)。

1950 年，奠定了信息论基础的香农(Claude Elwood Shannon)，最早写出了关于国际象棋的论文。限于计算机当时的发展水平，无法在走棋方面做到深谋远虑，所以每次观察棋盘上的局势时，都需要研究判断棋局走势的评价函数。最后，当走棋时，还需要作出用数值表达棋盘局势好坏的函数。可是，这种做法在国际象棋那种复杂的比赛中，实际上起不了多大作用的。1963 年麻省理工学院收到美国政府和国防部的支持进行人工智能研究的文件。虽然美国政府的目的是为了在冷战中保持与苏联的均衡，但却推动了人工智能的发展。

进入 20 世纪 70 年代，随着计算机的高速化，国际象棋的研究工作转向了以搜索为中心的计算方面。在搜索算法和机器定理证明蓬勃发展的基础上，知识工程、专家系统被提出并应用。20 世纪 80 年代，以丰富的存储容量和人机接口的进步作为背景，推理技术、知识获取和知识处理取得重大进展。1997年,IBM公司研制的被称为 Deep Blue 的国际象棋专用系统,终于战胜了人类社会的世界冠军。

人工智能是计算机学科的一个分支,20世纪70年代以来被称为世界三大尖端技术(空间技术、能源技术、人工智能)之一。也被认为是21世纪三大尖端技术(基因工程、纳米科学、人工智能)之一。这是因为近三十年来它获得了迅速的发展,在很多学科领域中都获得了广泛的应用,并取得了丰硕的成果,人工智能无论在理论和实践上都已自成一个系统。

7.1.2　什么是人工智能

人工智能可以分成两个部分:"人工"和"智能"。"人工"很容易理解,而"智能"的定义就要难得多。首先从人类的角度出发考虑"智能"的含义。一般情况下如果人们能学习、说话和思考,并且能付诸行动,通过对话和行动,也能够与环境(或其他人)进行相互间的作用,就可以说人是"有智慧的"。而人的这种能力就可以看做是"智能"。从计算机一诞生起,人们就希望计算机能具有像人一样的认识客观世界和运用知识解决问题的能力,这就可以称为"人工智能"。人工智能研究的一个主要目标是使机器能够胜任一些通常需要人类智能才能完成的复杂工作。

但不同的时代、不同的人对这种"复杂工作"的理解是不同的。例如繁重的科学和工程计算本来是要人脑来承担的,但是现在计算机不但能完成这种计算,而且能够比人脑做得更快、更准确,因此当代人已不再把这种计算看做是"需要人类智能才能完成的复杂任务",可见复杂工作的定义是随着时代的发展和技术的进步而变化的,人工智能这门科学的具体目标也自然随着时代的变化而变化。它一方面不断获得新的进展,一方面又转向更有意义、更加困难的目标。目前能够用来研究人工智能的主要物质手段以及能够实现人工智能技术的机器就是计算机,人工智能的发展历史是和计算机科学与技术的发展史联系在一起的。除了计算机科学以外,人工智能还涉及信息论、控制论、自动化、仿生学、生物学、心理学、数理逻辑、语言学、医学和哲学等多门学科。所以如果某个问题在计算机上仍然未被解决,那么就可以被划分到人工智能的范畴之内,因为该问题一旦被解决,就可以被划分到某个具体的学科或其分支中去。因此,从某种意义上说,人工智能永远是一个深奥而无止境的追求目标。

目前人工智能学科研究的主要内容包括知识表示、自动推理和搜索方法、机器学习和知识获取、知识处理系统、自然语言理解、计算机视觉、智能机器人、自动程序设计等方面。

7.1.3　人工智能应用系统

人工智能系统是人们研究与设计出的一种计算机程序,这种程序具有一定的"智能"。在过去的40多年中,已经建立了一些这样的人工智能应用系统,下面介绍一些简单的人工智能应用系统。

1. 问题求解系统

人工智能最早的尝试是求解智力难题和下棋程序,后者又称博弈。今天的计算机程序已经能够达到下各种方盘棋和国际象棋的锦标赛水平。但是像国际象棋大师们洞察棋局的能力尚未达到,这种研究仍在进行。另一种问题求解程序是将各种数学公式符号汇编在一起,搜索解答空间,寻求较优的解。1993 年美国开发了一个叫做 MACSYMA 的软件,能够进行比较复杂的数学公式符号运算。

2. 自然语言理解和处理系统

自然语言处理是人工智能技术应用于实际领域的典型范例,人们很早就开始研制语言翻译系统(Language Translation System)了。目前该领域的主要课题是计算机系统如何以主题和对话情景为基础,注入大量的常识来生成和理解自然语言。现在已有的智能翻译系统,人们可对它说话,它能将对话打印出来,并且可用另一种语言表示出来;有的系统还可以回答文本信息中的有关问题和提取摘要。

3. 自动定理证明系统

自动定理证明 ATP(Automatic Theorem Proving)是指把人类证明定理的过程变成能在计算机上自动实现符号演算的过程。定理寻找一个证明或反证,不仅需要有根据假设进行演绎的能力,而且可以使得许多非形式的工作,包括医疗诊断和信息检索都可以和定理证明问题一样加以形式化。因此,人工智能方法的研究中定理证明是一个极其重要的论题。纽厄尔的逻辑理论家程序是定理证明的最早尝试,于 1963 年就证明了罗素和他的老师怀特海合著的《数学原理》中第一章的全部定理。

4. 智能控制系统

智能控制系统是指不需要或者只需尽可能少的人工干预就能够独立地驱动智能机器实现目标的自动控制系统。该系统通常配备有智能化软、硬件的计算机控制系统或计算机信息系统。常见的智能控制系统有:

(1) 监管系统。现在大办公楼和商业大厦愈来愈复杂,监管系统可以帮助控制能源、电梯、空调等,并进行安全监测、计费、顾客导购等。

(2) 智能高速公路。这也是一种智能监控系统,它能优化已有高速公路的使用;通过交通广播的警告,将大量的车辆导向可代替的线路;控制车流的速度与空间;帮助选择出发点到目的地的最优路线。

(3) 银行监控系统。美国的一家大型银行公司研制了一个 Authorize Assistant 系统,它可以帮助银行操作人员根据两屏信息在 50 秒内判断某一顾客的信用卡是否存在恶性透支和欺骗行为,从而决定是否允许该顾客使用信用卡。第 1 屏信息给出建议应作出什么样的决定;第 2 屏解释支持决策的有关信息。这个系统的使用每年为该银行减少了几千万美元的损失。

5. 专家系统

专家系统是目前人工智能中最活跃、最有成效的研究领域,它是一种具有特定领域内的大量知识与经验的程序系统。它根据某个领域的多个人类专家提供的知识和经验进行推理和判断,模拟人类专家的决策过程,以解决需要专家才能够解决的复杂问题。现在已有了大量成功的专家系统案例。PROSPECTOR 地质勘探专家系统发现了一个钼矿沉积,价值超过 1 亿美元。DENDRL 系统的性能已超过一般专家的水平,可供数百人在化学结构分析方面的使用。

6. 智能调度系统

智能调度系统能够利用最先进的计算机、通信、监视、控制等科学技术,完成最佳调度方案,这类系统已被广泛应用于交通管理、空中交通管制以及军事指挥等系统。例如:

(1) 交通管理系统。交通管理系统能够自动有效地适应各种交通状况,对车辆进行合理的疏导和调度,通过自动收费、自动驾驶、在途驾驶员信息和路径诱导等多种途径减少交通延误和交通阻塞,提高路网的通行能力和服务水平。

(2) 空中交通控制系统。空中交通控制系统能够帮助大型机场安排飞机的起降,以最大限度保证安全和最小的延迟时间。

(3) 军事指挥系统。20 世纪 90 年代初,伊拉克入侵科威特时,美国的"沙漠风暴之战"需从美洲、欧洲快速运送 50 万军队、1500 万磅重的装备到沙特阿拉伯等国家。为此美国开发了一个规划系统,该系统提出必须开辟第二个运输关口,否则将造成物资运输瓶颈。

7. 模式识别系统

模式识别(Pattern Recognition)是指对表征事物或现象的各种形式的(数值的、文字的和逻辑关系的)信息进行处理和分析,以对事物或现象进行描述、辨认、分类和解释的过程,是信息科学和人工智能的重要组成部分。模式识别技术已逐渐在以下各种不同的领域中获得应用:

(1) 文字识别,分成人工键盘输入和机器自动识别输入两种。目前脱机手写体数字的识别有实际应用,汉字等文字的脱机手写体识别是研究热点。

(2) 医学识别,用于心电图、脑电图、医学成像处理技术等方面。

(3) 生物学识别,应用于自动细胞学、染色体特征研究、遗传研究等方面。

8. 智能检索系统

智能检索是以文献和检索词的相关度为基础,综合考查文献的重要性等指标,对检索结果进行排序,以提供更高的检索效率。所以针对国内外种类繁多和数量巨大的科技文献,智能检索系统也成为人工智能应用的重要领域。随着互联网的迅速发展,基于 Web 图像、内容的检索也日益成为智能检索系统的重要内容。

9. 智能机器人

机器人是一种可再编程的多功能的操作装置。而智能机器人因为有相当发达的"大脑",所以看起来是独特的进行自我控制的"活物"。实际上智能机器人的主要器官并没有像真正的人那样微妙而复杂。智能机器人具备各种内部信息传感器和外部信息传感器,如视觉、听觉、触觉、嗅觉。除具有传感器外,它的效应器可以使手、脚、长鼻子、触角等动起来。功能上可以分为以下 4 种类型:

(1) 一般机器人:只具有一般编程能力和操作功能的机器人。

(2) 受控机器人:没有智能单元只有执行结构和感应机构,受控于外部计算机,由外部计算机上的智能单元处理信息,然后发出控制指令指挥机器人动作。例如机器人世界杯比赛的机器人。

(3) 交互型机器人:机器人通过计算机系统与操作员或程序员进行人机对话,实现对机器人的控制与操作。具有部分处理和决策功能,能够独立地实现一些轨迹规划或简单的避障功能,但仍然受到外部的控制。

(4) 自主型机器人:应该具有感知、推理、规划和一般会话能力,无需人的干预,能够像一个自主的人一样独立地活动和处理问题。最重要的特点是能够主动识别和适应环境变化来调整自身活动。

10.数据挖掘和知识发现系统

近些年来,商务贸易电子化、企业和政府事务电子化的迅速普及都产生了大规模的数据源,同时日益增长的科学计算和大规模的工业生产过程也提供了海量数据,日益成熟的数据库系统和数据库管理系统都为这些海量数据的存储和管理提供了技术保证。但仅仅依靠传统的数据检索机制和统计分析方法已经远远不能满足需要了。因此,一门新兴的自动信息提取技术——数据挖掘和知识发现技术,应运而生并得到迅速发展。它的出现为把海量的数据自动智能地转化成有用的信息和知识提供了手段。

7.2　知识表示及推理

7.2.1　知识表示

人类可以运用已获得的知识认识事物、判断情况,并最终创造一些新事物,即人们要表示知识、处理知识、进而利用知识。在人工智能领域中,名言"知识就是力量"得到了很好的体现。人工智能问题求解的基础正是知识。那么什么是知识呢? 所谓的知识是信息接收者通过对信息的提炼和推理而获得的正确结论;是人对自然世界、人类社会以及思维方式与运动规律的认识与掌握,是人的大脑通过思维重新组合和系统化的信息集合。知识可以大致分为3类:事实性知识、过程性知识和控制性知识。为了让计算机系统能接受人类拥有的知识并用于解决实际问题,就必须以适当的方式将面向人类的知识转化为计算机所能接受的形式,这就是知识表示研究的内容。

知识表示(Knowledge Representation)就是把知识用计算机可接受的符号以某种形式描述出来,如图表结构、语法树、规则匹配模式、树形或网状表达等。简单地说,知识表示就是知识的符号化过程。把相关问题的知识加以形式化描述,表示成为便于计算机存储、管理和调用的某种数据结构模式。

7.2.2　知识表示的常见方法

人工智能中知识表示方法注重知识的运用,所以可将知识表示方法粗略地分为过程式(Procedure)知识表示和陈述式(Declarative)知识表示两大类,但两者的界限也不十分明显又难以分开。

（1）过程式知识：描述过程性知识，即描述规则和控制结构的知识，给出一些客观规律，告诉计算机怎么做。知识表示就是求解程序，表示与推理相结合，是动态描述。这里的事实可能需要多次存储。其优点是易于表达启发性和默认推理知识，求解效率高，但却不够严格，知识间依赖性较强。

（2）陈述式知识：描述事实性知识，即给出客观事物所涉及的对象是什么。这里知识的表示与知识的推理是分开处理的。即使某一事实多处被使用，有关事实也只需存储一次。其实现方法是：数据结构＋解释程序，二者缺一不可。这种方法比较严格，模块性好。

常用和有效的陈述式知识表示方法有以下几种：

1. 谓词表示法

人工智能领域中，一阶谓词逻辑（First-order Predicate Logic，FPL）是一种形式语言，其根本目的在于把数学中的逻辑论证进行符号化，使人们能够采用数学演绎的方式，证明一个新的语句（或断言）是从哪些已知的正确语句推导出来的，从而证明这个新语句是正确的。谓词逻辑适合表示事物的状态、属性、概念等事实性知识；事物间确定的因果关系，即规则。

逻辑表示法的主要优点是符合人的思维习惯，可读性好，逻辑关系表达简便，自然性好，推理过程严密，易于实现。但对于复杂问题的求解，容易陷入冗长演绎推理中，不可避免地带来求解效率低，甚至产生"组合爆炸"问题。逻辑表示法主要用于定理的自动证明、问题求解、机器学习等领域。

2. 产生式表示法

产生式系统是 1943 年由美国数学家波斯特提出的，它是用计算机构成的一种系统，这种系统具有模仿人解决问题的行为机构。产生式系统基本具有如图 7.1 所示的构成。其中，数据库用来存放求解问题的数据，是动态变化的；规则库顾名思义是存放规则（或称为产生式）的地方，主要是表达知识的；推理机则主要是对规则的选择使用，其结果将造成对数据库的修改。

图 7.1　产生式系统构成

产生式系统可以用来模拟大量的计算或求解过程。产生式系统作为人工智能中的一种形式体系，具有如下特点：

（1）产生式以规则作为形式单元，格式固定，易于表示，且知识单元间相互独立，易于建立数据库，结构清晰。

（2）知识库与推理机相分离，对于知识库修改比较方便，产生式系统常作为专家系统的知识表示方法。

（3）符合人类思维习惯，既能表示确定性知识，也能够表示不确定性知识。

3. 语义网络表示法

语义网络是奎谦（J. R. Quillian）于 1968 年在其博士论文中研究人类联想记忆时提出的心理学模型，认为记忆是由概念间的联系实现的。1972 年西蒙（Simon）首先将语义网络表示法用于自然语言处理系统。

语义网络是知识的一种图解表示，它由框、带箭头和文字标识的线条以及文字标识线组成,分别称为节点,弧和指针。节点用于表示事物的名称、概念、属性、情况、动作和状态等;弧是一种有向弧,用于表示事物间的结构,即语义关系;指针是在结点和弧线的旁边出现,附加必要的线条及文字标识,用来对结点、弧线和语义关系作出相应的补充、解释和说明。多元关系的语义网络表示如图7.2所示。

语义网络是一种结构化知识表示方法,具有表达直观,方法灵活,容易掌握和理解的特点。因为语义网络知识表示和推理具有较大的灵活性和多样性,没有公认严密的形式表达体系,所以不可避免地带来了非一致性和程序设计与处理上的复杂性,这也是语义网络知识表示尚待深入研究解决的一个课题。

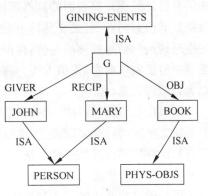

图 7.2　多元关系的语义网络表示

4. 框架表示法

1975 年明斯基(Minsky)在他的论文"A Framework for Representing Knowledge"中提出了框架理论,受到了人工智能界的广泛重视,后来逐步发展成为一种被广泛使用的结构化的知识表示方法,并在多种系统中得到成功应用。这种框架理论可以作为人类理解视觉、自然语言及其他复杂行为的基础。其具体含义可以概括为:自然界各种事物都可用框架(Frame)组织构成,每个被定义的框架对象分别代表不同的特殊知识结构,从而可在大脑或计算机中表示、存储,并予以认识、理解和处理。而框架是一被用来描述某个对象(诸如一个事物、一个事件或一个概念)属性知识的数据结构。例如,要到一个新开张的饭馆吃饭,根据以往的经验,可以想象到在这家饭店里将看到菜单、桌子、椅子和服务员等,然而关于菜单的内容、桌子、椅子的式样和服务员穿什么衣服等具体信息要到饭馆观察后才得到。这种可以预见的知识结构在计算机中表示成数据结构,就是框架。

框架结构是一种结构化的知识表示方式,具有模块化表达的特点,如直观、自然、描述层次简洁,易于扩充和修改等优点,同时巧妙地利用了人机都可以进行细微比较的智能,便于控制推理过程的精度和效率。但框架表示法过于死板,难以描述诸如机器人纠纷等类型问题的动态交互过程,缺乏生动性。

7.3　智能计算

作为人工智能的一个重要领域,智能计算也称为计算智能 CI (Computational Intelligence),是借助自然界(生物界)规律的启示,根据其规律,设计出求解问题的算法。物理学、化学、数学、生物学、心理学、生理学、神经科学和计算机科学等学科的现象与规律都可能成为计算智能算法的基础和思想来源。计算智能算法主要包括神经计算、模糊计算和进化计算三大部分。典型的计算智能算法包括神经计算中的人工神经网络算法,模糊计算中的模糊逻辑,进化计算中的遗传算法、蚁群优化算法、粒子群优化算法、免疫算法、分布估计算法、Memetic 算法和单点搜索技术,例如模拟退火算法、禁忌搜索算法等。

以上这些计算智能算法都有一个共同的特征就是通过模仿人类智能的某一个(某一些)

方面而达到模拟人类智能,实现将生物智慧、自然界的规律计算机程序化,设计出最优化算法的目的。然而计算智能的这些不同研究领域各有其特点,虽然它们具有模仿人类和其他生物智能的共同点,但是在具体方法上存在一些不同点。例如:人工神经网络是模仿人脑的生理构造和信息处理的过程,模拟人类的智慧;模糊逻辑(模糊系统)是模仿人类语言和思维中的模糊性概念,模拟人类的智慧;进化计算是模仿生物进化过程和群体智能过程,模拟大自然的智慧。

然而在现阶段,计算智能的发展也面临严峻的挑战,其中一个重要原因就是计算智能目前还缺乏坚实的数学基础,还不能像物理、化学、天文等学科那样自如地运用数学工具解决各自的计算问题。虽然神经网络具有比较完善的理论基础,但是像进化计算等重要的计算智能技术还没有完善的数学基础。计算智能算法的稳定性和收敛性的分析与证明还处于研究阶段。通过数值实验方法和具体应用手段检验计算智能算法的有效性和高效性是研究计算智能算法的重要方法。

7.4 机器学习

学习能力是智能行为的一个非常重要的特征,但至今对学习的机理尚不清楚。究竟什么是学习,仍然是社会学家、逻辑学家、心理学家和人工智能学家都在研究的问题。按照人工智能学家西蒙的观点,学习是系统所作的适应性变化,使得系统在下一次完成同样或类似的任务时更为有效。从事专家系统研制的人们则认为学习是知识的获取。

那么什么是机器学习呢? 机器学习(Machine Learning)是研究计算机怎样模拟或实现人类的学习行为,以获取新的知识或技能,重新组织已有的知识结构使之不断改善自身的性能。一个不具有学习能力的智能系统难以称得上是一个真正的智能系统,但是以往的智能系统都普遍缺少学习的能力。例如,它们遇到错误时不能自我校正;不会通过经验改善自身的性能;不会自动获取和发现所需要的知识。它们的推理仅限于演绎而缺少归纳,因此至多只能够证明已存在的事实、定理,而不能发现新的定理、定律和规则等。所以机器学习逐渐成为人工智能研究的核心之一。目前,机器学习领域的研究工作主要围绕以下 3 个方面进行:

(1) 面向任务的研究:研究和分析改进一组预定任务的执行性能的学习系统。

(2) 认知模型:研究人类学习过程并进行计算机模拟。

(3) 理论分析:从理论上探索各种可能的学习方法和独立于应用领域的算法。

7.4.1 机器学习方法的分类

不同的学术观点对学习方法的分类不同,在每种分类中又可以分为不同的学习方式。

根据所采用的策略分类,可分为机械学习(Rote Learning)、示范性学习(Learning by Instruction)、演绎学习(Learning by Deduction)、类比学习(Learning by Analogy)、归纳学习(Inductive Learning)、基于解释的学习(Explanation-based Learning)。

根据学习的手段分类,可分为合成式学习(Synthetic Learning),合成式方法旨在产生新的或更好的知识,即知识获取;分析式学习(Analytic Learning),分析式方法旨在将已有知识转化为或组织成另一种针对某个目标来说更好的形式,这也可以说是知识求精。

综合各种学习方法的历史渊源、推理策略、应用领域等因素,可分为经验性归纳学习(Empirical Inductive Learning)、分析学习(Analytical Learning)、类比学习、遗传算法(Genetic Algorithm)、联结学习(Association Learning)、加强学习(Reinforcement Learning)。

7.4.2　机器学习中的推理方法

机器学习离不开推理,根据 3 种基本的推理方法,即演绎推理、归纳推理和类比推理,可以产生不同的学习模式。目前机器学习所用到的推理方法可分为 3 大类:

(1) 基于演绎的保真性推理。

(2) 基于归纳的从个别到一般的推理。

(3) 基于类比的从个别到个别的推理。

不同的学习系统采用不同的推理方法,其中归纳不用于类比和演绎,它的结论是具有偶然性的,即这是一种主观的不充分置信的推理。早期的机器学习系统一般采用单一的推理学习方法,而现在则趋于采用多种推理技术支持的学习方法。

7.5　图灵奖获得者姚期智

姚期智博士(Andrew Chi-Ch. Yao)是美国普林斯顿大学计算机科学系讲座教授、美国科学院院士、计算机科学理论学家。2000 年因其在计算理论方面的基础性贡献获得美国计算机学会(ACM)颁发的图灵奖。姚期智是迄今为止获得图灵奖的唯一一位华裔科学家。

姚期智,祖籍湖北孝感,1946 年 12 月 24 日出生于上海,幼年随父母移居台湾。1967 年,姚期智毕业于台湾大学,之后赴美国深造。1972 年获哈佛大学物理学博士学位,1975 年获伊利诺伊大学香槟分校计算机科学博士学位。之后,他曾先后在麻省理工学院、斯坦福大学、加州大学伯克利分校等美国高等学府从事教学和研究工作,1986 年至 2004 年 6 月任普林斯顿大学计算机科学系教授,2004 年 9 月正式加盟清华大学高等研究中心任全职教授。他的研究领域是计算机理论,包括以复杂性为基础的伪随机数字代码、密码学和通信复杂性等。

1967 年,姚期智走进了哈佛大学,追随 1979 年诺贝尔物理学奖得主、导师格拉肖(Sheldon Lee Glashow)开始了物理世界探索之旅,并顺利地拿到了物理学博士学位。1973 年,年仅 26 岁的姚期智做出了一生中的重要决定:放弃苦心钻研多年的物理学,转而投向方兴未艾的计算机技术。

他说:"就能力和性格而言,我更适合搞计算机。物理看重直觉,你必须推想出问题的正确答案,求证也许不严格;可数学,包括计算机,最重要的是你必须用严格的数学来证明这个答案。我发现自己的论证能力在计算机领域更合适。"1973 年,姚期智进入素以计算机科学研究的深厚积淀而闻名的伊利诺伊大学攻读计算机科学博士学位。两年后,他如愿以偿。

他说:"做研究的人也是不同的,每个人做事的方式也不一样。我比较喜欢新奇的东西,有新的方向我就喜欢去看一看,试一试。"

早在 1970 年末以前,密码学尚属政府研究范畴。随着社会的发展,人们感到密码学在未来商业行为中会越来越频繁地使用。怎样在通信上有一种保密的方法,怎样用计算理论解决密码学上的问题成为当时诞生的一个新的研究领域。姚期智就从那个时候开始做这方面的研究工作。"我之所以选择这样的研究工作,是因为从整个事件上来讲,这是比较有影响的工作。这个工作不只局限在我们这个领域,别的科学家也会对它产生兴趣。"

第 **8** 章

关系数据库技术及应用

主要内容

◆ 关系数据库技术概述；

◆ 常用关系数据库开发平台及其特点；

◆ 结构化查询语言 SQL；

◆ 图灵奖获得者 Edgar F. Codd、James Gray。

难点内容

结构化查询语言 SQL。

8.1 关系数据库技术概述

8.1.1 数据库技术的基本概念

与数据库技术密切相关的五个基本概念是信息、数据、数据库、数据库管理系统和数据库系统。

1. 信息

信息是人类对现实世界事物存在方式或运动状态的某种认识，是客观事物属性和相互联系特性的表现，反映了客观事物的存在形式和运动状态。例如，图书的名称、出版社、价格及作者都是关于图书的信息，它们组合在一起从不同的角度共同反映出图书的存在形式。

2. 数据

数据是把事件的某些属性规范化后的表现形式，可以被识别，也可以被描述。"数据"的概念包括两个方面。一方面，数据内容是事物特性的反映或描述；另一方面，数据是符号的集合。信息与数据既有区别，又有联系。两者的关系是：数据是信息的载体，信息则是数据的内在含义，两者可以相互转换。两者也是抽象与客观现实的关系，即信息是抽象的，不随数据设备所决定的数据表示方式而改变，而数据的表示方式及存在方式却是客观现实的。

3. 数据库

数据库 DB(Database)是长期存储在计算机中的、有组织的、统一管理的相关数据的集合。数据库能被各种用户共享，可以为多种应用提供服务，数据库不存在有害的或不必要的冗余，数据间联系紧密，但数据的存储独立于使用它的程序。

4. 数据库管理系统

数据库管理系统 DBMS(Database Management Systems)是专门用于管理数据库的计算机系统软件，位于用户与操作系统之间，为用户或应用程序提供访问数据库的方法。数据库管理系统能够为数据库提供数据的定义、建立、维护、查询和统计等操作功能，并完成数据完整性检查、安全性检查、并发控制及数据故障恢复等控制功能。

5. 数据库系统

数据库系统 DBS(Database Systems)是采用了数据库技术的计算机系统，它能够按照数据库的方式存储和维护数据，并且能够向应用程序提供数据。狭义地讲，数据库和数据库管理系统加在一起就构成了数据库系统。

8.1.2 关系型数据库定义

1970 年，E. F. Codd 发表了题为“大型共享数据库数据的关系模型”的论文，在论文中他阐述了关系数据库模型及其原理，并把它用于数据库系统中。关系型数据库是指一些相关的表和其他数据库对象的集合。在关系型数据库中，信息存放在二维表格结构的表中，一个关系型数据库包含多个数据表，每一个表包含行(记录)和列(字段)。一般来说，关系型数据库都有多个表。关系型数据库所包含的表之间是有关联的，关联性由主键、外键所体现的参照关系实现。关系型数据库不仅包含表，还包含其他数据库对象，例如关系图、视图、存储过程和索引等。

8.1.3 关系型数据库与表

关系型数据库是由多个表和其他数据库对象组成的。表是一种最基本的数据库对象，类似于电子表格，是由行和列组成的，除第一行(表头)以外，表中的每一行通常称为一条记录，表中的每一列称为一个字段，表头的各列给出了各个字段的名称。例如，图 8.1 所示的学生信息表(stu1)中收集了一些同学的个人资料，这些资料就可以用关系型数据库中的一个表来存储。其中“name”(姓名)、“sex”(性别)、“class_number”(班级号)等为表的字段，如果要查找“宋艳辉”的电话，则可由“宋艳辉”所在的行与字段“tele_number”所在的列关联相交处得到。

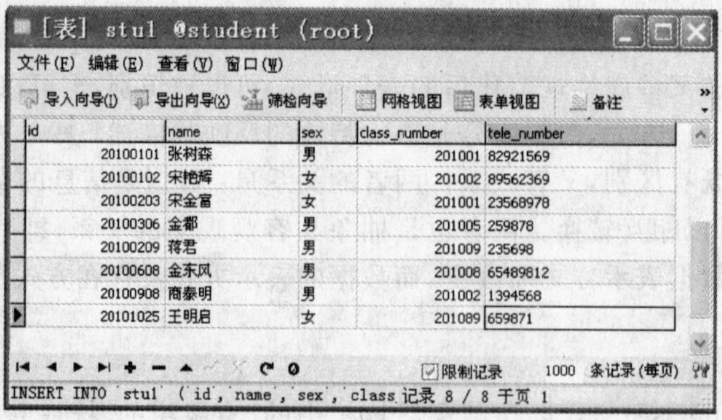

id	name	sex	class_number	tele_number
20100101	张树森	男	201001	82921569
20100102	宋艳辉	女	201002	89562369
20100203	宋金富	女	201001	23568978
20100306	金都	男	201005	259878
20100209	蒋君	男	201009	235698
20100608	金东风	男	201008	65489812
20100908	商泰明	男	201002	1394568
20101025	王明启	女	201089	659871

图 8.1 学生信息表

8.1.4 主键与外键

关系型数据库中的一个表是由行和列组成的,要求表中的每行记录都必须是唯一的,而不允许出现完全相同的记录。在设计表时,可以通过定义主键(Primary Key)来保证记录的唯一性。

一个表的主键由一个或多个字段组成,其值具有唯一性,而且不允许取空值(Null),主键的作用是唯一地标识表中的每一条记录。例如在图 8.1 中所示的学生信息表可用"学号"字段作为主键,为防止同姓名的现象,不要使用"姓名"字段作为主键。为了唯一地标识实体的每一个实例,每个数据库表都应当有且只有一个主键。有时表中可能没有一个字段具有唯一性,没有任何字段可以作为表的主键,在这种情况下,可以考虑使用两个或两个以上字段的组合作为主键。

一个关系型数据库可能包含多个表,可以通过外键(Foreign Key)使这些表之间关联起来。如果在表 A 中有一个字段对应于表 B 中的主键,则该字段称为表 A 的外键。虽然该字段出现在表 A 中,但由它所标识的主体的详细信息却存储在表 B 中,对于表 A 来说这些信息就是存储在表的外部,故称之为外键。

如图 8.2 所示的学生考试"成绩表"中有两个外键,一个是学号"student_id",其详细信息存储在"学生表"中;另一个是课程编号"course_number",其详细信息存储在"课程表"中。"成绩表"和"学生表"各有一个"学号"字段,该字段在"成绩表"中是外键,在"学生表"中则是主键,但这两个字段的数据类型以及字段宽度必须完全一样,字段的名称可以相同,也可以不相同。

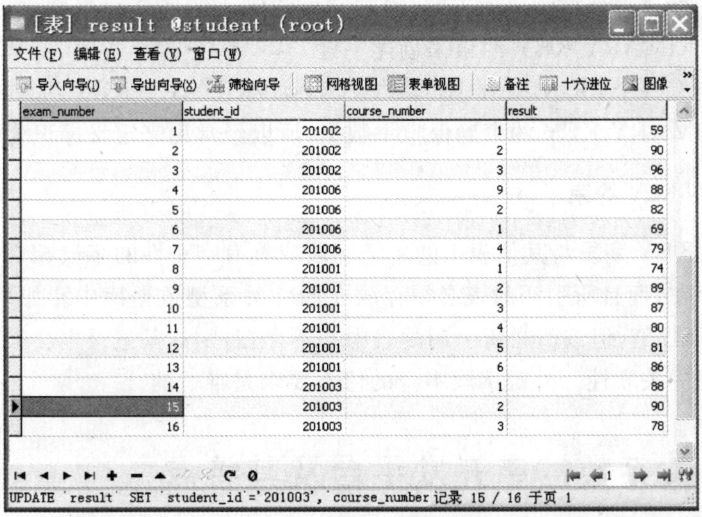

图 8.2　主键与外键的关系

8.1.5 字段约束

设计表时,可对表中的一个字段或多个字段的组合设置约束条件。下面介绍几种常见的约束形式。

1. NULL 或 NOT NULL 约束

NULL 约束允许字段值为空,而 NOT NULL 约束不允许字段值为空。空值通常表示未知、不可用或将在以后添加的数据。空值不同于空白或零值,没有两个相等的空值。比较两个空值或将空值与其他任何数值相比均返回未知,这是因为每个空值均为未知。对于表的主属性键限定为是"NOT NULL",例如图 8.1 的"name"的属性就必须为"NOT NULL",而对于一些不重要的属性,则可以不输入字段值,即允许为空值。

2. UNIQUE 约束

UNIQUE 约束是唯一值约束,即不允许该列中出现重复的属性值,对表的主键也要做 UNIQUE 约束。

3. DEFAULT 约束

DEFAULT 约束为默认约束,通常将列中的使用频率最高的属性值定义为 DEFAULT 约束中的默认值,可以减少数据输入的工作量。

4. CHECK 约束

CHECK 约束为检查约束。CHECK 约束通过约束条件表达式设置列值应满足的条件。

5. PRIMARY KEY 约束

PRIMARY KEY 约束经常由表中的一个列或列的组合,其值能唯一地标识表中的每一行。这样的一列或多列称为表的主键,通过它可强制表的实体完整性。当创建或更改表时可通过定义 PRIMARY KEY 约束来创建主键。

一个表只能有一个 PRIMARY KEY 约束,而且 PRIMARY KEY 约束中的列不能接受空值。由于 PRIMARY KEY 约束确保唯一数据,所以经常用来定义标识列。

6. FOREIGN KEY 约束

FOREIGN KEY 字段与其他表中的主键字段或具有唯一性的字段相对应,其值必须在所引用的表中存在,而且所引用的表必须存放在同一关系型数据库中。如果在外键字段中输入一个非 NULL 值,但该值在所引用的表中并不存在,则这条记录也会被拒绝,因为这样将破坏两表之间的关联性。外键字段本身的值不要求是唯一的。

8.2　常用关系数据库开发平台及其特点

目前,流行的数据库管理系统有 Oracle,DB2,Sybase,SQL Server,MySQL 等。

8.2.1　Oracle

Oracle 简称甲骨文,是仅次于微软公司的世界第二大软件公司,该公司名称就叫 Oracle,该公司成立于 1979 年,是第一家在世界上推出以关系型数据管理系统(RDBMS)为中心的软件公司。

Oracle 不仅在全球最先推出了 RDBMS,并且事实上占据着这个市场的大部分份额。现在,他们的 RDBMS 被广泛应用于各种操作环境:Windows NT、基于 UNIX 系统的小型机、IBM 大型机以及一些专用硬件操作系统平台。

Oracle 数据库管理系统是一个以关系型和面向对象为中心管理数据的数据库管理软件系统,其在管理信息系统、企业数据处理、因特网及电子商务等领域有着非常广泛的应用。因其在数据安全性与数据完整性控制方面的优越性能,以及跨操作系统、跨硬件平台的数据互操作能力,使得越来越多的用户将 Oracle 作为其应用数据的处理系统。

Oracle 数据库是基于"客户端/服务器"的模式结构。客户端应用程序执行与用户进行交互的活动。其接收用户信息,并向"服务器端"发送请求。服务器系统负责管理数据信息和各种操作数据的活动。

8.2.2 DB2

DB2 是 IBM 公司研制的一种关系型数据库系统。DB2 主要应用于大型应用系统,具有较好的可伸缩性,可支持从大型机到单用户环境,应用于 OS/2、Windows 等平台下。DB2 提供了高层次的数据利用性、完整性、安全性、可恢复性,以及小规模到大规模应用程序的执行能力,具有与平台无关的基本功能和 SQL 命令。DB2 采用了数据分级技术,能够使大型机数据很方便地下载到局域网数据库服务器上,使得客户机/服务器用户和基于局域网的应用程序可以访问大型机数据,并使数据库本地化及远程连接透明化。它以拥有一个非常完备的查询优化器而著称,其外部连接改善了查询性能,并支持多任务并行查询。DB2 具有很好的网络支持能力,每个子系统可以连接十几万个分布式用户,可同时激活上千个活动线程,对大型分布式应用系统尤为适用。

IBM 还提供了跨平台(包括基于 UNIX 的 Linux、HP-UX、SunSolaris 以及 SCO UnixWare;还有用于个人电脑的 OS/2 操作系统,以及微软的 Windows 2000 和其早期的系统)的 DB2 产品。DB2 数据库可以通过使用微软的开放数据库连接(ODBC)接口,Java 数据库连接(JDBC)接口,或者 CORBA 接口代理被任何的应用程序访问。

8.2.3 Sybase

Sybase 是美国 Sybase 公司研制的一种关系型数据库系统,是一种典型的 UNIX 或 Windows NT 平台上客户机/服务器环境下的大型数据库系统。Sybase 提供了一套应用程序编程接口和库,可以与非 Sybase 数据源及服务器集成,允许在多个数据库之间复制数据,适于创建多层应用。系统具有完备的触发器、存储过程、规则以及完整性定义,支持优化查询,具有较好的数据安全性。Sybase 通常与 Sybase SQL Anywhere 一起用于客户机/服务器环境,前者作为服务器数据库,后者为客户机数据库,采用该公司研制的 PowerBuilder 为开发工具,在我国大中型系统中具有广泛的应用。

8.2.4 SQL Server

SQL Server 是由 Microsoft 开发和推广的关系数据库管理系统,它最初是由 Microsoft、

Sybase 和 Ashton-Tate 三家公司共同开发的,并于 1988 年推出了第一个 OS/2 版本。SQL
Server 近年来不断更新版本,1996 年,Microsoft 推出了 SQL Server 6.5 版本;1998 年,
SQL Server 7.0 版本和用户见面;SQL Server 2008 R2 是 Microsoft 公司于 2010 年推出的
最新版本。

SQL Server 特点:

(1) 真正的客户机/服务器体系结构。

(2) 图形化用户界面,使系统管理和数据库管理更加直观、简单。

(3) 丰富的编程接口工具,为用户进行程序设计提供了更大的选择余地。

(4) SQL Server 与 Windows NT 完全集成,利用了 NT 的许多功能,如发送和接收消
息,管理登录安全性等。SQL Server 也可以很好地与 Microsoft Back Office 产品集成。

(5) 具有很好的伸缩性,可跨越从运行 Windows 95/98 的膝上型电脑到运行 Windows
2000 的大型多处理器等多种平台使用。

(6) 对 Web 技术的支持,使用户能够很容易地将数据库中的数据发布到 Web 页面上。

(7) SQL Server 提供数据仓库功能,这个功能只在 Oracle 和其他更昂贵的 DBMS 中才
有。

8.2.5　MySQL

MySQL 是一个小型关系型数据库管理系统,开发者为瑞典 MySQL AB 公司,在 2008
年 1 月 16 号被 Sun 公司收购。而 2009 年,SUN 又被 Oracle 收购。对于 MySQL 的前途,
没有任何人抱乐观的态度。目前 MySQL 被广泛地应用在 Internet 上的中小型网站中。由
于其体积小、速度快、总体拥有成本低,尤其是开放源码这一特点,使得许多中小型网站为了
降低网站总体拥有成本而选择了 MySQL 作为网站数据库。

MySQL 的安装步骤如下:

(1) 用户可以登陆到 MySQL 的官网 http://dev.mysql.com/downloads/下载安装软
件 mysql-5.0.67-win32,双击目录中的 Setup.exe。在出现如图 8.3 所示的界面后单击
Next 按钮。

(2) 在出现如图 8.4 所示的界面后,单击"Typical"。

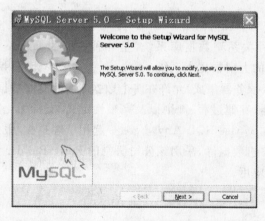

图 8.3　安装初始界面

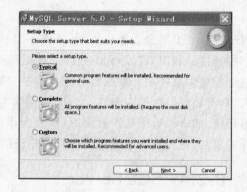

图 8.4　选择"Typical"界面

（3）在出现如图 8.5 所示的界面后，单击 Install 按钮。

（4）在出现如图 8.6 所示的界面后，单击 Finish 按钮，安装完成。

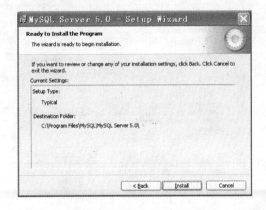

图 8.5　选择 Install 界面　　　　　　　　　图 8.6　选择 Finish 界面

MySQL 的配置步骤如下：

（1）在出现如图 8.7 所示的界面后，进入配置环节，接下来的配置步骤中一般都选择默认选项，单击 Next 按钮即可。

（2）在出现如图 8.8 所示的界面后，选择第三项中的 gb2312，单击 Next 按钮。

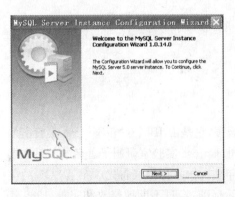

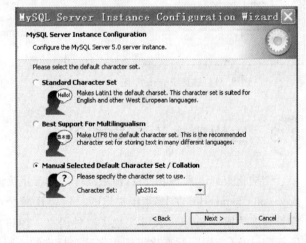

图 8.7　选择 Next 界面　　　　　　　　　　图 8.8　选择 Character Set 界面

（3）在出现如图 8.9 所示的界面后，单击 Next 按钮。

（4）在出现如图 8.10 所示的界面后，系统默认用户名是 root，需要用户设置密码，并确认一次，然后单击 Next 按钮。

（5）在出现如图 8.11 所示的界面后，单击 Finish 按钮，配置成功。

（6）在开始"菜单"→"程序"项目组里，运行 MySQL Command Line Client，输入用户自己设置的密码，出现如图 8.12 所示的界面，MySQL 启动成功。

图 8.9　选择 Next 界面

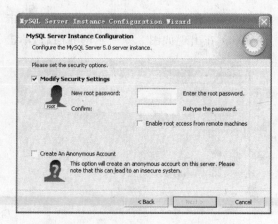

图 8.10　选择 Next 界面

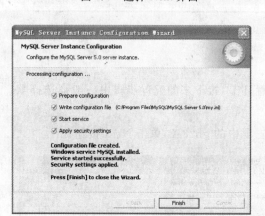

图 8.11　选择 Finish 界面

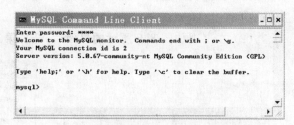

图 8.12　启动 MySQL 界面

8.3　结构化查询语言 SQL

　　结构化查询语言 SQL 是目前数据库的标准主流语言,它是由 IBM 公司 SanJose 实验室的 Boyce 和 Chamberlin 在 1974 年提出的。随后 IBM 公司 SanJose 实验室研制了著名的关系数据库管理系统原型 System R 并实现了这种语言。1986 年美国国家标准局首先颁布了 SQL 的美国标准,1987 年国际标准化组织也把这个标准纳入国际标准,经过不断地修改和完善,1989 年 4 月颁布了增强完整性特征的 SQL-89 版本,1992 年再次修订后颁布了 SQL-92 版本,也就是今天所说的 SQL 标准。当前最新的 SQL 是 ANSISQL-99,它是从 SQL-92 扩充而来,并增加了对象关系特征和其他新功能。我国 SQL 国家标准类似于 SQL-89 版本。

　　由于 SQL 语言功能强大,使用灵活,简单易学,因而备受用户及计算机工业界的欢迎。许多关系数据库如 DB2,Oracle,SQL Server,Informix 等都实现了 SQL,同时数据库产品厂商纷纷推出各自的支持 SQL 的软件或与 SQL 的接口软件,从而使未来的数据库世界有可能连接为一个统一的整体。SQL 已经成为关系数据库王国中的通用语言,并且在数据库以外的其他领域也得到了广泛的应用。有很多软件产品将 SQL 的数据查询功能与图形功能、软件工程工具、软件开发工具、人工智能程序结合起来。

8.3.1 SQL 语句库操作

1. 查看所有数据库

mysql > show databases;

刚开始时的两个数据库：mysql 和 test。mysql 库很重要，它里面有 MySQL 的系统信息，我们改密码和新增用户，实际上就是用这个库进行操作。

2. 创建数据库

mysql > create database 数据库名称；

3. 使用某个数据库

mysql > use 数据库名称；

4. 修改某个数据库

mysql > alter database 数据库名称；

5. 删除某个数据库

mysql > drop database 数据库名称；

8.3.2 SQL 语句表操作

1. 创建表

mysql > create table 表名 (列的名字(id)类型(int(4))primary key(定义主键) auto_increment(描述 自增), …);

2. 查看所使用数据库下所有的表

mysql > show tables;

3. 显示表的属性结构

mysql > desc 表名；

4. 修改表的结构

mysql > alter table 表名 (
       alter 列的名字 类型()

```
add      列的名字 类型()
drop     列的名字 类型()  );
```

5. 添加表的记录

```
mysql> insert into 表名 (列 1 的名字, 列 2 的名字,…)
       values (列 1 的值, 列 2 的值,…)
```

6. 修改表的记录

```
mysql> update 要修改的表名 set 列的名字 = 修改列的值   where 修改的条件
```

7. 删除表的记录

```
mysql> delete from 要删除的表名 where 修改的条件
```

8. 删除表

```
mysql> drop table 要删除的表名
```

9. 数据查询

```
select  [all|distinct]  列 1, 列 2,…
from 表 1, 表 2,…
[where   条件表达式]
[group  by   分组表达式  [having 分组条件表达式]]
[order  by 列  [asc|desc]]
```

SQL 查询中的子句顺序：select, from, where, group by, having 和 order by。其中 select 和 from 是必需的,而 having 子句只能和 group by 子句搭配起来使用。

8.4 数据库技术应用实例

下面以 MySQL 为平台,以"工程零件"数据库为例说明 SELECT 语句检索功能中的简单查询,"工程零件"数据库中包含四张表,"供应商"表：provider(pno, pname, pcity, ptele)；"零件"表：accessory (ano, aname, aplace, aspec, acolor)；"工程"表：project (projectno, projectname, principal, budget)；"供应零件"表：supply(pno, projectno, ano, account)。具体操作步骤如下：

(1) 创建"工程零件"数据库,执行效果如图 8.13 所示。

(2) 建立四张表之前,应先执行 use 命令,执行效果如图 8.14 所示。

(3) 创建"供应商"provider 表,执行效果如图 8.15 所示。

(4) 创建"零件"表 accessory,执行效果如图 8.16 所示。

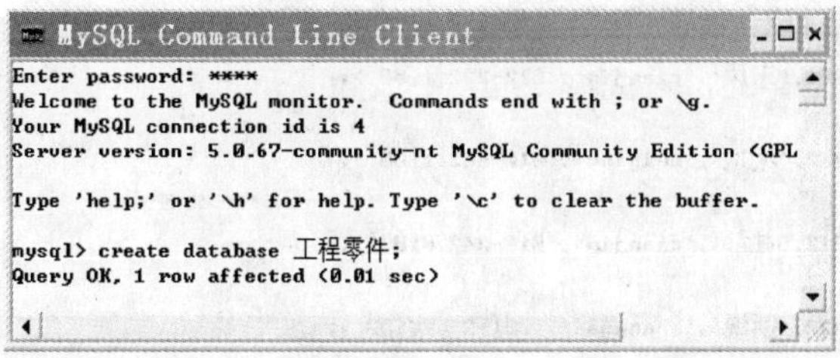

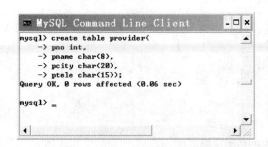

图 8.13 在 MySQL 中建立数据库

图 8.14 在 MySQL 中使用数据库

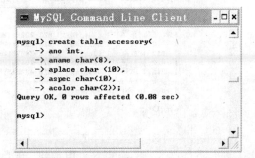

图 8.15 在 MySQL 中建立 provider 表

图 8.16 在 MySQL 中建立 accessory 表

（5）创建"工程"表 project，执行效果如图 8.17 所示。

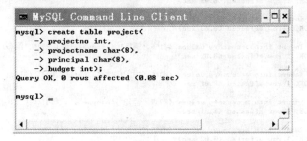

图 8.17 在 MySQL 中建立 project 表

（6）创建"供应零件"表 supply，执行效果如图 8.18 所示。

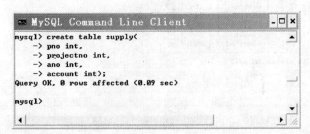

图 8.18 在 MySQL 中建立 supply 表

（7）通过使用 insert 语句添加记录，四张表的相关信息分别如图 8.19、图 8.20、图 8.21 和图 8.22 所示。

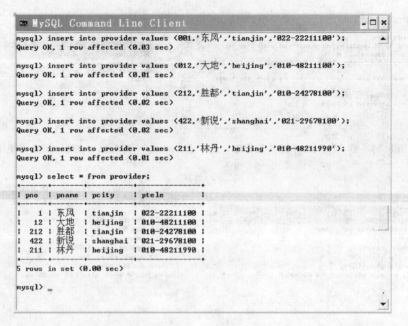

图 8.19   在 Provider 中添加记录

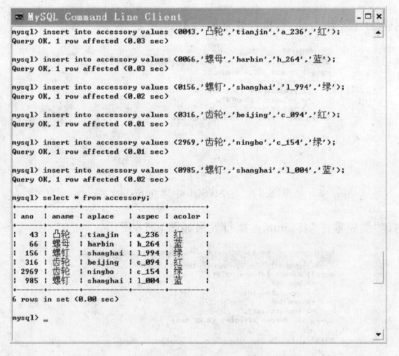

图 8.20   在 Accessory 中添加记录

(8) 简单的查询。

简单的查询是指查询一张表,并且只有 SELECT 子句和 FROM 子句,没有 WHERE 子句,表示被查询的对象是关系中的所有记录。

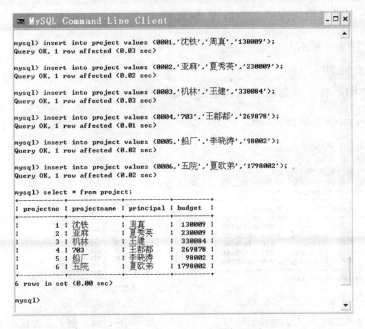

图 8.21　在 Project 中添加记录

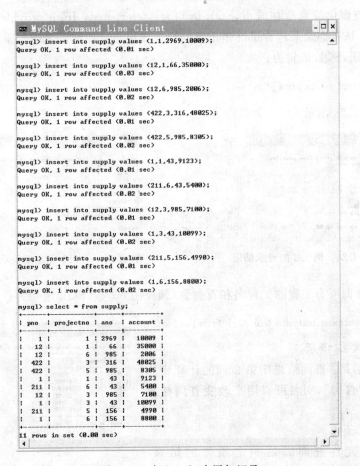

图 8.22　在 Supply 中添加记录

例 8.1　查询所有供应商的基本情况,SQL 语句为:

select * from provider;

执行结果如图 8.23 所示。

例 8.2　查询所有供应商的名称和电话,SQL 语句为:

select pname,ptele from provider;

执行结果如图 8.24 所示。

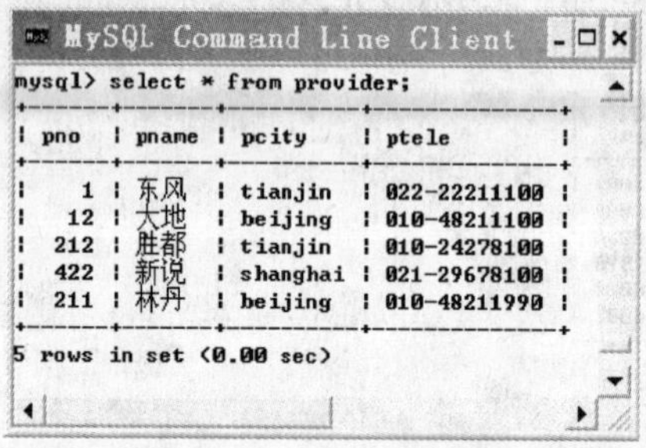

图 8.23　例 8.1 的显示结果 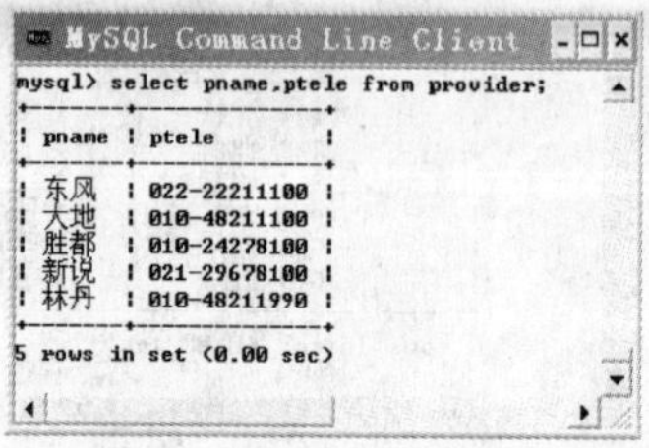　　　　　图 8.24　例 8.2 的显示结果

例 8.3　查询供应商所在城市,SQL 语句为:select pcity from provider;执行结果如图 8.25 所示。该查询结果包含了许多重复的行。如果想去掉结果表中的重复行,必须指定 DISTINCT 短语,SQL 语句为:

select distinct pcity from provider;

执行结果如图 8.26 所示。

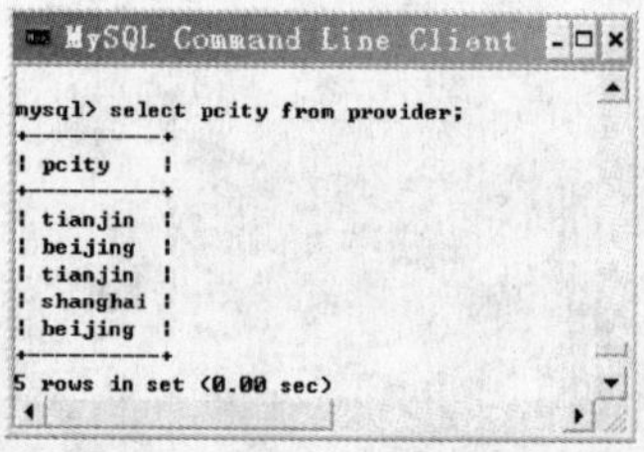

图 8.25　例 8.3 的显示结果 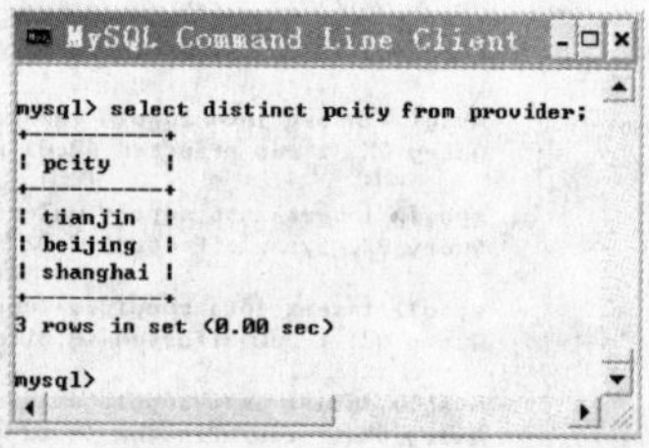　　　　　图 8.26　例 8.3 无重复显示结果

例 8.4　查询所有工程的工程名和首付款(预算的 60%),SQL 语句为:

select projectname,budget * 0.6 首付 from project;

执行结果如图 8.27 所示。

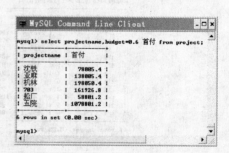

需要注意的是:查询结果中第 2 列的计算表达式使用了别名"首付",别名可以用来改变查询结果的列标题。

(9) where 子句。

SQL 查询允许查询满足一定条件的结果,where 子句的作用就是选择满足条件的记录。在比

图 8.27　例 8.4 的显示结果

较运算中,SQL 提供的比较运算符主要有:=,<>,!=,<,<=,>,>=,以及 between…and…。

SQL 允许使用比较运算符、比较算术表达式和字符串等特殊类型数据(如日期)等。

例 8.5 查询天津市供应商的名称和联系电话,SQL 语句为:

```
select pname,ptele from provider where pcity = 'tianjin';
```

执行结果如图 8.28 所示。

例 8.6 查询预算在 50 000 元以上的项目名称和负责人,SQL 语句为:

```
select projectname,principal from project where budget > 50000;
```

执行结果如图 8.29 所示。

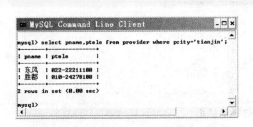

图 8.28 例 8.5 的显示结果

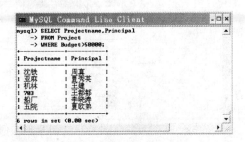

图 8.29 例 8.6 的显示结果

例 8.7 查询供应数量在 5000~20 000 之间的供应商代码,SQL 语句为:

```
select pno from supply where account between 5000 and 20000;
```

执行结果如图 8.30 所示。

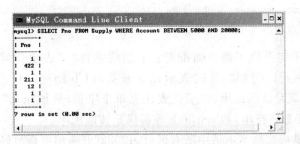

图 8.30 例 8.7 的显示结果

在逻辑运算中,SQL 在 where 子句中可以使用逻辑运算符 and,or 和 not,逻辑运算的对象是包含比较运算符的表达式。

例 8.8 查询供应数量在 5000~10 000 之间的供应商代码,SQL 语句为:

```
select pno from supply where account >= 5000 and account <= 10000;
```

执行结果如图 8.31 所示。

例 8.9 查询红色或蓝色零件的规格,SQL 语句为:

```
select aspec from accessory where acolor = '红' or acolor = '蓝';
```

```
MySQL Command Line Client                                    _ □ ×
mysql> SELECT Pno FROM Supply WHERE Account>=5000 AND Account<=10000;

| Pno |

| 422 |
|   1 |
| 211 |
|  12 |
|   1 |

5 rows in set (0.00 sec)

mysql> _
```

图 8.31 例 8.8 的显示结果

执行结果如图 8.32 所示。

```
MySQL Command Line Client                                    _ □ ×
mysql> SELECT Aspec FROM Accessory WHERE Acolor='红' OR Acolor='蓝';

| Aspec |

| a_236 |
| h_264 |
| c_094 |
| 1_004 |

4 rows in set (0.00 sec)

mysql>
```

图 8.32 例 8.9 的显示结果

在字符串操作中,SQL 提供了使用操作符 LIKE 的模式匹配的字符串比较功能,格式为:

字符串表达式1 [not] like 字符串表达式2

例 8.10 查询所有红色的零件的信息,SQL 语句为:

select * from accessory where acolor like '红';

执行结果如图 8.33 所示。

SQL 还为 like 子句提供了两个通配符:下划线字符"_"表示任何单个字符;百分号"%"表示零或多个字符。例如"a%b"表示以 a 开头,以 b 结尾的任意长度的字符串,如 afeb,addgb,ab 等都满足该匹配串。"_"代表任意单个字符,例如"a_b"表示以 a 开头,以 b 结尾的长度为 3 的任意字符串,如 acb,axb 等都满足该匹配串。

例 8.11 查询供应商联系电话中所有区号为"022"开头的电话号码,SQL 语句为:

select ptele from provider where ptele like '022%';

执行结果如图 8.34 所示。

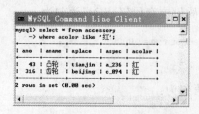

图 8.33 例 8.10 的显示结果

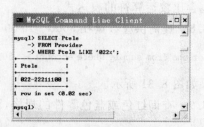

图 8.34 例 8.11 的显示结果

例 8.12 查询姓王且全名为两个汉字的项目负责人的姓名,SQL 语句为:

```
select principal from project where principal like '王__';
```

执行结果如图 8.35 所示。

例 8.13 查询所有不姓"王"的项目负责人的姓名。SQL 语句为:

```
select principal from project where principal not like'王%';
```

执行结果如图 8.36 所示。

IN 表示查找的条件包含在集合中,NOT IN 表示查找的条件不包含在集合中。

例 8.14 查询天津和上海的供应商信息,SQL 语句为:

```
select * from provider where city in ('tianjin','shanghai');
```

执行结果如图 8.37 所示。

在查询中,经常要求将查询结果按照某种规则进行排序。SQL 通过在查询基本结构中加入 order by 子句实现对查询结果按一个或多个列排序,格式为:

```
order by 列名 1[ASC|DESC], 列名 2[ASC|DESC], …;
```

ASC 代表的是升序,DESC 代表的是降序,默认是升序,ASC 可以省略。

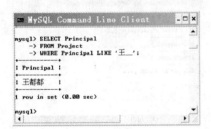

图 8.35 例 8.12 的显示结果

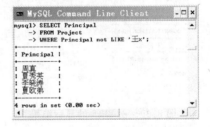

图 8.36 例 8.13 的显示结果

例 8.15 查询使用了"零件编号"为"43"的"项目编号"及"供应数量",并将查询结果按"项目编号"升序排列,同一个项目按"供应数量"降序排列。SQL 语句为:

```
select projectno,account from supply where ano = '43' order by projectno,account desc;
```

执行结果如图 8.38 所示。

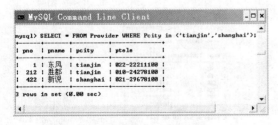

图 8.37 例 8.14 的显示结果

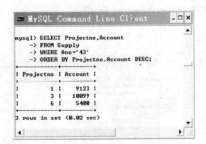

图 8.38 例 8.15 的显示结果

为了方便用户,增强检索功能,SQL 还提供了许多集函数,如表 8.1 所示。

表 8.1　常用的几个集函数

函　数	功　能	函　数	功　能
Count	统计	Avg	求平均值
Min	求最小值	sum	求总和

例 8.16　查询为项目供应了零件的供应商的个数,SQL 语句为:

select count(distinct pno) from supply;

执行结果如图 8.39 所示。

供应商为一个项目供应了一种零件,在 Supply 表中就有一条记录。一个供应商要供应多个项目多种零件,为避免重复计算供应商个数,必须在 COUNT 函数中使用 DISTINCT 短语。

例 8.17　查询"周真"负责项目的平均预算,SQL 语句为:

select avg(budget) from project where principal = '周真';

执行结果如图 8.40 所示。

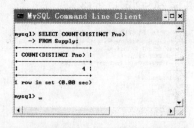

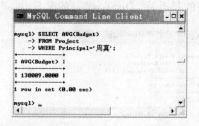

图 8.39　例 8.16 的显示结果 　　　　　　　图 8.40　例 8.17 的显示结果

例 8.18　查询"零件编号"为"0043"的最大供应数量,SQL 语句为:

select max(account) from supply where ano = '0043';

执行结果如图 8.41 所示。

例 8.19　查询各种零件的最大供应数量,SQL 语句为:

select ano, max(account) from supply group by ano;

执行结果如图 8.42 所示。

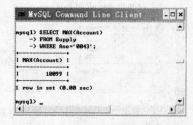

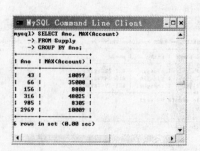

图 8.41　例 8.18 的显示结果 　　　　　　　图 8.42　例 8.19 的显示结果

该语句对查询结果按 Ano 的值进行分组,所有具有相同 Ano 值的元组为一组,然后对每一组用集函数 MAX 计算,以求得该零件的最大供应数量。

8.5 图灵奖获得者 Edgar F. Codd、James Gray

埃德加·考特(Edgar F. Codd)是计算机界公认的关系数据库之父。1970 年他提出了关系模型的理论,之后,E. F. Codd 继续完善和发展关系理论;之后创办了一个研究所 The Relational Institute 和一个公司 Codd & Associations;1990 年出版了专著 The Relational Model for Database Management:Version 2,埃德加·考特由于其对关系数据库的卓越贡献获得 1983 年 ACM 图灵奖。

1970 年,IBM 的研究员 E. F. Codd 博士在刊物《Communication of the ACM》上发表了一篇名为"A Relational Model of Data for Large Shared Data Banks"的论文,提出了关系模型的概念,奠定了关系模型的理论基础。尽管之前在 1968 年 Childs 已经提出了面向集合的模型,然而这篇论文被普遍认为是数据库系统历史上具有划时代意义的里程碑。Codd 的心愿是为数据库建立一个优美的数据模型。后来 Codd 又陆续发表了多篇文章,论述了范式理论和衡量关系系统的 12 条标准,用数学理论奠定了关系数据库的基础。关系模型有严格的数学基础,抽象级别比较高,而且简单清晰,便于理解和使用。但是当时也有人认为关系模型是理想化的数据模型,用来实现 DBMS 是不现实的,尤其担心关系数据库的性能难以让人接受,更有人视其为当时正在进行中的网状数据库规范化工作的严重威胁。为了促进对问题的理解,1974 年 ACM 牵头组织了一次研讨会,会上开展了一场分别以 Codd 和 Bachman 为首的支持和反对关系数据库两派之间的辩论。这次著名的辩论推动了关系数据库的发展,使其最终成为现代数据库产品的主流。

吉姆·格雷(Jim Gray),他使关系模型的技术实用化,在 RDBMS 成熟并顺利进入市场的过程中起到了关键性的作用。他在事务处理方面作出了突出的贡献,使他成为该技术领域中公认的权威,他也成为图灵奖诞生 32 年来第三位因为在数据库技术的发展中作出重大贡献而获此殊荣的学者。曾参与主持过 IMS、System R、SQL/DS、DB2 等项目的开发。他的研究成果最后结晶为一部厚厚的专著:Transaction Processing:Concepts and Techniques。

第9章

网页设计基础

主要内容

- ◆ HTML 入门；
- ◆ HTML 中级进阶；
- ◆ HTML 高级进阶；
- ◆ 图灵奖获得者 Barbara Liskov。

难点内容

HTML 高级进阶。

9.1 HTML 入门

9.1.1 网页模板

1. HTML 简介

HTML(Hyper Text Markup Language)译为超文本标记语言。它是描述网页内容和外观的标准，是因特网上常见的一种网页制作标注性语言，不是程序设计语言。HTML 包含成对打开和关闭的标记。标记包含属性和值用来描述网页上的组件，如文本段落、表格或图像等。

2. HTML 结构概念

完整的 HTML 文件包括标题、段落、列表、表格以及各种嵌入对象，这些对象统称为 HTML 元素。HTML 文件由各种 HTML 元素和标签组成的。HTML 文件的模板如下：

```
<html>
  <head>  <title>  </title>  </head>
  <body>  </body>
</html>
```

其中，所有的标记都是相对应的，开头标记为<>，结束标记为</>，这两个标记中间添加属性、数值、嵌套结构等各种类型的内容。

3. HTML 标记

HTML 定义了 3 种页面结构标记来描述页面的整体结构。用来对 HTML 文件解释和过滤。

<html>标记：HTML 文档的起始标记，表明该文档是 HTML 文档，结束标记</html>出现在 HTML 文档的尾部。

<head>标记：文档标题的起始部分，包括标题和主题信息，结束标记</head>指明文档标题部分的结束。

<body>标记：用来指明文档的主体区域，通常包括如标题、段落、列表等字符串。HTML 文档的主体区域是标题以外的所有部分，其结束标记</body>指明主体区域的结尾。

4. 编辑器 EditPlus 简介

EditPlus 是一款小巧但功能强大的可处理文本、HTML 和程序语言的 32 位编辑器，启动速度快；中文支持比较好；支持语法高亮；支持代码折叠；支持代码自动完成（但其功能比较弱），不支持代码提示功能；配置功能强大，且比较容易，扩展也比较强。

5. 在 EditPlus 中编写 HTML

（1）启动 EditPlus 程序，单击菜单"文件"→"新建"→"HTML 网页"，如图 9.1 所示。

图 9.1　新建 HTML 文件

图 9.2　"另存为"对话框

（2）模板的<title>与</title>标签之间的内容就是新建 HTML 文件的标题，即在浏览器标题栏显示的页面标题，这里为"网页文件的标题"。

（3）模板的<body>与</body>标签之间添加主体内容的代码，例如：

```
<p>欢迎学习 HTML 语言!</p>
<p>让我们伴您一起走入 HTML 的世界吧!!</p>
```

（4）保存并查看 HTML 文件。选择"文件"|"保存"命令，打开如图 9.2 所示的"另存为"对话框。在"保存在"下拉列表框中选择存盘的位置，在"文件名"文本框中输入文件的名

称"Example_model",文件的保存类型为"HTML 文档",单击"保存"按钮完成。双击保存的文件,可以在浏览器中看到如图 9.3 所示的页面效果。

6. head 标记

HTML 的头元素是以<head>为开始标记,以</head>为结束标记的。包括当前文档的相关信息,如标题<title>、基底信息<base>、元信息<meta>等,或包含 CSS<style>和 JavaScript<script>定义。

HTML 页面的标题显示在浏览器的标题栏中,每个 HTML 页面都应该有标题,页面的标题有且只有一个,以<title>开始,</title>结束,位于 HTML 文档头部,即<head>和</head>之间。

例 9.1　代码如下:

```
<html>
  <head>  <title>我的第一个网页</title>  </head>
  <body>
    <p>欢迎学习 HTML 语言!</p>
    <p>让我们伴您一起走入 HTML 的世界吧!!</p>
  </body>
</html>
```

运行后在浏览器标题栏显示设置的标题"我的第一个网页",效果如图 9.4 所示。

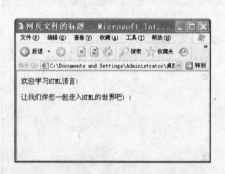

图 9.3　Example_model 的页面效果

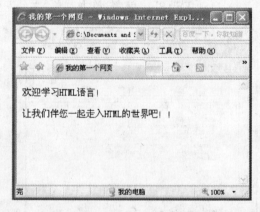

图 9.4　例 9.1 页面效果

7. body 标记

网页的主体部分以<body>开始,以</body>结束。在 body 标记中有很多的属性设置,包括页面的背景设置、文字属性设置、边距设置等。

(1) bgcolor 设置页面背景色。bgcolor 属性设置整个页面的背景颜色,用"#"加上6位的十六进制值来表现颜色。例如#FFFFFF 为白色,#000000 为黑色,#FF0000 为红色。设置背景色为深蓝色,代码如下:

```
<html>
  <head><title>设置页面背景色</title></head>
```

```
< body bgcolor = " #3399dd"> </body>
</html>
```

（2）background 设置背景图片。background 属性设置背景图片的平铺方式、显示方式等。格式为

```
< body background = "文件链接地址"bgproperties = "背景图片固定属性">
```

其中，文件链接地址可以是相对地址，即本机上图片文件的存储位置，或是网上的图片资料。省略 bgproperties 属性则图片将铺满整个页面。bgproperties 设为 fixed，则滚动页面时，背景图像也会跟着移动。

例 9.2　代码如下：

```
<html>
  <head> <title>背景图片</title> </head>
  < body background = "d:\My Documents\My Pictures\6609.jpg">
  </body>
</html>
```

运行效果如图 9.5 所示。

图 9.5　例 9.2 运行效果

如果希望图片不重复显示，需要借助 CSS 样式，在后面的章节中将详细讲解 CSS 的使用方法。对于网页背景的样式设置，一般在头部标记中添加 style 标记。

例 9.3　代码如下：

```
<html>
  <head> <title>背景图片</title>
    < style type = "text/css">
        body{background - repeat: no - repeat}
    </style>
```

```
  </head>
  < body background = " d:\My Documents\My Pictures\6609.jpg ">
  </body>
</html>
```

其中,background-repeat 的值设置为 no-repeat,表示不重复,运行效果如图 9.6 所示。

取值为 repeat-x,则在水平方向平铺,如图 9.7 所示;设为 repeat-y,则在垂直方向平铺。

图 9.6 例 9.3 运行效果   图 9.7 背景图像水平平铺效果

将 bgproperties 的值设置为 fixed,背景图片会固定在页面上静止不动。

例 9.4 代码如下:

```
< html >
  < head > < title >背景图片</title > </head >
  < body background = "d:\My Documents\My Pictures\6609.jpg" bgproperties = "fixed">
  </body >
</html >
```

运行效果如图 9.8 所示。拖动滚动条时,则文字在动,而背景是不动的,如图 9.9 所示。

图 9.8 例 9.4 运行效果   图 9.9 例 9.5 运行效果

（3）text 设置文字颜色。text 参数实现设置文字的颜色，当没有对文字的颜色进行单独定义时，这一属性可以对页面中所有的文字起作用，如图 9.10 所示。

例 9.5 代码如下：

```
< html >
  < head >< title > 设置页面文字颜色 </title ></head>
  < body bgcolor = "♯99CCCC"text = "♯FFCC00"> 设置页面的文字颜色 </body>
</html>
```

（4）margin 设置边距。内容与浏览器边框之间的距离也可以设置。边距的值默认是以像素为单位的，<body topmargin＝上边距的值 leftmagin＝左边距的值>，例 9.6 设置边距的效果如图 9.11 所示。

图 9.10 例 9.5 运行效果

图 9.11 例 9.6 运行效果

例 9.6 代码如下：

```
< html >
  < head >< title >设置边距</title ></head >
  < body topmargin = 60 leftmargin = 40 >
        设置页面的上边距为 60 像素 < br >
        设置页面的左边距为 40 像素
  </body>
</html>
```

8.<!－－－＞注释标记

注释不显示在页面中。注释帮助用户了解模块的划分，有利于代码的检查、维护。

语法：

```
<! -- 注释的文字 -->
```

说明：在语法中"注释的文字"的位置上添加需要的内容即可。

例 9.7 代码如下：

```
< html >
  < head >< title >设置代码的注释</title ></head >
  < body >< ! -- 居中显示 -->
```

```
        <center>
            注释语句是用来帮助用户理解代码的.<br>
        <! -- 超级链接 -->
        <a href = "http://www.163.com">上网</a>
        </center>
    </body>
</html>
```

图 9.12　例 9.7 运行效果

"居中显示"和"超级链接"是对代码的注释,不会显示在浏览器中,运行效果如图 9.12 所示。

9.1.2　文字与段落

1. 标题文字

标题文字用于对文本中的章节进行划分,以固定的字号显示。标题文字共包含 6 种标记,分别表示 6 个级别,1 级标题字号最大;6 级标题字号最小。文字标题用 align 参数设置对齐方式。其取值分别为:left 左对齐;center 居中对齐;right 右对齐。

例 9.8　代码如下:

```
<! -- 设置标题文字的不同对齐方式 -->
<html>
    <head> <title>标题文字的对齐效果</title> </head>
    <body>
        <h1>1 级标题的默认对齐效果</h1>
        <h2 align = left>2 级标题的左对齐效果</h2>
        <h3 align = center>3 级标题的居中对齐效果</h3>
        <h4 align = right>4 级标题的右对齐效果</h4>
    </body>
</html>
```

运行这段代码,可以看到不同对齐方式的标题效果,如图 9.13 所示。

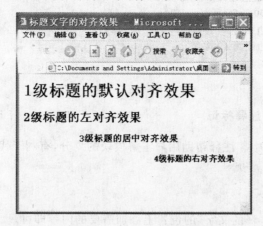

图 9.13　例 9.8 运行效果

2. font 文本基本标记

<font>标记用来控制字体、字号和颜色等属性。如<font face="字体 1,字体 2"

color="颜色代码" size="文字字号">…</font>。face 属性的值可以是 1 个或者多个。默认情况下,用字体 1 显示;若字体 1 不存在,则用字体 2 代替,以此类推。如果设置的字体都不存在,则以默认宋体显示;size 属性设置字体的大小,分绝对和相对两种。从 1 到 7 的整数,代表字体大小的绝对字号。从 -4 到 +4 的整数,表示字体相对于默认字号 3 号进行放大和缩小;color 属性与网页背景色的设置类似,颜色代码也是十六进制的。

例 9.9 代码如下:

```
< html >
  < body >
    < font face = "经典空叠圆筒" size = "1">1 号经典空叠圆筒的字体效果</font >< br >
    < font face = "黑体" size = "3">3 号黑体字体的效果</font >< br >
    < font face = "Times New Roman" size = "5"> hello </font >< br >
    < font size = "7" color = "♯0099FF">早上好</font >< br >
    < font size = "＋2" color = "♯990000">默认字号 + 2,即暗红色 5 号字体</font >< br >
    < font size = "－1" color = "♯FF6600">默认字号 -1,即桔色 2 号字体</font >
  </body >
</html >
```

运行这段代码,可以看到不同的效果,如图 9.14 所示。

3. 文本格式化标记

文本格式化标记设置文字以特殊的方式显示,如粗体标记,斜体标记和文字的上下标记等。

各标记的含义:<b>…</b>加粗的文字,<I>…</I>斜体字,<u>…</u>带下划线的文字,<s>…</s>文字的删除效果,[…]上标标记,_…下标标记,标记<strong>也表示粗体字。

图 9.14 例 9.9 运行效果

标记<em>或者<cite>也表示斜体字;上标标记、下标标记和删除线标记类似,将文字放置在标记中间即可。

例 9.10 代码如下:

```
< html >
  < body >
    正常的文字效果< br >< br >
    <b>使用 B 标记加粗文字</b>< br >< br >
    <I>使用 I 标记的斜体效果</I>< br >
    <u>下划线文字效果</u>< br >
    <s>文字的删除效果</s>< br >< br >
    在方程式中应用上标的效果< br >
    X < sup > 2 </sup > + 5X < sup > 3 </sup > - 9 = 9 < br >< br >
    在文字中应用下标的效果< br >
    X < sub > 4 </sub > - Y < sub > 2 </sub > = 100 < br >< br >
  </body >
</html >
```

运行效果如图 9.15 所示。

4. p 段落标记

语法:

`<p>段落文字</p>`

说明:段落标记可以没有结束标记`</p>`,而新的段落标记的开始表示上一个段落的结束。

例 9.11　代码如下:

```
<html>
  <head><title>输入段落文字</title></head>
  <body>
    <p align=center>云海
    <p>自古黄山云成海,黄山是云雾之乡,以峰为体,以云为衣,其瑰丽壮观的"云海"以美、胜、奇、
      幻享誉古今,一年四季皆可观、尤以冬季景最佳。</p>
    <p>依云海分布方位,全山有东海、南海、西海、北海和天海;而登莲花峰、天都峰、光明顶则可
      尽收诸海于眼底,领略"海到尽头天是岸,山登绝顶我为峰"之境地。</p>
  </body>
</html>
```

运行代码,两种方法的段落标记都可以成功地将文字分段,效果如图 9.16 所示。

图 9.15　例 9.10 运行效果

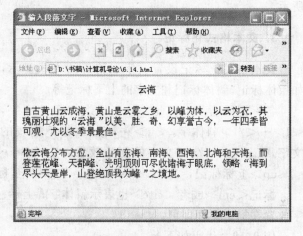

图 9.16　例 9.11 运行效果

5. 换行标记

`<br>`标记将文字强制换行。换行标记与段落标记不同,段落标记的换行是隔行的,而使用换行标记能使两行的文字更加紧凑。

语法:

`<br>`

说明:一个`<br>`标记代表一个换行,连续的多个标记可以多次换行。

例 9.12　代码如下:

```
<html>
  <head>  <title>文字的换行效果</title>  </head>
```

```
<body>
  下面是一段描写黄山温泉的文字: <br><br>
  黄山"四绝"之一的温泉(古称汤泉),源出海拔850米的紫云峰下,水质以含重碳酸为主,可饮可
  浴。<br>
  传说轩辕黄帝就是在此沐浴七七四十九日得返老还童,羽化飞升的,故又被誉之为"灵泉"。
  <br>
</body></html>
```

运行代码,看到使用换行标记的效果如图9.17所示。

6. 取消文字换行标记

如果某一行的文字宽度过长,浏览器会自动对文字进行换行。如果不希望被自动换行,则可以通过nobr属性来实现。

语法:

```
<nobr>不换行显示的文字</nobr>
```

说明:在标记之间的文字在显示的过程中不会自动换行。

例9.13 代码如下:

```
<html>
  <head><title>文字不换行显示</title></head>
  <body>
  <!-- 当浏览器宽度不够时,文本内容会自动换行显示-->
  <p>泰山,通常指我国的五岳之首,有"天下第一山"之美誉,又称东岳,中国最美的、令人震撼的十
    大名山之一。</p>
  <!-- 下面这段文字不会自动换行显示,当浏览器宽度不够时,会出现滚动条-->
  <p><nobr>泰山,通常指我国的五岳之首,有"天下第一山"之美誉,又称东岳,中国最美的、令人
      震撼的十大名山之一。
    </nobr></p>
  </body>
</html>
```

运行这段代码,可以看到强制文字不换行的效果,如图9.18所示。

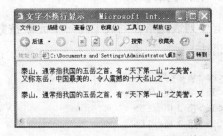

图9.17 例9.12运行效果   图9.18 例9.13运行效果

7. 水平线标记

语法:

```
<hr width=水平线宽度 size=水平线高度 color="颜色代码" align=对齐方式>
```

说明：<hr>标记用来添加一条水平线；宽度值是确定的像素值，或是窗口的百分比；而水平线的高度值则只能够是像素值。

例 9.14 代码如下：

```
<html>
  <head><title>添加水平线</title></head>
  <body>
    <center><h4>泰安：华夏文明发祥地之一</h4></center>
    <hr width=130>
    <p>泰安是华夏文明发祥地之一。</p>
    <hr width=85% size=3 color=blue>
    早在 50 万年前就有人类生存,5 万年前的新泰人已跨入智人阶段；5000 年前这里孕育了灿烂的大汶口文化,成为华夏文明史上的一个重要里程碑。
    <hr size=5 color=red>
  </body>
</html>
```

运行代码,可以看到在网页中出现了三条水平线,如图 9.19 所示。

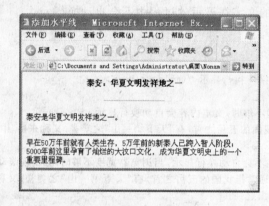

图 9.19　例 9.14 运行效果

9.1.3　列表

1. 有序列表标记

有序列表是指在列表中将每个元素按数字或字母顺序标号。

语法：

```
<ol type=序号类型 start=起始数值>
<li>第 1 项</li>
<li>第 2 项</li>
<li>第 3 项</li>
<li>第 4 项</li>
<li>第 5 项</li>
    …
</ol>
```

其中,<ol>和</ol>标记表示有序列表的开始和结束,而<li>标记表示一个列表项的开始,默认采用数字序号进行排列；type 属性调整序号的类型,如表 9.1 所示。

表 9.1 有序列表的序号类型

type 取值	列表项目的序号类型
1	数字 1,2,3,4……
a	小写英文字母 a,b,c,d……
A	大写英文字母 A,B,C,D……
I	大写罗马数字 I,II,III,IV……
i	小写罗马数字 i,ii,iii,iv……

例 9.15 代码如下:

```html
<html>
  <head><title>创建有序列表</title></head>
  <body>
    <ol type=I>
      <li>星期一</li><li>星期二</li><li>星期三</li>
    </ol>
    <ol type=a start=2>
      <li>星期一</li><li>星期二</li><li>星期三</li>
    </ol>
  </body>
</html>
```

运行这段代码,可以实现有序列表的不同类型的序号排列,如图 9.20 所示。

2. 无序列表标记

无序列表是一种不编号的列表方式,即在每一个项目文字之前,以符号作为分项标识。
语法:

```html
<ul type=序号类型>
  <li>第 1 项</li>
  <li>第 2 项</li>
  <li>第 3 项</li>
  …
</ul>
```

<ul></ul>标记表示无序列表的开始和结束,<li>表示列表项的开始。一个无序列表可以包含多个列表项。默认项目符号是●,type 参数调整无序列表的项目符号,如表 9.2 所示。

图 9.20 例 9.15 运行效果

表 9.2 无序列表的序号类型

类型值	列表项目的符号
disc	●
circle	○
square	■

例 9.16   代码如下：

```html
<html>
  <head><title>创建无序列表</title></head>
  <body>
    <font size=5 color="#990000">出售的图书种类：</font><br><br>
    <ul type=circle>
      <li>计算机类书籍
      <li>休闲杂志类书籍
      <li>考试教材类书籍
    </ul>
    <hr color="#CC0000" size=2>
    <font size=5 color="#990000">出售的数码产品种类：</font><br><br>
    <ul type=square>
      <li>电脑配件
      <li>数码相机
    </ul>
  </body>
</html>
```

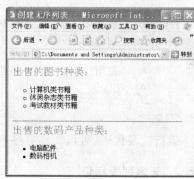

图 9.21   例 9.16 运行效果

运行效果，如图 9.21 所示。

3. 定义列表标记

第三种列表标记称为定义列表。它主要用于解释名词，第一层次是需要解释的名词，第二层次是具体的解释。

语法：

```html
<dl>
  <dt>定义条件</dt>
  <dd>定义描述</dd>
</dl>
```

<dl>标记和</dl>标记表示定义列表的开始和结束，<dt>表示要解释的名词，<dd>后添加该名词的具体解释。具体解释在显示时会自动缩进。

例 9.17   代码如下：

```html
<html>
  <head><title>创建定义列表</title></head>
  <body><font size=6 color="#000099">网页创作的相关知识：</font><br><br>
    <dl>
    <dt>HTML<dd>HTML 是英文的缩写，即超文本标志语言
    <dt>CSS<dd>CSS 是层叠样式表单的简称，一种设计网页样式的工具
    </dl>
  </body>
</html>
```

定义列表效果如图 9.22 所示。

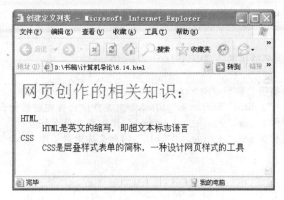

图 9.22　例 9.17 运行效果

9.1.4　超链接与锚

1. 超链接的基本知识

每个网页都有一个唯一的地址,称为统一资源定位符(URL)。创建内部链接时,有两种指定路径的方式。一种是绝对路径,即主页上的文件或目录在硬盘上的真正路径。而常用的是指定一个相对当前文档或站点根文件夹的相对路径。所谓相对路径,就是自己相对于目标的位置。编程中使用"..\"来表示上一级目录,"..\..\"表示上上级的目录,以此类推。例如,现在有一个页面 index.html,在这个页面中链接有一张图片 photo.jpg,它们的绝对路径分别为:c:\website\web\index.html 和 c:\website\img\photo.jpg。index.html 中链接的 photo.jpg 应该怎样表示呢?

按照前面的表示方法,应该使用..\img\photo.jpg 的相对路径来定位文件。

总结一下,相对路径设置起来一般有如下 3 种写法:

(1) 同一目录下的文件:只需要输入链接文件的名称即可,如 01.html。

(2) 上一级目录中的文件,在目录名和文件名之前加入"../",如../04/02.html;如果是上两级,则需要加入两个"../",如../../file/01.html。

(3) 下一级目录:输入目录名和文件名,之间以"/"隔开,如:Html/05/01.html。

2. 内部链接

内部链接是指链接的对象是在同一个网站中的资源。

语法:

< A href = "链接地址" target = "目标窗口的打开方式">链接文字</A>

说明:链接地址可以是绝对地址,也可以是相对地址;target 参数有 4 种取值,如表 9.3 所示。

表 9.3　目标窗口的设置

target 值	目标窗口的打开方式
_parent	在上一级窗口打开,常在分帧的框架页面中使用
_blank	新建一个窗口打开
_self	在同一窗口打开,与默认设置相同
_top	在浏览器的整个窗口打开,将会忽略所有的框架结构

例 9.18   代码如下：

```html
<html>
  <head><title>内部链接的实现</title></head>
  <body>
    <center><h2>脑筋急转弯</h2></center>
    <p>1.<a href="1.html" target="_blank">想美梦成真首先要做什么?</a>
    <p>2.<a href="2.html" target="_parent">黑头发有什么好处?</a>
    <p>3.<a href="3.html" target="_self">用什么拖地最干净?</a>
  </body>
</html>
```

与例 9.18 的文件在同一个目录下创建一个名称为：1.html 的文件，代码如下：

```html
<html>
  <head>脑筋急转弯</head>
  <body>
    1.答案：醒来
  </body>
</html>
```

在图 9.23 中，单击设置的第一个链接，可以打开一个如图 9.24 所示的新窗口。

图 9.23   设置链接目标窗口

图 9.24   打开的新窗口

3. 锚点链接

当网页内容很多时，需要不停地拖动滚动条来查看文档内容。在文档中进行锚点链接就可以解决这个问题。锚点是在给定网页中的某一位置，在创建锚点链接前首先要建立锚点。

语法：

```html
<A name="锚点名称">文字</A>
```

说明：锚点名称就是要跳转所创建的锚点，文字是设置链接后跳转位置。

例 9.19   代码如下：

```html
<html>
  <head><title>创建锚点</title></head>
  <body>
    <h3>星座解密</h3>
```

```
    < hr size = 3 >
      < A name = "t1">摩羯座(12.22 - 1.19) </A><br>
        通常他们也绝少是天才型,但却心怀大志,经过重重磨难,渐渐拥有声名和成功。<br>
    < hr size = 2 >
      < A name = "t2">水瓶座(1.20 - 2.18) </A><br>
        水瓶座常被称为"天才星座"或"未来星座"。具有前瞻性、有独创性、聪慧、富理性,喜欢追求新
        的事物。<br>
    < hr size = 2 >
      < A name = "t3">双鱼座(2.19 - 3.20) </A><br>
        这是一个充满神性,魔性,理解力,观察力强却又优柔寡断,缺乏自信,(如果是女人则更是泪水
        做成的,女人中的女人),自制力不强,又善变的谜一般的星座。<br>
    </body>
  </html>
```

在这段代码中,定义了 3 个锚点,分别命名为
t1、t2 和 t3。运行效果如图 9.25 所示。在浏览器中
并不能看到创建的锚点,但实际上已经存在了。在
代码的前面增加链接文字和链接地址就能够实现同
页面的锚点链接。

语法:

```
< A href = "♯锚点的名称">链接的文字</A>
```

说明:锚点的名称是刚才所创建的锚点名称,
也就是 name 的赋值。实例代码如下:

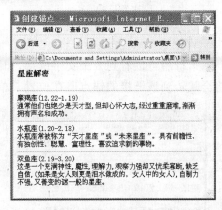

图 9.25　例 9.19 运行效果

```
<html>
  < head > < title >创建锚点</title > </head >
  < body >
    < h3 >星座解密</h3 >
      < A href = "♯t1">摩羯座</A>< A href = "♯t2">水瓶座</A>
      < A href = "♯t3">双鱼座</A>< A href = "♯t4">白羊座</A>
      < A href = "♯t5">金牛座</A>< A href = "♯t6">双子座</A>
      < A href = "♯t7">巨蟹座</A>< A href = "♯t8">狮子座</A>
    < hr size = 3 >
      < A name = "t1">摩羯座(12.22 - 1.19) </A><br>
        通常他们也绝少是天才型,但却心怀大志,经过重重磨难,渐渐拥有声名和成功。<br>
    < hr size = 2 >
      < A name = "t2">水瓶座(1.20 - 2.18) </A><br>
        水瓶座常被称为"天才星座"或"未来星座"。所以他们具有前瞻性、有独创性、聪慧、富理性,
        喜欢追求新的事物。<br>
    < hr size = 2 >
      < A name = "t3">双鱼座(2.19 - 3.20) </A><br>
        这是一个充满神性,魔性,理解力,观察力强却又优柔寡断,缺乏自信,(如果是女人则更是泪
        水做成的,女人中的女人),自制力不强,又善变的谜一般的星座。<br>
    < hr size = 2 >
      < A name = "t4">白羊座(3.21 - 4.19) </A><br>
        白羊座充满了强烈的好奇心,坚强的意志,不服输和冒险犯难,创新求变的精神;宁可付出
        巨大的代价,也要力争前茅。<br>
    < hr size = 2 >
```

```
  < A name = "t5">金牛座(4.20 - 5.20)</A>< br >
     金牛座为人处世小心谨慎,感情真诚专一,同时隐藏着多疑多虑,阴郁孤僻的性格。< br >
  < hr size = 2 >
  < A name = "t6">双子座(5.21 - 6.20) </A>< br >
     双子座的人聪明伶俐,有些轻率和神经质。< br >
  < hr size = 2 >
  < A name = "t7">巨蟹座(6.21 - 7.21)</A>< br >
     巨蟹座的人天生具有旺盛的精力和敏锐的感觉,道德意识很强烈。< br >
  < hr size = 2 >
  < A name = "t8">狮子座(7.22 - 8.22) </A>< br >
     狮子座是最具有权威感与支配能力的星座,受人尊重,做事独立,知道如何运用能力和权术
以达到目的。< br >
  </body >
</html >
```

运行后可以看到8个文字链接,如图9.26所示。在页面中单击其中的链接文字,页面将会跳转到该链接的锚点所在位置。单击"双子座",跳转后的页面效果如图9.27所示。

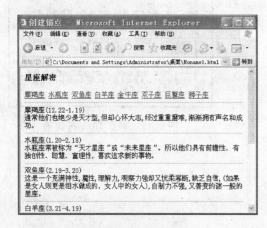

图9.26　链接的页面效果

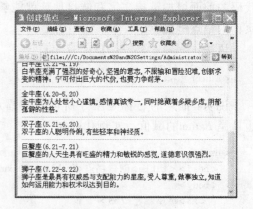

图9.27　跳转的效果

锚点链接不但可以链接到同一页面,也可以在不同页面中设置。

语法:

< A href = "链接的文件地址 # 锚点名称">链接的文字</A>

说明:在链接的地址前增加文件所在的位置。

例9.20　代码如下:

```
< html >
  < head >< title >创建锚点</title ></head >
  < body >
     < h3 >星座解密</h3 >
     < A href = "10.html # t1">摩羯座</A>      
     < A href = "11.html # t2">水瓶座</A>      
     < A href = "12.html # t3">双鱼座</A>      
     < A href = "13.html # t4">白羊座</A>
  </body >
</html >
```

运行效果如图 9.28 所示。单击"水瓶座",直接链接到锚点所在的位置,如图 9.29 所示。

图 9.28 例 9.20 运行效果   图 9.29 链接的效果

9.2 HTML 中级进阶

9.2.1 使用表格和图像

1. 创建表格

表格常用来对页面进行排版,一般通过 3 个标记来构建,分别是表格标记、行标记和单元格标记。其中表格标记是<table>和</table>,表格的其他各种属性都要在表格的开始标记<table>和表格的结束标记</table>之间才有效。下面首先介绍如何创建表格。

语法:

```
<table>
<caption>表格的标题</caption>
<tr>
  <td>单元格内的文字</td>
  <td>单元格内的文字</td>
…
</tr> …
</table>
```

说明:<table>标记和</table>标记标志着表格的开始和结束;而<tr>和</tr>表示一行的开始和结束,表格含几组<tr>…</tr>,就表示该表格为几行;<td>和</td>表示一个单元格的起始和结束,即一行中包含了几列;caption 设置表格标题,一般位于表格的第一行,默认情况下居中显示。

例 9.21 代码如下:

```
<html>
  <head><title>添加表格</title>  </head>
  <body>
    <h3>下面插入了一个表格:</h3>
    <table>
      <caption>添加表格的实例</caption>
      <tr>
        <td>表格中的第一个单元格</td>
```

```
        <td>第一行中的第二个单元格</td>
      </tr>
      <tr>
        <td>表格的第二行</td>
        <td>第二行中的第二个单元格</td>
      </tr>
    </table>
  </body>
</html>
```

运行效果：两行两列的表格，但是这个表格没有边框线，如图 9.30 所示。

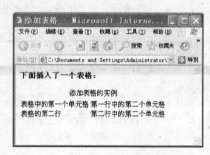

2. 设置表格基本属性

为了使所创建的表格更加美观、醒目，需要对表格的属性进行设置，主要包括表格的宽度、高度和对齐方式等。

语法：

`< table width = 表格宽度 height = 表格高度 align = "表格对齐方式">`

图 9.30　例 9.21 运行效果

说明：默认情况下，表格的宽度和高度是根据内容自动调整的。若要指定表格的宽度和高度，可以添加 width、height 参数；align 参数可以取值为 left、center 或者 right。

例 9.22　代码如下：

```
< html >
  < head > < title >设置表格的基本属性</title></head>
  < body >
    < table align = "center" width = 600 height = 90 % >
      < caption >通信录</caption>
      < tr >
        < th >姓名</th>
        < th >地址</th>
        < th >电话</th>
        < th >电子邮件</th>
      </tr>
      < tr >
        < td >叶子</td>
        < td >北京市海淀区东王庄 200 号</td>
        < td > 010 - 83546111 </td>
        < td > shtml@yahoo.com.cn </td>
      </tr>
      < tr >
        < td >冯斌</td>
        < td >哈尔滨市黛秀公园 3 号楼 1106 室</td>
        < td > 0451 - 63546874 </td>
        < td > feng65@sina.com.cn </td>
      </tr>
    </table>
  </body>
</html>
```

运行效果：用<th>和</th>标记表格的表头为一行加粗字体，如图 9.31 所示。

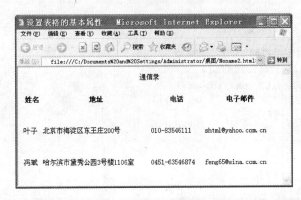

图 9.31　例 9.22 运行效果

3. 表格的边框

表格边框效果（如颜色、宽度等）的设置语法如下。

语法：

```
< table border = 边框宽度    bordercolor = 边框颜色
cellspacing = 内框宽度    cellpadding = 文字与边框的距离值>
```

说明：border 参数的值不为 0，才能显示出表格的边框，border 的单位为像素；bordercolor 参数用来设置边框颜色，但前提是边框宽度不能为 0，cellspacing 设置表格内部各个单元格之间的宽度，cellpadding 是用来设置文字与边框的距离。

例 9.23　代码如下：

```
< html >
  < head >  < title >设置表格的基本属性</title ></head >
  < body >
    < table align = center width = 700 border = 1 bordercolor = red cellspacing = 6 cellpadding = 10 >
    < caption >通信录</caption >
    < tr >
      < th >姓名</th >
      < th >地址</th >
      < th >电话</th >
      < th >电子邮件</th >
    </tr >
    < tr >
      < td >叶子</td >
      < td >北京市海淀区东王庄 200 号</td >
      < td > 010 - 83546111 </td >
      < td > shtml@yahoo.com.cn </td >
    </tr >
    < tr >
      < td >冯斌</td >
      < td >哈尔滨市黛秀公园 3 号楼 1106 室</td >
      < td > 0451 - 63546874 </td >
```

```
      < td > feng65@sina.com.cn </td>
    </tr>
    < tr >
      < td >王奇</td>
      < td >南京市雨花路 11 号</td>
      < td > 0352 - 87457696 </td>
      < td > wdsda@163.com </td>
    </tr>
  </table>
 </body>
</html>
```

运行效果如图 9.32 所示。

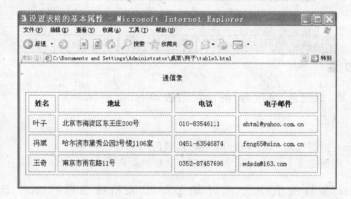

图 9.32　例 9.23 运行效果

4. 表格背景

设置表格背景,最简单的就是给表格设置背景颜色和图像。

语法:

< table bgcolor = "颜色代码" background = "背景图片的地址">

说明:背景图片的地址可以设置为相对地址,也可设置为绝对地址。

例 9.24　代码如下:

```
< html >
  < head >< title >设置表格背景</title > </head>
  < body >
    < table background = "2. jpg" border = 1 bordercolor = " #660000"cellpadding = 5 >
      < caption >通信录</caption >
      < tr >
        < th >姓名</th>
        < th >地址</th>
        < th >电子邮件</th>
      </tr>
      < tr >
        < td >方中信</td>
        < td >衡阳市衡阳路 666 号</td>
        < td > fde@yahoo.com </td>
```

```
    </tr>
    <tr>
      <td>冯尔生</td>
      <td>义乌市市场路 859 号</td>
      <td>feng@jingshan.net</td>
    </tr>
    <tr>
      <td>赵安</td>
      <td>苏州市东街 112 号</td>
      <td>zht@163.com</td>
    </tr>
  </table>
  </body>
</html>
```

运行效果如图 9.33 所示。

图 9.33　例 9.24 运行效果

5．表格的行属性

设定了表格的整体属性后，也可以对单独的一行表格进行属性设置。

语法：

```
<tr height = 表格某行高度 bordercolor = "颜色代码" bgcolor = "颜色代码"
align = "水平对齐方式" valign = "垂直对齐方式">
```

说明：这里水平对齐方式包含 3 种，分别为 left、center 和 right；垂直对齐方式可以取的值包含 3 种，分别为 top、middle 和 bottom。

例 9.25　代码如下：

```
<html>
  <body>
    <table border = 1 cellpadding = 5>
      <caption>我国著名词人——李清照</caption>
      <tr align = "center" bgcolor = "#FFEE00">
        <td>朝代</td>
        <td>宋代</td>
      </tr>
      <tr align = "right">
        <td>著作</td>
        <td>如梦令、永遇乐、点绛唇、蝶恋花、浣溪沙等</td>
      </tr>
      <tr align = "left" height = 90 bordercolor = "#660000">
        <td>简介</td>
        <td>李清照(1084 - 1155?)号易安居士,齐州章丘(今属山东济南)人,以词著称,有较高
            的艺术造诣。</td>
      </tr>
    </table>
  </body>
</html>
```

运行效果如图 9.34 所示。

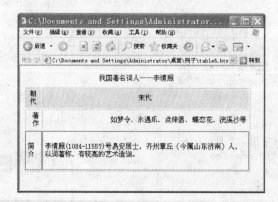

图 9.34　例 9.25 运行效果

6. 单元格属性

语法：

```
< td width = 单元格宽度 height = 单元格高度 colspan = 跨的列数
rowspan = 单元格跨行数 bordercolor = "颜色代码" bgcolor = "颜色代码">
```

说明：colspan 是单元格所跨列的个数，rowspan 是单元格所跨行个数。

例 9.26　代码如下：

```
< html >
  < head >  < title >设置单元格行跨度</title>    </head>
  < body >
    < table border = 1 bordercolor = "＃660000" cellspacing = 3 cellpadding = 5 >
      < tr bgcolor = "＃DDDDFF">
        < td width = 130 >类别</td>
        < td width = 290 >子类别</td>
      </tr>
      < tr >
        < td rowspan = 3 bgcolor = "＃D122FF">电脑书籍</td>
        < td >编程类</td>
        </tr>
      < tr >  < td >图像处理类</td>  </tr>
      < tr >  < td >数据库类</td>    </tr>
      < tr >
        < td rowspan = 2 bordercolor = "green">考试专区</td>
        < td >高考</td>
      </tr>
      < tr >
        < td >考研类</td>
      </table>
  </body>
</html>
```

运行效果如图 9.35 所示。

7. 表格的结构

表格结构的设置如表首、表主体以及表尾的样

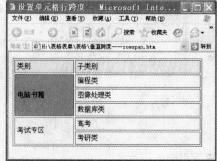

图 9.35　例 9.26 运行效果

式可以通过成对的标记进行设置,用于整体规划表格的行列属性。

表头样式的开始标记是<thead>,结束标记是</thead>。用于定义表格最上端表首的样式,其中可以设置背景颜色、文字对齐方式、文字的垂直对齐方式等。

表主体样式用来统一设计表主体部分的样式,标记为<tbody>。

表尾样式用<tfoot>标记。

例 9.27 代码如下:

```
<html>
  <body>
    <table align = "center" border = 2 cellpadding = 3 width = 550 height = 160>
      <caption>某单位物品领用表</caption>
      <thead bgcolor = "#97B6FF" align = "center" valign = "bottom">
        <tr>
          <th>物品名</th>
          <th>类型</th>
          <th>领用人</th>
          <th>领用人部门</th>
          <th>数量</th>
        </tr>
      </thead>
      <tbody bgcolor = "#FFF0D7" align = "left" valign = "bottom">
        <tr>
          <td>网站管理与设计</td>
          <td>书籍</td>
          <td>王文鹏</td>
          <td>技术开发部</td>
          <td>1</td>
        </tr>
        <tr>
          <td>XX牌鼠标</td>
          <td>计算机设备</td>
          <td>李涛</td>
          <td>行政办公室</td>
          <td>2</td>
        </tr>
        <tr>
          <td>打印纸</td>
          <td>办公耗材</td>
          <td>田原</td>
          <td>售后服务部</td>
          <td>10</td>
        </tr>
      </tbody>
      <tfoot bgcolor = "#FAA9AB" align = "right" valign = "middle">
        <tr><td colspan = 5>表格创建日期: 2010 - 12 - 18</td></tr>
      </tfoot>
    </table>
  </body>
</html>
```

运行效果如图 9.36 所示。

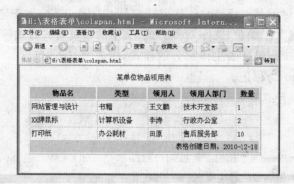

图 9.36　例 9.27 运行效果

9.2.2　添加多媒体元素

网页的多媒体元素一般包括动态文字、动态图像、声音以及动画等，其中最常见的就是添加一些滚动文字。

1. 设置滚动效果

语法：

< marquee direction = "滚动方向" behavior = "滚动方式" loop = "循环次数" bgcolor = "颜色代码" width = 背景宽度 height = 背景高度 hspace = 水平范围 vspace = 垂直范围>滚动文字</marquee >

说明：marquee 标记用于设置文字为滚动效果；direction 参数设置滚动方向，分别为 up、down、left 和 right 4 个取值，表示文字向上、向下、向左和向右滚动；behavior 参数设置滚动方式，如表 9.4 所示；loop 参数设置文字滚动次数。

表 9.4　滚动方式的设置

behavior 的取值	滚动的效果
scroll	循环滚动，默认效果
slide	只滚动一次就停止
alternate	来回交替进行滚动

例 9.28　代码如下：

```
< html >
  < head > < title >设置滚动文字</title > </head >
  < body >不设置空白空间的效果:
    <marquee behavior = "alternate" bgcolor = "#99ffff" direction = "right" loop = 3 >这里是梦
    幻游乐场,欢迎光临</marquee >
    到这里,会给你带来快乐!< br >
    < hr color = "#FF0000">< br >
    设置水平为 75 像素、垂直为 55 像素的空白空间:
    <marquee behavior = "alternate" bgcolor = "#99ffff" direction = "right" loop = 3 hspace =
    75 vspace = 55 >这里是梦幻游乐场,欢迎光临</marquee >
```

　　我的梦想与你同在!
　　</body>
</html>

运行效果如图 9.37 所示。

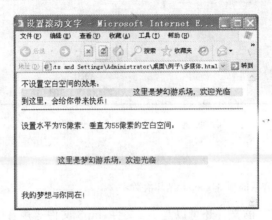

图 9.37 例 9.28 运行效果

2. 插入多媒体文件

在网页中加入音乐或视频文件可以使单调的网页变得更加生动。

语法:

< embed src = "多媒体文件地址" width = 多媒体的宽度 height = 多媒体的高度 autostart = 是否自动运行 loop = 是否循环播放 hidden = 是否隐藏></embed>

说明:width 和 height 一定要设置,单位是像素,否则无法正确显示播放软件;autostart 取值为 true,表示自动播放;取值为 false,表示不自动播放;loop 的取值不是具体的数字,而是 true 或者 false,若取值为 true,表示无限次循环播放;若取值为 false,则只播放一次;hidden 为 true,表示隐藏面板;为 false,则显示面板,这是添加媒体文件的默认选项。如果要保留声音,就设置文件的自动播放。

例 9.29 代码如下:

< html >
　< head ><title>嵌入多媒体文件</title></head>
　< body >
　　下面嵌入不同类型的媒体文件:< br >
　　< embed src = "VIDEO.swf" width = 500 autostart = True loop = True ></embed>
　　< embed src = "歌唱祖国.mp3" width = 300 ></embed>
　</body>
</html>

运行效果如图 9.38 所示。

3. 设置背景音乐

在网页中,除了可以嵌入普通的声音文件外,还可以为某个网页设置背景音乐。作为背景音乐的可以是音乐文件,也可以是声音文件,其中最常用的是 midi 文件。

图 9.38   例 9.29 运行效果

语法：

< bgsound src = 背景音乐的地址 loop = 循环次数>

说明：作为背景音乐的文件还可以是 avi 文件、mp3 文件等声音文件；如果希望无限次循环播放背景音乐,可将循环次数设置为 true。

例 9.30   代码如下：

```
< html >
  < head > < title >设置背景音乐</title > </head >
  < body >
    < bgsound src = "02.mid" loop = 6 >
    < center >
      < font size = 4 >醉花阴</font > < br >
      < font size = 3 >李清照</font >
    </center >
    < hr width = 85 %  size = 3 >
    < p >     薄雾浓云愁永昼,瑞脑消金兽。< br >
            佳节又重阳,玉枕纱厨,半夜凉初透。< br >
            东篱把酒黄昏后,有暗香盈袖。< br >
            莫道不消魂,帘卷西风,人比黄花瘦。</p >
    < hr size = 5 >
  </body >
</html >
```

运行这段代码,背景音乐在循环播放 6 次以后停止。

9.3   HTML 高级进阶

9.3.1   表单

在制作网页,特别是动态网页时常常会用到表单。表单主要用来收集客户端提供的相关信息,使网页具有交互的功能。如进行会员注册、网上调查和搜索等。访问者可以使用如文本域、列表框、复选框之类的表单对象输入信息,然后单击某个按钮提交这些信息。

1. 表单标记 form

<form></form>标记对用来创建一个表单,即定义表单的开始和结束位置,在标记对之间的一切都属于表单的内容。<form>标记中可以设置表单的基本属性,包括表单的名称、处理程序和传送方法等。其中,表单的处理程序 action 和传送方法 method 是必不可少的参数。

```
< form action = "表单的处理程序" name = "表单名称" method = "传送方式" >
  ⋮
</form >
```

说明:表单的处理程序是表单要提交的地址,即表单中收集到的资料将要传递的程序地址。这一地址可以是绝对地址,相对地址,或者一些其他的地址形式,例如发送 E-mail等;表单名称中不能包含特殊符号和空格;method 属性表明数据提交到服务器的时候使用的 HTTP 提交方法,取值为 get 或 post,get 是指表单数据被传送到 action 属性指定的URL,然后该 URL 被送到处理程序上;post 是指表单数据被包含在表单主体中,然后被送到处理程序上。

例 9.31 代码如下:

```
< html >
  < head > < title >表单标记</title > </head >
  < body >
    下面是关于本产品的调查内容:
    <! -- 这是一个没有控件的表单 -->
     < form action = "mailto:ttt@163.com" name = "abc" method = "post" >
     </form >
  </body >
</html >
```

在这个实例中,表单 abc 的内容将会以 post 的方式通过电子邮件的形式发送出去。

2. 添加控件

按照控件的填写方式可以分为输入类和菜单列表类。输入类的控件一般以 input 标记开始,说明这一控件需要用户的输入;而菜单列表类则以 select 开始,表示用户需要选择。按照控件的表现形式则可以将控件分为文本类、选项按钮、菜单等几种。

input 参数是最常用的控件标记,如文本域、按钮等。这个标记的基本语法是:

```
< form >
  < input name = "控件名称" type = "控件类型">
</form >
```

其中,控件名称是程序对不同控件的区分,而 type 参数则确定控件域的类型。input 参数所包含的控件类型可以见表 9.5。

表 9.5　输入类控件的 type 可选值

type 取值	取值的含义
text	文字字段
password	密码域,输入时不显示内容,以 * 代替
radio	单选按钮
checkbox	复选按钮
button	普通按钮
submit	提交按钮
reset	重置按钮
image	图形域
hidden	隐藏域
file	文件域

（1）文字字段 text。表单中最常见的控件就是文本字段,用户可在文本字段内输入字符或者单行文本。

语法：

```
< input type = "text" name = "控件名称" size = 控件的长度 maxlength = 最长字符数 value = "文字字段的默认取值">
```

说明：参数含义和取值方法见表 9.6。name、size、maxlength 参数一般不会省略。

表 9.6　text 文字字段的参数表

参 数 类 型	含　义
name	文字字段的名称,用于和页面中其他控件加以区别
value	用于定义文本框中的默认值
size	定义文本框在页面中显示的长度,以字符作为单位
maxlength	定义在文本框中最多可以输入的文字数

例 9.32　代码如下：

```
< html >
  < head > < title >在表单中添加文字字段</title > </head >
  < body >
    下面是几种不同属性的文字字段：
    < form name = "example1" action = "ddd.asp" method = "get">
    <! -- 添加一个长度为 16 的文本框 -->
    姓名：< input type = "text" name = "username" size = 16 > < br >
    <! -- 添加一个长度为 15,但是最长字符为 2 的文本框 -->
    年龄：< input type = "text" name = "age" size = 15 maxlength = 2 > < br >
    <! -- 添加长度为 15,最多可输入 30 个字符,默认显示"http:// "的文本框 -->
    主页：< input type = "text" name = "web" size = 15 maxlength = 30 value = "http://">
    </form >
  </body >
</html >
```

可以看到几种不同大小的文字字段控件,如图 9.39 所示。

（2）密码域 password。密码域在页面中的效果和文本字段相同,但当用户输入文字时字显示为" * "。

语法：

图 9.39　例 9.32 运行效果

```
< input type = "password" name = "控件名称" size = 控件的长度 maxlength = 最长字符数 value = "文字
字段的默认取值">
```

说明：参数含义和取值见表 9.7。

表 9.7　password 文字字段的参数表

参数类型	含　　义
name	域的名称，用于和页面中其他控件加以区别
size	定义密码域的文本框在页面中显示的长度，以字符作为单位
maxlength	定义在密码域的文本框中最多可以输入的文字数
value	用于定义密码域的默认值，同样以"＊"显示

例 9.33　代码如下：

```
< html >
  < head > < title >在表单中添加密码域</title > </head >
  < body >
    下面是几种不同效果的密码域：
    < form name = "example" action = "deal.asp" method = "post">
    <! -- 添加一个长度为 22 的密码域 -->
      登录密码: < input type = "password" name = "username" size = 22 ><br >
    <! -- 添加一个长度为 22,但是最多可以输入 30 个字符的密码域 -->
      支付密码: < input type = "password" name = "age" size = 22 maxlength = 30 >
    < br >
    <! -- 添加长度为 22、最多可输入 30 个字符、默认密码设置为 12345 的密码域 -->
      原始密码: < input type = "password" name = "privateweb" size = 22 maxlength = 30 value =
"12345">
    </form >
  </body >
</html >
```

可以看到几种不同大小的密码域控件，如图 9.40 所示。

（3）单选按钮 radio。单选按钮是小而圆的按钮，它可以使
用户从选择列表中选择一个选项。

语法：

图 9.40　例 9.33 运行效果

```
< input type = "raido" value = "单选按钮的取值" name = "单选按钮
名称" checked >
```

说明：checked 属性表示单选按钮默认被选中，而在一个单选按钮组中只能有一项单选
按钮控件设置为 checked。value 则用来设置用户选中该项目后，传送到处理程序中的值。

例 9.34　代码如下：

```
< html >
  < head > < title >在表单中添加单选按钮</title > </head >
  < body >
    < form name = "example" action = "deal.asp" method = "post">
    性别< input type = "radio" name = "test" value = "answerA" checked >男< input type = "radio"
      name = "test" value = "answerB">女
```

```
  </form>
 </body>
</html>
```

运行实例程序,可以看到在页面中包含了 2 个单选按钮,如图 9.41 所示。

(4) 复选框 checkbox。如果需要选择多个内容,就要使用复选框控件 checkbox。复选框以方框来表示。

语法:

```
< input type = "checkbox" value = "复选框的值" name = "名称" checked >
```

说明:checked 参数表示该选项默认被选中,可以有多个复选框被同时选中。

例 9.35 代码如下:

```
< html >
  < head > < title >在表单中添加复选框</title > </head >
  < body >
    请在下面的选项中选择您喜欢的运动:
    < form name = "example" action = "deal.asp" method = "post">
    < input type = "checkbox" name = "test" value = "A2" checked >竞走
    < input type = "checkbox" name = "test" value = "A3">体操
    < input type = "checkbox" name = "test" value = "A1"checked>羽毛球
    < input type = "checkbox" name = "test" value = "A4">自行车 < br >
    < input type = "checkbox" name = "test" value = "A5">登山
    < input type = "checkbox" name = "test" value = "A6">长跑
    < input type = "checkbox" name = "test" value = "A7">散打
    < input type = "checkbox" name = "test" value = "A8">游泳< br >
    </form >
  </body >
</html >
```

运行实例代码,效果如图 9.42 所示。

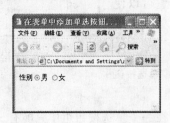

图 9.41 例 9.34 运行效果

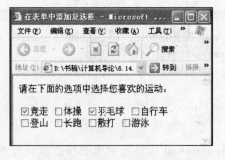

图 9.42 例 9.35 运行效果

(5) 普通按钮 button。按钮在提交页面、恢复选项时常常用到。普通按钮一般要配合脚本来进行表单处理。

语法:

```
< input type = "button" name = "按钮名" value = "按钮的取值" onclick = "处理程序">
```

说明:value 取值是按钮上显示的文字,onclick 参数来设置当按下按钮时所进行的处理。

例 9.36 代码如下：

```
<html>
  <head><title>在表单中添加普通按钮</title></head>
  <body>
    下面是几个有不同功能的按钮:<br><br>
    <form name="example" action="deal.asp" method="post">
    <!-- 在页面中添加一个关闭当前窗口的按钮 -->
    <input type="button" name="close" value="关闭当前窗口"
      onclick="window.close()">
    <!-- 在页面中添加一个打开新窗口的按钮 -->
    <input type="button" name="opennew" value="打开窗口"
      onclick="window.open()">
    </form>
  </body>
</html>
```

运行实例代码，可以看到如图 9.43 所示。

（6）提交按钮 submit。提交按钮是不需要设置 onclick 参数的特殊按钮，单击该按钮时可以提交表单内容。

语法：

```
<input type="submit" name="按钮名" value="按钮的取值">
```

说明：value 设置按钮上显示的文字。

例 9.37 代码如下：

```
<html>
  <head><title>添加提交按钮</title></head>
  <body>
    <form action="index.html" name="research" method="post">
    姓名:<input name="username" type="text" size=15></p><p>
    年龄:<input name="age" type="text" size=3></p>
    性别:<p><input name="sex" type="radio" value="radiobutton" checked>
    男<input name="sex" type="radio" value="radiobutton">女</p>
    <input type="submit" name="submit" value="提交">
    </form>
  </body>
</html>
```

运行实例代码，效果如图 9.44 所示。

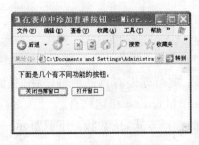

图 9.43 例 9.36 运行效果

图 9.44 例 9.37 运行效果

(7) 重置按钮 reset。重置按钮是用来清除用户在页面中输入信息的特殊按钮。

语法：

```
< input type = "reset" name = "按钮名" value = "按钮的取值">
```

说明：value 用来设置按钮上显示的文字。

例 9.38　代码如下：

```
< html >
  < head >< title >重置按钮</title ></head >
  < body >
    < form action = "index. html" name = "research" method = "post">
    姓名：< input name = "username" type = "text" size = 15 ></p ><p >
    年龄：< input name = "age" type = "text" size = 3 ></p >
    性别：<p >< input name = "sex" type = "radio" value = "radiobutton" checked >
    男< input name = "sex" type = "radio" value = "radiobutton">女</p >
    < input type = "submit" name = "submit" value = "提交">
    < input type = "reset" name = "reset" value = "重置">
    </form >
  </body >
</html >
```

运行实例代码，效果如图 9.45 所示。

(8) 文件域 file。文件域用于上传文件时查找硬盘中的文件路径，然后通过表单将选中的文件上传。在设置电子邮件的附件、上传头像、发送文件时常常会看到这一控件。

语法：

```
< input type = "file" name = "文件域的名称" size = "控件的长度">
```

例 9.39　代码如下：

```
< html >
  < body >
    < form action = "index. html" name = "research" method = "post">
    姓名：< input name = "username" type = "text" size = 15 ></p ><p >
    年龄：< input name = "age" type = "text" size = 3 ></p >
    性别：< input name = "sex" type = "radio" value = "radiobutton" checked >
    男< input name = "sex" type = "radio" value = "radiobutton">女</p ><p >
    上传照片：< input type = "file" name = "file" size = "28"><p >
    < input type = "submit" name = "submit" value = "提交">
    < input type = "reset" name = "reset" value = "重置">
    </form >
  </body >
</html >
```

运行实例代码，效果如图 9.46 所示。

除了 input 标记外，还有一些控件，如文字区域、菜单列表有自己的特定标记，如文字区域直接使用 textarea 标记，菜单标记需要使用 select 和 option 标记结合。

(9) 下拉菜单。下拉菜单是最节省页面空间的选择方式，正常状态下只显示一个选项，打开菜单后才看到全部的选项。

图 9.45 例 9.38 运行效果　　　　　　图 9.46 例 9.39 运行效果

语法：

```
< select name = "下拉菜单的名称">
  < option value = "选项值" selected>选项显示内容
  < option value = "选项值">选项显示内容
…
</select >
```

说明：选项值是提交表单时的值，而选项显示的内容才是真正在页面中显示的选项。selected 表示该选项默认情况下是选中的，一个下拉菜单中只能有一项默认被选中。

例 9.40 代码如下：

```
< html >
  < head > < title >下拉菜单</title > </head >
  < body >
    < form action = "mailto:abc@163.com" name = "research" method = "post">
    <p>地区：
    < select name = "select">
      < option value = "北京"selected>北京
      < option value = "上海">上海
      < option value = "黑龙江">黑龙江
      < option value = "浙江">浙江
    </select >
    </form >
  </body >
</html >
```

这段代码实现包含了 4 个选项的下拉菜单，"北京"被设置为默认，效果如图 9.47 所示。

（10）列表项。列表项可以显示若干项，一旦超出显示项数，则通过列表右侧的滚动条查看所有的选项。

语法：

图 9.47 例 9.40 运行效果

```
< select name = "列表项名称" size = "显示的列表项数" multiple >
< option value = "选项值" selected>选项显示内容
< option value = "选项值">选项显示内容
```

```
...
</select>
```

说明：size 设定列表的最多显示项数，超过该值时则出现滚动条。multiple 表示列表可以进行多项选择。选项值是提交表单时的值，而选项显示内容才是真正在页面中显示的选项。

例 9.41　代码如下：

```
<html>
  <head><title>添加列表项</title></head>
  <body>
    下面是某网站的注册页面：
    <form action="mailto:abc@163.com" name="research" method="post">
    <p>用户名：<input name="username" type="text" size=20></p>
    <p>登录密码：<input name="password" type="password" size=20></p>
    <p>重复密码：<input name="password2" type="password" size=20></p>
    <p>关心的栏目：
    <select name="content" size=3 multiple>
      <option value="M1" selected>体育栏目
      <option value="M2">娱乐生活
      <option value="M3">汽车房产
      <option value="M4">卡通动漫
      <option value="M5">财经证券
    </select>
    </p>
    <p><input type="submit" name="Submit" value="提交">
      <input type="reset" name="reset" value="重置"></p>
    </form>
  </body>
</html>
```

运行这段代码，可以看到显示的选项个数为 3 的列表项，其中"体育栏目"是默认被选中的栏目，如图 9.48 所示。

(11) 文本域 textarea。文字域（文本域）与文本字段的区别在于可以添加多行文字，常用于留言板。

语法：

```
<textarea name="文本域名称" value="文本域默认值"
rows=行数 cols=列数></textarea>
```

图 9.48　例 9.41 运行效果

说明：rows 是指文本域的行数（高度），文本超出该范围出现滚动条；cols 设置文本域的列数（宽度）。

例 9.42　代码如下：

```
<html>
  <head><title>添加文本域</title></head>
  <body>
    下面是某网站的留言页面：
```

```
< form action = "index. htm" name = "form1" method = "post">
   留言：< br >
   < textarea name = "word" rows = 5 cols = 70 >
   </textarea >
   </form >
 </body >
</html >
```

运行代码，可以看到页面上添加了一个行数为 5、列数为 70 的文本域，如图 9.49
所示。

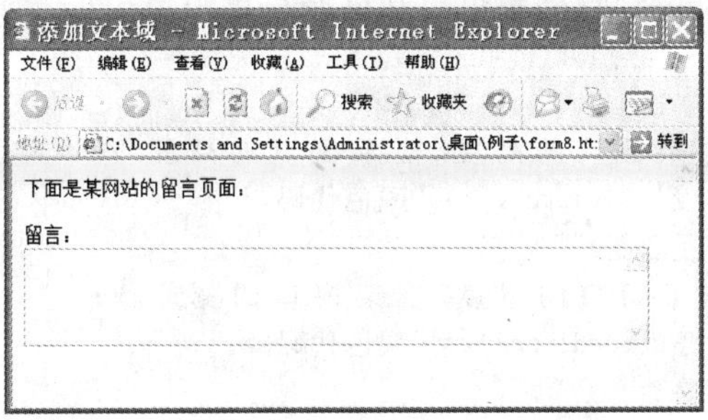

图 9.49　例 9.42 运行效果

9.3.2　框架结构

1. 框架

将页面分为几个相互独立却又相互关联的部分，当用户对某一部分进行操作时，如浏
览、下载，其他部分保持不变，这样的页面就被称为框架结构的页面，或多窗口页面。

使用框架的主要目的是创建链接结构，最常见的框架结构是将网站的导航条作为单
独的框架窗口，当用户查看具体的内容时，导航条窗口保持不变，从而为用户的浏览提供
方便。

2. 框架的基本结构

框架主要包含两个部分：一个是框架集；另一个就是具体的框架文件。

框架集是用来定义 HTML 文件为框架结构，并设定视窗如何分割的文件。简单地说，
框架集就是存放框架结构的文件，即访问框架文件的入口文件。如果网页由左右两个框架
组成，那么除了左右两个网页文件之外，还有一个总的框架集文件。

框架是页面中定义的每一个显示区域，也可以说一个窗口就是一个框架。框架页面中
最基本的内容就是框架集文件，它是整个框架页面的导航文件，其基本语法如下：

```
< html >
  < head > < title >框架页面的标题</title > </head >
  < frameset >
    < frame >
    < frame >
      ……
```

```
</frameset>
</html>
```

从上面的语法结构中可以看到,在使用框架的页面中,<body>主体标记被框架标记
<frameset>所代替。而对于框架页面中包含的每一个框架,都是通过<frame>标记来定
义的。

3. 框架集的基本属性

框架页面的结构也是在框架集文件中定义的,一般情况下,根据框架的分割方式来分
类,主要分为水平分割窗口、垂直分割窗口和嵌套分割窗口。

语法:

```
< frameset rows = "框架窗口的高度,框架窗口的高度,……" frameborder = "是否显示"
framespacing = "边框宽度" bordercolor = "颜色代码">
< frame frameborder = "是否显示" >
< frameset cols = "框架窗口的宽度,框架窗口的宽度,……" frameborder = "是否显示"
framespacing = "边框宽度" bordercolor = "颜色代码">
< frame frameborder = "是否显示" >
    …
</frameset>
```

说明:rows 或 cols 可以取多个值,每个值表示一个框架窗口的水平宽度或垂直宽度,
单位可以是像素,或是占浏览器的百分比。注意,一般设定了几个 rows 或 cols 的值,就需
要有几个框架,即有几个<frame>参数。frameborder
的取值只能为 0 或 1,取值为 0 表示隐藏边框线;取值
为 1 则显示边框线。frameset 中的边框设置对整个框
架有效,frame 中的设置则只对当前这个框架有效;
framespacing 边框宽度就是在页面中各个边框之间的线
条宽度,以像素为单位,这一参数只能对框架集使用,对
单个框架无效。

运行这段代码,可以看到两个框架集设置了不同的
边框颜色,效果如图 9.50 所示。

图 9.50   框架集颜色设置

```
< html >
    < head > < title >框架集的基本属性</title> </head>
    < frameset rows = "30 % ,70 %" framespacing = "10" bordercolor = " #CC99FF">
        < frame >
    < frameset cols = "20 % ,55 % ,25 %" framespacing = "30" bordercolor = "#9900FF">
        < frame >
        < frame >
        < frame >
    </frameset>
    </frameset>
</html>
```

4. 设置窗口属性

在框架结构的页面中,每一个框架窗口都有一个显示页面,这个页面称为框架页面。框架页面的属性设置都在<frame>标记里进行。

框架结构中的各个页面都是一个单独的文件,而这些文件是通过 src 参数进行设置的。

语法:

< frame src = "页面文件地址" name = "页面名称" marginwidth = "水平边距" marginheight = "垂直边距" scrolling = "是否显示滚动条"noresize >

说明:页面文件是框架页面的具体内容,没有设置源文件的框架显示空白页面。源文件可以是 HTML 文件,图片或者其他的文件。水平边距用于设置页面的左右边缘与框架边框的距离,单位是像素。scrolling 参数只能取 Yes、No 或 Auto 三个值中的一个。Yes 表示一直显示滚动条;No 表示一直不显示滚动条;Auto 是默认值,表示根据具体内容来调整,即页面长度超出浏览器窗口范围时自动显示滚动条。noresize 参数表示框架窗口的尺寸不能改变。

例 9.43 创建框架页面集代码如下:

```
< html >
  < head > < title >综合例题</title > </head >
  < frameset rows = "100, * " bordercolor = red frameborder = yes framespacing = 1 >
      < frame src = "11.html" >
    < frameset cols = "200, * " >
      < frame src = "12.html" >
      < frame src = "13.html" name = "main" marginwidth = 50 marginheight = 50 >
    </frameset >
  </frameset >
</html >
```

框架集由 3 部分构成,分别是 11.html、12.html 和 13.html。运行框架集代码,效果如图 9.51 所示。

例 9.44 11.html、12.html 和 13.html 页面代码分别如下:

```
< html >
  <! -->11.html -->
  < head > < title >11.html </title > </head >
  < body >
    < h1 align = "center">李白诗选</h1 >
  </body >
</html >
```

```
< html >
  <! -->12.html -->
  < head > < title >12.html </title > </head >
  < body >
    < h3 align = "center">< font color = blue >目录</font ></h3 >
    < hr color = "red">
    < h3 align = "center">夜思</a >
```

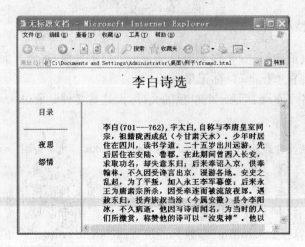

图 9.51　例 9.43 运行效果

```
    < h3 align = "center">怨情</a>
    </body >
</html >
```

```
< html >
  <! -->13.html -->
  < head > < title > 13.html</title > </head >
< body >
< h3 >李白(701 -- -762),字太白,自称与李唐皇室同宗,祖籍陇西成纪(今甘肃天水)。少年时居住
    在四川,……,描写山川,抒发壮志,吟咏豪情,因而成为光照古今的伟大诗人。</h3 >
    </body >
</html >
```

5. 创建框架链接

一般情况下添加框架是为了对页面内容进行导航,因此通过框架链接不同的内容。设置页面的链接使用 target 参数,这一参数的取值不同于它在普通 HTML 页面中的取值。

一般页面中会有一个框架窗口作为导航页面,其中添加对另外一个框架内容的链接设置,具体链接通过 target 实现。下面通过一个具体的实例来讲解框架之间的链接方法。

设定一个用于确定框架页面的整体布局的框架集文件,命名为 abc. html。

例 9.45　代码如下:

```
< html >
  < head > < title >框架页面的整体结构</title > </head >
  < frameset rows = "180, * ">
    < frame src = "navig.html" name = "navig" scrolling = "No" noresize >
    < frame src = "content1.html" name = "content" >
  </frameset >
</html >
```

这里将网站分成常见的上下结构,将上方的框架窗口设置为 180 像素高,下面的窗口则分割剩下的部分。其中,上面的框架窗口为导航页面,命名为 navig,设置其默认打开的页面名为 navig. html,窗口不显示滚动条,而且不允许调整窗口大小。下放的框架窗口为具体内容,命名为 content,设置默认打开文件为 content1. html。

例 9.46 navig. html 文件将放置在框架的上方,作为页面的导航页,其代码如下:

```
< html >
  < head > < title >导航页面</title > </head >
  < body >
    < center >
      < img src = "pic01.jpg"> < br > < br >
      < a href = "content1.html"target = "content">白蛇传</a>
      < a href = "content2.html"target = "content">八仙过海</a>
      < a href = "content3.html"target = "content">菊花仙子</a>
    </center >
  </body >
</html >
```

其中,target 的值是设置将要显示页面内容的框架名称,此处设置为 content,说明设置的这 3 个内容页面将在 content 框架窗口中显示。

例 9.47 content1. html 文件是默认的内容页面,其代码如下:

```
< html >
  < head > < title >内容页面</title > </head >
  < body >
    < center >
      < font size = 5 >白蛇传</font > < br > < br >
    </center >
      清明时分,西湖岸边花红柳绿,……,一个化名叫小青,来到西湖边游玩。< br >
      偏偏老天爷忽然发起脾气来,……,小日子过得可美了!< br >
      由于"保和堂"治好了很多很多疑难病症,……而是条白蛇变的!< br >
  </body >
</html >
```

同样添加另外两个内容页面,分别命名为 content2. html 和 content3. html,这里不再过多介绍。最后运行框架集页面,效果如图 9.52 所示。单击链接文字"八仙过海",在框架的下方页面中显示 content2. html 的内容,如图 9.53 所示。可以实现框架集中窗口页面间链接。

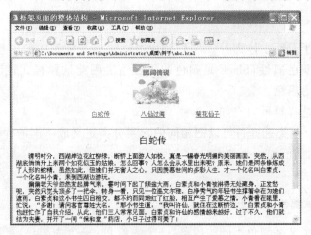

图 9.52 框架页面首页效果

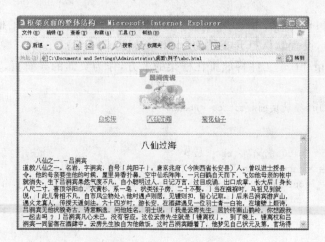

图 9.53   链接到 content2 页面

9.3.3 CSS 样式表

1. CSS 的概念

CSS 是 Cascading Style Sheet 的缩写，可以翻译为"层叠样式表"或"级联样式表"，即"样式表"。CSS 的属性在 HTML 元素中是依次出现的，并不显示在浏览器中。它可以定义在 HTML 文档的标记里，也可以在外部附加文档中作为外加文件。此时，一个样式表可以作用于多个页面，乃至整个站点，因此具有更好的易用性和扩展性。

2. CSS 的基本语法

CSS 的基本语法：

选择符{样式属性:取值;样式属性:取值;…}

其中，选择符可以是多种形式的，例如要定义 HTML 标记中 body 的样式，可以使用如下的代码：

body{color:black}

这段代码定义了页面主体部分（即 HTML 中＜body＞标记中的内容）的样式，color 表示主体部分文字的颜色属性，black 是颜色的属性值。因此这段样式代码实现的功能是将页面中的文字显示为黑色。

CSS 样式中的选择符可以有如下几种。

（1）类选择符。用类选择符可以把相同的元素分类定义成不同的样式。定义类选择符时，在自定类名称的前面加一个句点"."。

类选择符的语法：

标记名.类名{样式属性: 取值; 样式属性: 取值; …}

例如要设置两个文字颜色不同的段落，一个为红色，一个为黑色，可以使用如下代码预定义两个类：

```
p.red{color:red}
p.black{color:black}
```

在这段代码中,定义了段落选择符 p 的 red 和 black 两个类,red 和 black 就可以称为类选择符。类的名称可以是任意英文单词或以英文开头的与数字的组合,一般以其功能和效果简要命名。值得注意的是,类选择符在实际应用中,可以省略 HTML 标记名,也就是实例中的 p,直接写成下面的代码:

```
.red{color:red}
.black{color:black}
```

但是与直接定义 HTML 中的标记样式不同的是:这段代码仅仅是定义了样式,并没有应用样式。如果要应用样式中的 red 类,还需要在正文中添加如下代码:

```
< p class = red >
```

同样,如果在页面中要应用 black 类的样式,需要在其中添加如下代码:

```
< p class = black >
```

(2) ID 选择符。在 HTML/XML 文档中,在需要唯一标识一个元素时,就会赋予它一个 id 标识,以便在对整个文档进行处理时能够很快地找到这个元素。而 ID 选择符则用来对这个单一元素定义单独的样式。其定义的方法与类选择符大同小异,只需要把句点".",改成井号"#",而在调用类时需要把 class 换成 id。

ID 选择符的语法:

标记名#标识名{样式属性:取值;样式属性:取值;…}

例如在页面中定义了一个 id 为 exam 的元素,这里要设置这一元素的文字颜色为红色,那么只需要添加如下代码:

```
#exam{color:#FF0000}
< p id = "exam">
```

这样,页面中包含 id 为 exam 的元素的段落文字显示为红色。但是由于 ID 选择符局限性很大,只能单独定义某个元素的样式,一般只在特殊情况下使用。

(3) 包含选择符。包含选择符也称为关联选择符,是对某种元素包含关系(例如对元素 1 里包含元素 2)定义的样式表。这种方式只对在元素 1 里的元素 2 定义,对单独的元素 1 或元素 2 无定义,例如:

```
Table a {font - size:12px}
```

这段代码只对在表格内的链接文字有效,设定了文字大小为 12 像素,而对于表格外的链接文字则不起作用。

3. 添加 CSS 的方法

当浏览器读取样式表时,要依照文本格式来读,这里介绍 4 种在页面中插入样式表的方法:链入外部样式表、内部样式表、导入外部样式表和内嵌样式。

（1）链入外部样式表。链入外部样式表是把样式表单独保存为一个文件，然后在页面中用<link>标记链接，而这个<link>标记必须放到页面的<head>区域内。

基本语法：

```
< link rel = "stylesheet" type = "text/css" href = "样式表文件的地址">
```

在该语法中，浏览器从样式表文件中以文档格式读出定义的样式表。rel＝"stylesheet"是指在页面中使用的是外部样式表；type＝"text/css"是指文件的类型是样式表文本；href参数则用来设定文件的地址，可以为绝对地址或相对地址。

一个外部样式表文件可以应用于多个页面。当改变这个样式表文件时，所有页面的样式都随之改变。因此常应用在制作大量相同样式页面的网站中，因为它不仅减少了重复的工作量，而且有利于以后的修改、编辑，浏览时也减少了重复下载代码。

样式表文件可以用任何文本编辑器（例如"记事本"）打开并编辑，一般样式表文件扩展名为.css，其内容就是定义的样式，不包含 HTML 标记，例如：

```
hr{color: #0000FF}
p{color:black;font - family:"宋体"}
```

在这段代码中定义了水平线的颜色为蓝色，段落文字的颜色为黑色，字体为宋体。

（2）内部样式表。内部样式表是把样式表的内容直接放到页面<head>区域里，通过<style>标记插入。

基本语法：

```
< styletype = "text/css">
选择符{样式属性:取值;样式属性:取值; … }
选择符{样式属性:取值;样式属性:取值; … }
……
</style>
```

说明：样式的具体定义除上述语法，也包括前面所说的其他几种，例如类选择器写法等。

由于有些低版本的浏览器不能识别 style 标记，这意味着低版本的浏览器在读取文件时会忽略<style>标记，而把标记中的内容（也就是样式的定义文字）以文本的形式直接显示到页面上。为了避免这样的情况发生，考虑到 HTML 和 CSS 文件的注释方法不同，因此使用 HTML 语言的注释语句（<!－－注释－－>）隐藏样式表的定义内容。因此实际应用时，内部样式表的语法往往写作：

```
< style type = "text/css">
<! --
选择符{样式属性:取值;样式属性:取值; … }
选择符{样式属性:取值;样式属性:取值; … }
……
-->
</style>
```

（3）导入外部样式表。导入外部样式表是指在内部样式表的< style >区域里引用一个外部的样式表文件,导入时需要使用@import声明。

基本语法:

```
< style type = "text/css">
@import url(样式表的地址)
选择符{样式属性:取值;样式属性:取值;…}
选择符{样式属性:取值;样式属性:取值;…}
…
</style>
```

与引用其他文件相同,这里的样式表地址可以是绝对地址或相对地址。使用时,要注意的是导入外部样式表,也就是@import声明必须在样式表定义的开始部分,而其他样式表的定义都要在@import声明之后。

(4) 内嵌样式。内嵌样式是混合在HTML标记里使用的,用这种方法可以很直观地对某个元素直接定义样式。内嵌样式的使用是直接在HTML标记里加入<style>参数,在<style>参数的内容就是CSS的属性和属性值。

基本语法:

```
< HTML 标记 style = "样式属性:取值;样式属性:取值;…">
```

其中,HTML标记就是页面中标识HTML元素的标记,例如body、p等。style参数后面的引号里的内容就相当于样式表大括号里的内容。需要指出的是,style参数可以应用于HTML文件中body标记内除了basefont、param和script之外的任意元素(包括body本身)。

4. CSS 的继承

CSS的继承性,也被称为样式表的层叠性。样式表的继承规则是外部的元素样式会保留下来继承给这个元素所包含的其他元素。事实上,所有在元素中嵌套的元素都会继承外层元素指定的属性值,有时会把很多层嵌套的样式叠加在一起,除非另外更改。例如,在页面的开始定义了样式表的内容如下:

```
body{color:red;font - size:9pt}
```

而在页面的主体部分有如下的代码:

```
< body >
……
<p>段落文字</p>
…
</body >
```

在这个实例中,p元素包含在元素body中,因此标记<p>中的内容会继承body定义的属性,也就是实例中的段落文字同样会以红色的9像素大小的文字显示。

但是在有些特殊的情况下,内部选择符不继承包含它的选择符的属性值。例如,上边界属性值是不会继承的,因为一般情况下认为段落不会同文档的body有同样的上边界值。

5. CSS 样式的冲突

如果在同一个选择器上使用几个不同的样式表,这个属性值将会叠加几个样式表,遇到冲突的地方会以最后定义的为准。例如在 CSS 的继承小节的实例中,如果同时定义了 p 的颜色,也就是样式表的内容更改为:

```
body{color:red;font - size:9pt}
p{color:blue}
```

那么在页面显示时,段落文字的字号会继承 body 的 9 像素,而颜色则按照最后定义的蓝色显示。

不同的选择符定义相同的元素时,要考虑到不同的选择符之间的优先级。ID 选择符、类选择符和 HTML 标记选择符,因为 ID 选择符是最后加到元素上的,所以优先级最高,其次是类选择符。例如:

```
p{color:黑色}
.blue{color:蓝色}
#id1{color:红色}
```

如果对页面中的一个段落同时设置这 3 种样式,那么会按照优先权最高的 ID 选择符显示为红色的文字。

依照后定义的优先这一原则,一般认为优先级最高的是内嵌样式,内部样式表高于导入外部样式表,链入外部样式表和内部样式表之间则根据定义的先后顺序来评定,也就是最后定义的优先级高。

6. 书写 CSS 的注意事项

一般情况下,在书写 CSS 样式表时,需要注意以下原则:

(1) 如果属性的值是多个单词组成,则必须使用引号("")将属性值括起来。

(2) 如果要对一个选择符指定多个属性,则需要使用分号";"将所有的属性和值分开。

(3) 可以将具有相同属性和属性值的选择符组合起来,用逗号","将其分开,这样可以减少样式的重复定义。例如,要定义段落和表格内的文字尺寸为 9 像素,则可以使用下面这段代码:

```
p,table{font - size:9pt}
```

而这段代码的效果完全等效于对这两个选择符分别定义:

```
p{font - size:9pt}
table{font - size:9pt}
```

(4) CSS 样式表中的注释语句以:"/ * "开头,以" * /"结尾,如下所示:

```
/ * 定义段落的样式表 * /
p
{ color:black;font - family:arial/ * 颜色为黑色,字体为 arial * / }
```

7. 设置 CSS 的字体属性

使用 CSS 定义的文字样式更加丰富,实用性更强。

语法:

```
font-family:字体1,字体2,……
font-size:大小的取值
font-style:样式的取值
font-weight:字体粗度值
font-variant:将小写的英文字母转化为大写字母且字体较小
font:字体取值
```

说明:如果在 font-family 属性中定义了不只一个字体,那么浏览器会由前向后选用字体。也就是说,当浏览器不支持字体 1 时,会采用字体 2;如果前两个字体都不支持,则采用字体 3,以此类推。如果浏览器不支持定义的所有字体,则会采用系统的默认字体;font-size 使用的单位可以为 pt(点,1 点=1/72 英寸)、px(像素)、in(英寸)等;font-style 样式的取值范围有 3 种:normal 是以正常的方式显示;italic 则是以斜体显示文字;oblique 属于其中间状态,以偏斜体显示;font-weight 字体粗度值范围是 100~900,而且一般情况下都是整百的数字,如 100、200 等。正常字体相当于取数值 400 的粗细;粗体则相当于 700 的粗细;font 属性是复合属性,可以包含字体族科、字体大小、字体风格、加粗字体、小型大写字母,属性之间用空格相连。

例 9.48　　运行这段代码,效果如图 9.54 所示。

```html
<html>
    <head><title>字体属性</title>
    <style>
    <!--
    h1{font-family:"黑体";font-style:italic;font-weight:bolder}
    h2{font:bolder italic 30px 黑体 }
    .text{font-family:"宋体";font-size:32px;font-weight:300}
    .text1{font-family:"Times New Roman";font-size:28px;font-variant: normal}
    .text2{font-family:"Times New Roman";font-size:28px;font-variant: small-caps}
    -->
    </style>
    </head>
    <body>
    <h1>庐山美景</h1>
    <h2>小天池</h2>
    <p class=text>    小天池位于庐山牯岭北面,池中之水置于高山而
        终年不溢不涸。
    <p class=text1>The craftsman,Arnold,came from a family of carpenters. </p>
    <p class=text2>The craftsman,Arnold,came from a family of carpenters. </p>
    </p>
    </body>
</html>
```

8. 段落属性

在 CSS 中,文本属性主要包括单词间隔、字符间隔、文字修饰等几种属性。

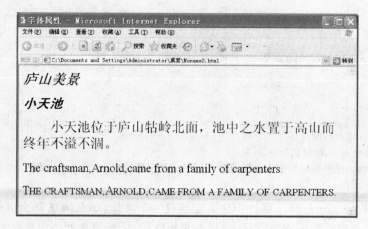

图 9.54　例 9.48 运行效果

语法：

```
word - spacing:单词间隔取值
letter - spacing:字符间隔取值
text - decoration:修饰值
text - transform:转换值
text - indent:缩进值
text - align:排列值
line - height:行高值
```

说明：text-decoration 修饰值常用的有 3 种：underline 表示对文字添加下划线；overline 表示对文本添加上划线；line-through 表示对文本添加删除线；text-transform 文本转换属性允许通过 4 个属性中的一个来转换文本。其中，none 表示使用原始值；capitalize 使每个字的第一个字母大写；uppercase 使每个字的所有字母大写；lowercase 则使每个字的所有字母小写；在 text-align 排列属性中，可以选择 4 个对齐方式中的一个。其中，left 为左对齐；right 为右对齐；center 为居中对齐；justify 为两端对齐。

例 9.49　代码如下：

```
< html >
  < head >
    < style >
      <! --
      h2{font - size:20px;text - indent:25px;line - height:36px;}
      h3{font - size:20px;text - indent:35px;line - height:36px;text - align
        :right;}
      .t{font - size:12pt;word - spacing:12px;text - decoration:underline;}
      . n {font - size:12pt; word - spacing: 12px; letter - spacing:3px; text - tran sform:
        capitalize;}
      -->
      </style>
</head>
< body >
 <h2>李白(701 --- 762),字太白,自称与李唐皇室同宗,祖籍陇西成纪(今甘肃天水)。少年时居
      住在四川,读书学道。</h2>
 <h3>二十五岁出川远游,先后居住在安陆、鲁郡。在此期间曾西入长安,求取功名,却失意东归;
```

```
    后来奉诏入京,供奉翰林。……漫游各地。</h3 >
  < p class = t > the craftsman, Arnold, came from a family of carpenters.</p>
  < p class = n > the craftsman, Arnold, came from a family of carpenters.</p>
  </body>
</html>
```

运行这段代码,效果如图9.55所示。

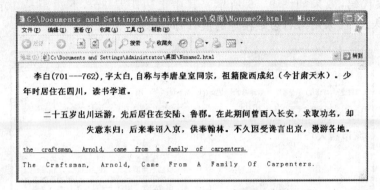

图9.55 例9.49运行效果

9. 边距与填充属性

边距属性用于设置元素周围的边界宽度,主要包括上下左右4个边界的距离设置。填充属性也称为补白属性,用于设置边框和元素内容之间的间隔数,同样包括上、下、左、右4个方向的填充值。

语法:

```
margin - top:边距值
margin - right:边距值
margin - bottom:边距值
margin - left:边距值
margin:上边距 下边距 左边距 右边距
```

说明:边距值取值范围有3种:长度值相当于设置顶端的绝对边距值,包括数字和单位;百分比值则是设置相对于上级元素的宽度的百分比,允许使用负值;auto是自动取边距值,即取元素的默认值。

例9.50 代码如下:

```
< html >
  < head >
    < title >设置边距属性</title>
    < style >
    <! --
      h2{font - family:黑体;font - size:16pt}
      p{font - size:11pt;text - indent:20pt}
      img{margin:8pt 60pt 10pt}
    -->
    </style>
  </head>
< body >
```

```
< h2 >城市猎人</h2>
< p >< img src = "2.jpg" align = "left">日本著名写实漫画家北条司名作,以动感与质感完美融合
的画风,描绘了一个⋯⋯总爱在女孩子面前开一些过火的玩笑。
</p>
</body>
</html >
```

运行这段代码,效果如图 9.56 所示。其中上边距是 8pt,下边距是 10pt,右边距是 60pt,左边距未设置,采用与右边距相等的值,即同样设置为 60pt。

图 9.56　例 9.50 运行效果

语法:

```
padding - top:边距值
padding - right:边距值
padding - bottom:边距值
padding - left:边距值
padding:上边距 右边距 下边距 左边距
```

例 9.51　代码如下:

```
< html >
  < head >< title >复合填充</title>
    < style >
    <! --
      Body{padding:15pt 13pt 30pt 80pt}
      h2{font - family:黑体;font - size:16pt}
      p{font - size:11pt;text - indent:20pt}
      img{margin:8pt 30pt 10pt}
    -->
</style></head>
< body >
< h2 >城市猎人</h2>
< p >< img src = "2.jpg"align = "left">日本著名写实漫画家北条司名作,以动感与质感完美融合
```

的画风,描绘了一个极富现代感的……总爱在女孩子面前开一些过火的玩笑。</p>
　　</body>
</html>

运行这段代码,效果如图 9.57 所示。

图 9.57　例 9.51 运行效果

10. 浮动属性

浮动属性也称漂浮属性,用于将文字设置在某个元素的周围。它的功能相当于 img 元素的 align=left 和 align=right,但是 float 能应用于所有的元素,而不仅是图像和表格。

语法:

```
float:left|right|none
```

说明:left 表示文字浮在元素左侧;right 则是浮在元素右侧;none 是默认值,表示对象不浮动。

例 9.52　代码如下:

```
<html>
　<head><title>设置浮动属性</title>
　　<style>
　　<!--
　　　h2{
　　　font-family:黑体;
　　　font-size:16pt
　　　}
　　　.place{
　　　font-size:11pt;
　　　color:#CC8800;
　　　}
```

```
        img{float:right}
    --->
  </style>
</head>
<body>
  <h2>松树</h2>
  <img src = "2.jpg"width = "130">
  <div class = place>
  常绿树。绝大多数是高大乔木。……松树坚固,常年不死。
  </div>
</body>
</html>
```

运行代码,效果如图 9.58 所示。

图 9.58　例 9.52 运行效果

11. 清除属性

清除属性指定一个元素是否允许有其他元素漂浮在它的周围。

语法:

clear:none|left|right|both

说明:none 表示允许两边都可以有浮动对象;left 表示不允许左边有浮动对象;right 表示不允许右边有浮动对象;both 则表示完全不允许有浮动对象。

例 9.53　代码如下:

```
<html>
  <head><title>清除属性的效果</title>
    <style>
      <!--
        h2{
        font - family:黑体;
        font - size:16pt
        }
        .place{
        font - size:11pt;
```

```
        color:#CC0000;
        clear:right
        }
        img{float:right}
    -->
    </style>
  </head>
  <body>
    <h2>松树</h2>
    <img src = "2.jpg"width = "130">
    <div class = place>常绿树。绝大多数是高大乔木……松树坚固,常年不死。
    </div>
  </body>
</html>
```

这一实例中本来设置图像漂浮在文字右侧,但由于文字设置了不允许右侧有漂浮对象,因此文字被移动到图像的下方,如图 9.59 所示。

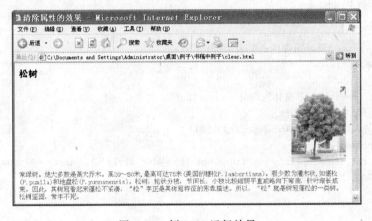

图 9.59 例 9.53 运行效果

12. 滤镜属性

filter 是微软对 CSS 的扩展,与 Photoshop 中的滤镜相似,它可以用很简单的方法对页面中的文字进行特效处理。使用滤镜属性可以把一些特别的效果添加到 HTML 元素中,使页面更加美观。但一般情况下,滤镜属性需要应用在已知大小的块级元素中,才能达到很好的效果。滤镜的基本语法如下:

filter:滤镜名称(参数 1,参数 2,…)

下面介绍几种常见的滤镜效果的具体设置方法。

(1)不透明度——alpha。alpha 滤镜用于设置图片或文字的不透明度。它是把一个目标元素与背景混合,通俗地说就是一个元素的透明度。通过指定坐标,可以指定点、线、面的透明度。

语法:

filter:alpha(参数 1 = 参数值,参数 2 = 参数值,…)

说明：alpha 属性包括很多参数，见表 9.8。

表 9.8　alpha 属性的参数设置

参　　数	具体含义及取值
opacity	代表透明度水准，默认的范围是从 0～100，表示透明度的百分比。也就是说，0 代表完全透明，100 代表完全不透明
finishopacity	是一个可选参数，如果要设置渐变的透明效果，可以使用该参数来指定结束时的透明度。范围也是 0～100
style	参数指定了透明区域的形状特征。其中 0 代表统一形状、1 代表线形、2 代表放射状、3 代表长方形
startx	代表渐变透明效果的开始 X 坐标
starty	代表渐变透明效果的开始 Y 坐标
finishx	代表渐变透明效果的结束 X 坐标
finishy	代表渐变透明效果的结束 Y 坐标

例 9.54　代码如下：

```
< html >
  < head > < title >设置图像的透明效果</title>
    < style >
    <! --
      h2{font - family:"黑体";font - size:15pt}
      body{font - size:12pt}
      .alphaall{filter:alpha(opacity = 50)}
      .alpharad{
       filter:alpha(opacity = 0, finishopacity = 100, style = 2, startx = 0, starty = 5, finishx
        = 200, finishy = 185)
      }
    -->
    </style>
  </head>
  < body >
    < h2 >下面是对同样的图像使用了不同 alpha 滤镜的效果</h2>
    < table border = 1 bordercolor = "＃660000" cellpadding = 5 width = 600 align = "center">
    < tr height = 30 >
      < td >原图</td>
      < td >整体设置 50％透明度的效果</td>
      < td >设置一个放射性的渐变透明效果</td>
    </tr>
    < tr height = 240 >
      < td >< img src = "3.jpg"></td>
      < td >< img class = alphaall src = "3.jpg"></td>
      < td >< img class = alpharad src = "3.jpg"></td>
    </tr>
    </table>
  </body>
</html>
```

运行代码，效果如图 9.60 所示。

图 9.60　例 9.54 运行效果

（2）动感模糊。动感模糊滤镜用于在指定块级元素的方向和位置上产生动感模糊的效果。

语法：

filter:blur(add＝参数值,direction＝参数值,strength＝参数值)

说明：在语法中,add 参数是一个布尔判断,可取值为 true 或 false,它指定图片是否被改变成印象派的模糊效果；direction 参数用来设置模糊的方向,是按顺时针的方向以 45 度为单位进行累积的,例如 0 代表垂直向上,135 表示垂直向上开始顺时针旋转 135 度的方向,默认值是 270,即向左的方向；strength 值只能使用整数来指定,代表有多少像素的宽度将受到模糊影响,默认是 5 个。

例 9.55　代码如下：

```
< html >
< head > < title >设置元素的动感模糊</title>
  < style type = "text/css" >
    <! --
      body{font - size:12pt}
      div.example{
      font - family:"黑体";
      font - size:16pt;
      width:500px;
      height:30px;
      filter:blur(add = true, direction = 135,strength = 10);}
      .blurbig{filter:blur(strength = 80);}
      .blursmall{filter:blur(direction = 305, strength = 20);}
    -->
  </style>
</head>
< body >
  < div class = "example">下面是对同样的图像使用了不同 blur 滤镜的效果</div>
  < table border = 1bordercolor = " ♯660000" cellpadding = 5 width = 660 align = "center">
    < tr height = 70 align = "center">
```

```
            < td width = 220 >原图</td>
            < td width = 220 >设置 strength 为 80 的动感模糊效果</td>
              < td width = 220 >设置方向为从垂直向上顺时针旋转 305 度, strength 设置为 20 的模糊
                效果</td>
          </tr>
          < tr height = 260 align = "center">
            < td >< img src = "2.jpg"></td>
            < td >< img class = "blurbig" src = "2.jpg"></td>
            < td >< img class = "blursmall" src = "2.jpg"></td>
          </tr>
      </table>
   </body>
</html>
```

运行代码,效果如图 9.61 所示。

图 9.61   例 9.55 运行效果

(3) 对象的翻转。flipH 滤镜可以沿水平方向翻转对象,flipV 滤镜可以沿垂直方向翻转对象。

语法:

```
filter:flipH
filter:flipV
```

例 9.56   代码如下:

```
< html >
  < head >< title >翻转图像</title>
    < style type = "text/css">
    <! --
      body{font - size:12pt}
      h2{font - family:"黑体";font - size:15pt}
      .turnh{filter:flipH}
      .turnv{filter:flipV}
    -->
```

```
        </style>
      </head>
      <body>
        <h2>下面是对同样的图像进行了翻转</h2>
        <table border = 1 bordercolor = "#660000" cellpadding = 5 width = 660 align = "center">
          <tr height = 30 align = "center">
            <td width = 220>原图</td>
            <td width = 220>水平翻转效果</td>
            <td width = 220>垂直翻转效果</td>
          </tr>
          <tr height = 260 align = "center">
            <td><img src = "2.jpg"></td>
            <td class = turnh><img src = "2.jpg"></td>
            <td class = turnv><img src = "2.jpg"></td>
          </tr>
        </table>
      </body>
    </html>
```

运行代码,效果如图 9.62 所示。

图 9.62　例 9.56 运行效果

（4）灰度处理。gray 滤镜是把一张图片变成灰度图。灰度也不需要设定参数,它去除目标的所有色彩,将其以灰度级别显示。

语法:

```
filter:gray
```

例 9.57　代码如下:

```
<html>
  <head><title>灰度处理</title>
    <style type = "text/css">
      <!--
```

```
        body{font-size:12pt}
        h2{font-family:"黑体";font-size:15pt;}
        .gray{filter:gray}
        div{width:300}  -->
    </style>
  </head>
  <body>
    <h2>下面是对同样的图像使用了灰度滤镜</h2>
      <table border=1 bordercolor="#660000" cellpadding=5 width=660 align="center">
        <tr height=30 align="center">
          <td width=330>原图</td>
          <td width=330>灰度效果</td></tr>
        <tr height=260 align="center">
          <td><img src="2.jpg"></td>
          <td><div class=gray><img src="2.jpg"></div></td>
        </tr>
      </table>
  </body>
</html>
```

运行代码,效果如图 9.63 所示。

图 9.63　例 9.57 运行效果

(5) 反相。invert 滤镜是把对象反相,即将可视化属性全部反转,包括色彩、饱和度和亮度值。

语法:

```
filter:invert
```

例 9.58　代码如下:

```
<html>
  <head><title>反相处理</title>
```

```
    < style type = "text/css">
    <! --
        body{font - size:12pt}
        h2{font - family:"黑体";font - size:15pt;}
        . invert{filter:invert}
        div{width:300}  -->
    </style>
  </head>
  < body >
    <h2>下面是对同样的图像使用了反相效果</h2>
    < table border = 1 bordercolor = " #660000" cellpadding = 5 width = 660 align = "center">
      < tr height = 30 align = "center">
        < td width = 330>原图</td>
        < td width = 330>反相效果</td> </tr>
      < tr height = 260 align = "center">
        < td >< img src = "2. jpg"></td>
        < td >< div class = invert >< img src = "2. jpg"></div ></td>
      </tr>
    </table >
  </body >
</html>
```

运行代码,效果如图 9.64 所示。

图 9.64　例 9.58 运行效果

(6) X 光片效果。xray 滤镜用于加亮对象的轮廓,呈现所谓的"X"光片。X 光效果滤镜不需要设定参数,是一种很少见的滤镜。它可以像灰色滤镜一样去除图像的所有颜色信息,然后将其反转(黑白像素除外)。

语法:

```
filter:xray
```

例 9.59　代码如下:

```html
<html>
  <head><title>X光片效果</title>
    <style type="text/css">
      <!--
        body{font-size:12pt}
        h2{font-family:"黑体";font-size:15pt;}
        .xray{filter:xray}
        div{width:300}
      -->
    </style>
  </head>
  <body>
    <h2>下面是对同样的图像使用了xray滤镜</h2>
    <table border=1 bordercolor="#660000" cellpadding=5 width=660 align="center">
    <tr height=30 align="center">
      <td width=330>原图</td>
      <td width=330>X光片效果</td>
    </tr>
    <tr height=260 align="center">
      <td><img src="2.jpg"></td>
      <td><div class=xray><img src="2.jpg"></div></td>
    </tr>
    </table>
  </body>
</html>
```

运行代码,效果如图9.65所示。

图9.65 例9.59运行效果

(7) 波形滤镜。波形滤镜能造成一种强烈的变形幻觉,它对目标对象生成正弦波变形。实际上,它是把对象按垂直的波形样式打乱。

语法:

filter:wave(add=参数值,freq=参数值,lightstrength=参数值,phase=参数值,strength=参数值)

说明:在该滤镜的参数中,add表示是否要把对象按照波形样式打乱,默认是true;freq

为波纹的频率,也就是指定在对象上一共需要产生多少个完整的波纹;lightstrength 参数设定对于波纹增强光影的效果,范围是 $0\sim100$;phase 参数用来设置正弦波的偏移量;strength 用于设定振幅。

例 9.60 代码如下:

```
< html >
  < head > < title >产生波形效果</title>
    < style type = "text/css">
      <! --
        body{font - size:12pt}
        h2{font - family:"黑体";font - size:15pt;}
        .wave{filter:wave(add = false,freq = 2,lightstrength = 20,phase = 5,strength = 25)}
        .wave2{filter:wave(add = true,freq = 3,lightstrength = 180,phase = 180,strength = 80)}
      -->
    </style>
  </head>
  < body >
    < h2 >下面是对同样的图像使用了波形滤镜</h2>
    < table border = 1 bordercolor = "＃660000" cellpadding = 5 width = 660 align = "center">
      < tr height = 30 align = "center">
        < td width = 220 >原图</td>
        < td width = 220 >产生波浪的效果</td>
        < td width = 220 >不同设置的波浪效果</td>
      </tr>
      < tr height = 260 align = "center">
        < td >< img src = "2.jpg"></td>
        < td >< img src = "2.jpg" class = wave ></td>
        < td >< img src = "2.jpg" class = wave2 ></td>
      </tr>
    </table>
  </body>
</html>
```

运行代码,效果如图 9.66 所示。

图 9.66 例 9.60 运行效果

9.4 图灵奖获得者 Barbara Liskov

芭拉·利斯科夫（1939年—），本名 Barbara Jane Huberman。美国计算机科学家，2008年图灵奖得主，2004年约翰·冯·诺依曼奖得主。美国工程院院士，美国艺术与科学院院士，ACM 会士，现任麻省理工学院电子电气与计算机科学系教授。

1957年开始在 IBM 工作，当时，她是一名 Fortran（公式转换）编程语言的教师，但后来从事并行计算技术的研究。她开发的并行处理技术（在多个微处理器上同时运行程序的能力）使得今日的高速计算机得以运行。1961年在加州大学伯克利分校获得数学学士学位。1968年在斯坦福大学获得博士学位，她是美国第一个计算机科学女博士。导师为1971年图灵奖得主约翰·麦卡锡，论文题目是国际象棋残局程序。

芭拉·利斯科夫领导了许多重要的项目，包括小型低成本交互式的分时操作系统 Venus，第一个支持数据抽象的面向对象编程语言 CLU 的设计与实现，第一个支持分布式程序实现的高级语言 Argus，面向对象数据库系统 Thor，还有最近的 Byzantine 分布式容错系统。其中，CLU 语言对现代主流语言如 C++/Java/Python/Ruby/C♯都有比较深远的影响。而她从这些实际项目中提炼出来的数据抽象思想，已经成为软件工程中最重要的精髓之一。她另外一个在程序设计中有广泛应用的成就，是与周以真（Jeannette Wing）一起提出的 Liskov 替代原则，是面向对象最重要的几大原则之一。

第 10 章

用Dreamweaver制作网页

主要内容

◆ 页面常用元素；

◆ 网页布局；

◆ 表单的使用；

◆ 添加各类文本；

◆ 添加 HTML 辅助；

◆ 图灵奖获得者 Fernando J. Corbato。

难点内容

表单的使用。

10.1　常用页面元素

常用的页面元素主要包括在页面中导入的图像、多媒体元素、表格等。

1．插入图像

在 Dreamweaver 中插入图像不需要手工编写代码，具体实现步骤如下：

（1）启动 Dreamweaver MX 2004，并选择"文件"｜"新建"命令打开"创建文档"对话框。激活"常规"选项卡，选中"基本页"列表框中的 HTML，如图 10.1 所示。单击"创建"按钮创建一个新的 HTML 页面。

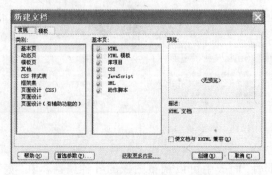

图 10.1　新建一个 HTML 文档

（2）在文档窗口中选择"拆分"视图的显示模式，此时可以同时显示 HTML 文件的代码和页面设计效果，如图 10.2 所示。

（3）选择"文件"|"保存"命令，将 HTML 文件保存。为了便于操作和演示，此处将文档的视图设置为"设计"模式。选择"插入"|"图像"命令，打开"选择图像源文件"对话框，如图 10.3 所示。

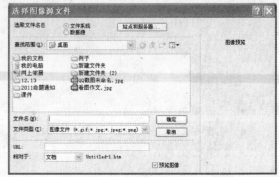

图 10.2　"拆分"视图显示页面　　　　　图 10.3　"选择图像源文件"对话框

（4）在对话框中选择要插入的图像文件，单击"确定"按钮将图像插入到 HTML 页面中，效果如图 10.4 所示。

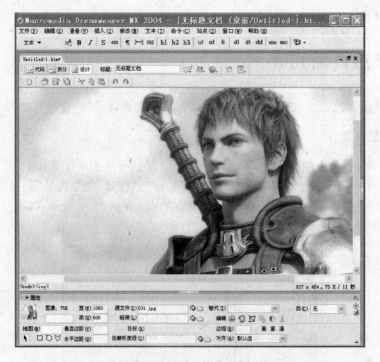

图 10.4　插入图像文件

（5）在页面中的"属性"面板中可以调整图像的各种属性。在"宽"和"高"文本框中可以设置图像的大小，如果只设置其中的一个值，图像会等比例缩放，效果如图 10.5 所示。

图10.5 调整图像大小

（6）此外，在最左侧的"图像"文本框中可以为图像命名；在"源文件"文本框中可以直接调整图像文件的地址；在"替代"文本框中可以设置图像的提示文字；在"链接"文本框中可以设置图像的链接地址。本实例中设置图像的各种参数如图10.6所示。

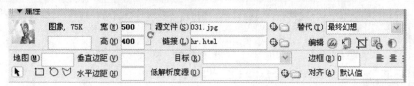

图10.6 调整图像的其他属性

（7）选择"文件"|"保存"命令，保存HTML文档的内容，在Internet Explorer中打开文件，效果如图10.7所示。单击页面中的图像，会打开一个新的链接页面，效果如图10.8所示。

图10.7 插入图像文件的效果图

图10.8 打开链接页面

2. 导入媒体

媒体导入的方法与图像的导入方法类似,具体操作步骤如下:

(1) 新建一个 HTML 文件并保存。选择"插入"|"媒体"命令或单击"常用"工具栏中的"媒体"按钮,在其下拉列表框中选择要插入的媒体类型,此处选择"Flash 按钮",此时会弹出一个"插入 Flash 按钮"对话框。

(2) 在对话框中可以设置按钮的样式、按钮上的文字内容、文字字体、按钮的链接地址等,此处设置 Flash 按钮的各种属性如图 10.9 所示。保存并运行页面文档,效果如图 10.10 所示。添加其他媒体文件的方法与此类似,此处不再重复讲解。

图 10.9 "插入 Flash 按钮"对话框

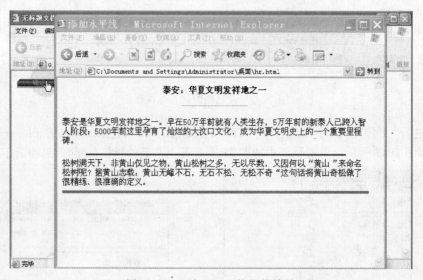

图 10.10 添加 Flash 按钮的效果

3. 添加表格

在 Dreamweaver 中为 HTML 页面添加表格的操作步骤如下:

(1) 新建一个 HTML 文件并保存。选择"插入"|"表格"命令或直接单击"常用"工具栏中的"插入表格"按钮,打开"表格"对话框。

（2）在该对话框中可以设置表格的大小、宽度、边框属性、边距属性等各种表格参数。此处设置表格的各种属性如图 10.11 所示。

（3）在"属性"面板中可以对表格的背景、边框颜色等进行调整，如图 10.12 所示。选中表格中的某一行还可以直接调整这一行的属性，如图 10.13 所示。同样的方法，如果选中其中某一个单元格，可以对该单元格进行单独设置，如图 10.14 所示。在表格中可以直接添加文本内容，并对文本字体进行调整，完成文字的添加后即可保存文件。

图 10.11　设置表格的各种属性

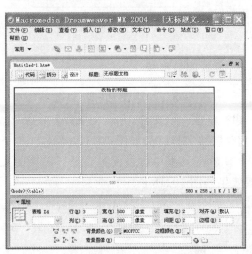

图 10.12　调整表格的属性

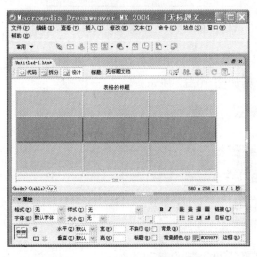

图 10.13　调整一行表格的属性

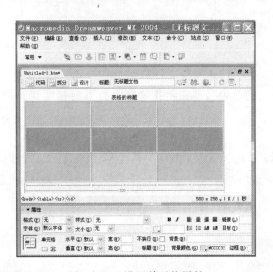

图 10.14　设置单元格属性

4．添加时间元素

Dreamweaver 还提供了为页面添加时间元素的功能，添加方法如下：

（1）新建一个 HTML 文件，为该文件命名并保存。选择"插入"|"日期"命令或直接单击"日期"按钮，打开"插入日期"对话框。

（2）在对话框中可以设置日期和时间的格式，如图 10.15 所示。保存文件修改后运行程序,可以看到页面上显示了时间,效果如图 10.16 所示。

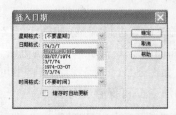

图 10.15　设置日期和时间的格式　　　　图 10.16　运行程序的效果

5. 设置超级链接

在 Dreamweaver 中添加超级链接很方便,具体操作步骤如下:

(1) 新建一个文件,为该文件命名并保存。单击"常用"工具栏中的"超级链接"按钮,打开"超级链接"对话框,如图 10.17 所示。

(2) 在对话框中可以设置要进行链接的文本、链接地址、目标窗口的打开方式等,此处设置效果如图 10.18 所示。

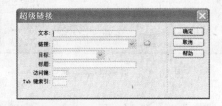

图 10.17　"超级链接"对话框　　　　图 10.18　设置超级链接

(3) 保存文件后运行程序,将鼠标移动到链接文字上方会出现标题文字"设置超级链接的效果",单击链接文字会打开链接窗口页面,效果如图 10.19 所示。

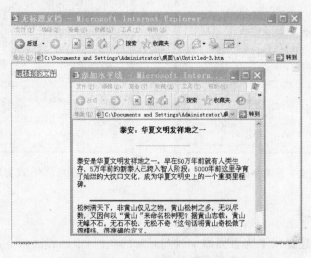

图 10.19　添加超级链接的效果

10.2　网页的布局

页面布局主要是通过表格、框架和层来实现，在 Dreamweaver 中可以轻松实现。

1. 使用布局表格

使用布局表格的方法如下：

（1）新建一个 HTML 文件，为该文件命名并保存。单击工具栏中的分类列表，在下拉列表中选择"布局"，在工具栏中显示布局类的按钮，如图 10.20 所示。

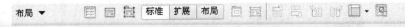

图 10.20　布局工具栏

（2）单击工具栏中的"布局"按钮，弹出如图 10.21 所示的提示窗口。单击"确定"按钮进入布局模式。单击"布局表格"按钮，可以在页面中绘制布局表格，默认情况下，布局表格是从页面的左上角开始的，如图 10.22 所示。

（3）单击工具栏中的"绘制布局单元格"按钮，在布局表格中可以绘制单元格，如图 10.23 所示。单击文档窗口中的"退出"按钮，可以退出布局模式，此时页面会自动将刚才创建的页面布局保存为表格的形式，效果如图 10.24 所示。

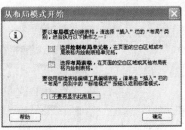

图 10.21　转换为布局模式的
提示窗口

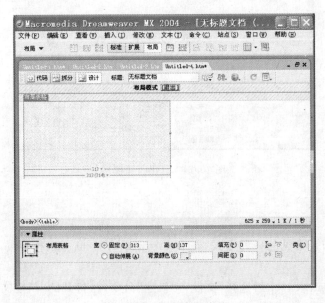

图 10.22　绘制布局表格

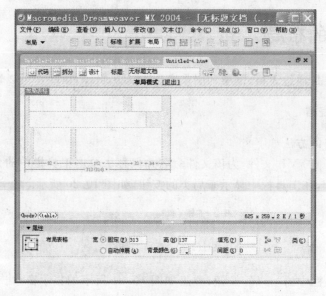

图 10.23　创建布局单元格

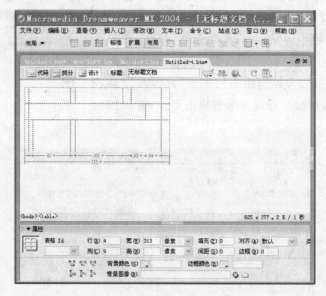

图 10.24　退出布局模式

2. 设置框架

框架是页面布局常见的一种方式，在 Dreamweaver 中也可以很容易地实现，具体操作步骤如下：

（1）启动 Dreamweaver 后选择"文件"|"新建"命令，在打开的"新建文档"对话框中设置框架集结构，如图 10.25 所示。选择相应的框架集结构后，单击"创建"按钮可以创建一个框架页面。选择"文件"|"保存"命令可以保存框架集页面，此时框架窗口页面为空白页。

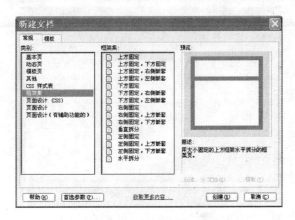

图 10.25　创建框架页面

（2）选中框架可以在"属性"面板中设置框架的边框和边框颜色等，如图 10.26 所示。单击"布局"工具栏中的"框架"按钮，可以在页面中插入新的框架结构。

图 10.26　设置框架的边框属性

（3）将光标移动到框架的边框上，拖动框架边框，可以调整框架的布局，如图 10.27 所示。在文档窗口中按住 Alt 键，然后用鼠标单击一个框架，选中该框架。在"属性"面板中可以设置该框架窗口的属性，如图 10.28 所示。

（4）如果要完整保存框架结构，就要保存框架集文件和所有的框架窗口文件。

3. 使用层进行布局

层是 Dreamweaver 中有代表性的对象之一，在制作网页时经常用到，其在元素的定位方面有着不可替代的作用和无可比拟的优势。使用层进行布局的方法如下：

（1）打开一个 HTML 文件，如图 10.29 所示。单击"布局"工具栏中的"描绘层"按钮，拖动鼠标左键在页面中绘制一个层，如图 10.30 所示。

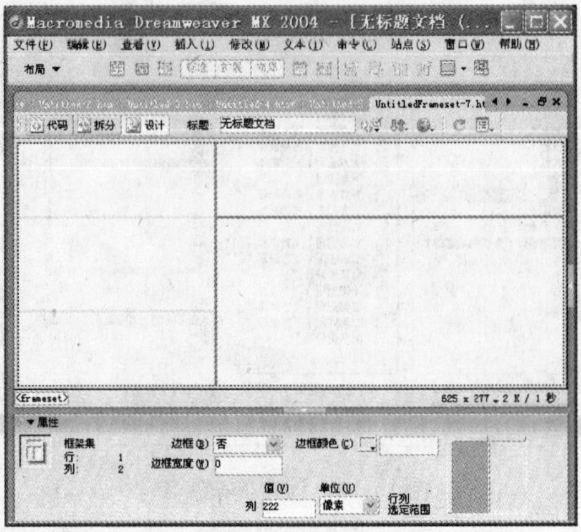

图 10.27　调整框架

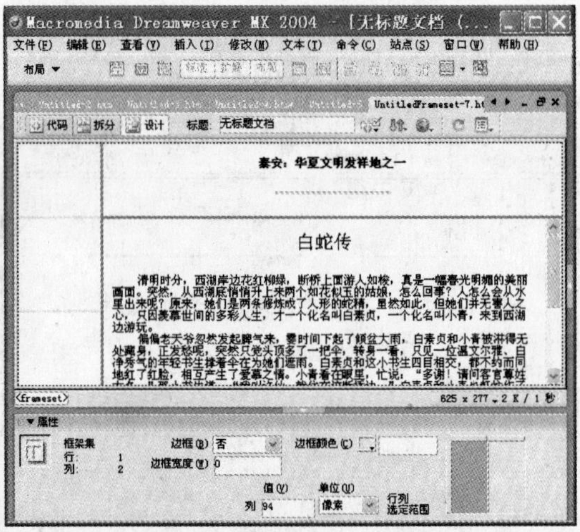

图 10.28　设置框架窗口的属性

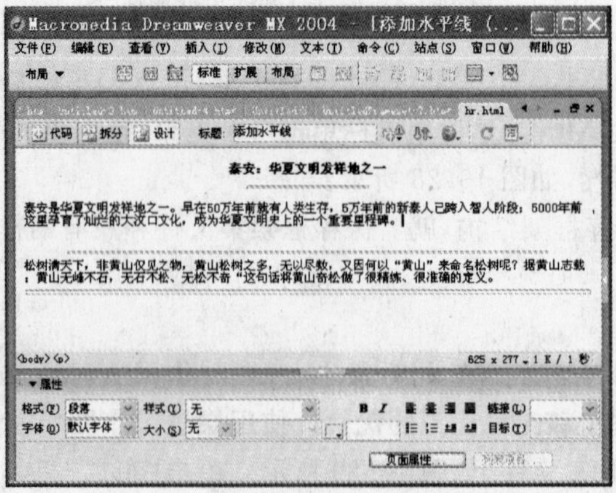

图 10.29　打开要插入层的页面

图 10.30 插入一个层

（2）在层内可以直接添加内容，包括文字、图像、表格等。

（3）选中这个层，在"属性"面板中可以设置层的位置、Z轴（即层叠顺序）值、层的背景等，此处设置如图 10.31 所示。

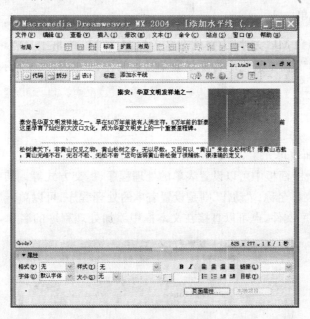

图 10.31 设置层的属性

（4）如果为一个页面添加多个层，那么 Z 轴的值越大，显示就越靠前，如图 10.32 所示。选中层后，将鼠标移动到层的边线上，此时可以拖动层，调整其位置。如果光标变为双箭头形状，则可以改变层的大小。

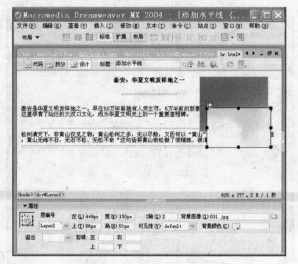

图 10.32　多个层的重叠效果

10.3　表单的使用

使用 Dreamweaver 可以在页面中随意插入各种表单。下面介绍最常用的几种表单。

1. 插入空白表单

（1）新建一个 HTML 文件，为文件命名后保存文件。单击工具栏中的分类列表，在下拉列表中选择"表单"，在工具栏中将显示表单类的按钮，如图 10.33 所示。

图 10.33　表单工具栏

（2）如果要添加表单元素，则单击"表单"按钮，即可在页面中创建一个空白表单。

（3）此时在"属性"面板中可以设置表单的处理程序、提交方式等。其中，"表单名称"下方的文本框用于设置表单名称；"动作"则是设置表单的处理程序，可以单击文本框后的"选择文件"按钮选择处理程序文件，也可以直接在文本框中添加处理程序的名称，如图 10.34 所示。

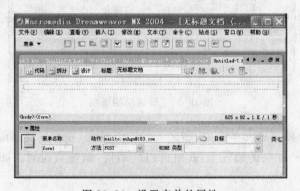

图 10.34　设置表单的属性

（4）运行程序，由于表单是空白的，在页面中并不显示出来，如图10.35所示。

2. 插入文本类控件

在 Dreamweaver 中插入文本字段、文本域、密码域的方法比较类似，这里一起介绍。插入该类型控件的方法如下：

（1）新建一个 HTML 文件，为文件命名并保存。

（2）单击"表单"工具栏中的"文本字段控件"按钮，在页面中插入一个单行的文本域。此时在"属性"面板中可以设置表单的属性，如图10.36所示。

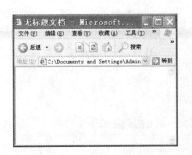

图 10.35　插入空白表单　　　　　图 10.36　设置表单属性

（3）单击选中页面中的文本框，此时可以在"属性"面板中设置该控件的名称、文本框的长度、最多字符数、初始值等内容，如图10.37所示。

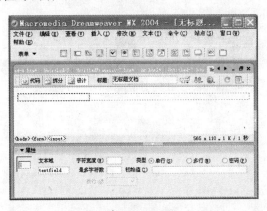

图 10.37　插入单行文本框

（4）单击"表单"工具栏中的"文本区域控件"按钮，可以在页面中添加一个多行的文本区域。选中该控件后也可以在"属性"面板中设置其各项参数，如图10.38所示。由图中可以看出，其实文本区域控件和文本字段控件可以实现相同的功能，只是默认情况下文本字段为单行，文本区域为多行。

（5）添加密码域的方法类似，一般情况下密码都采用单行文本框。用前面介绍的方法添加一个文本字段后，在"属性"面板中选择"密码"类型即可完成密码域的添加。运行程序，可看到添加的第三个文本域在输入内容时只显示星号"＊"，如图10.39所示。

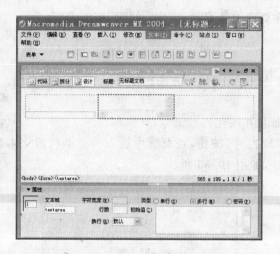

图 10.38　添加多行的文本区域　　　　　图 10.39　添加文本类表单的效果

3. 插入选择区域

选择区域主要是指单选按钮、复选框。插入选择区域的方法如下：

（1）新建一个文件，为该文件命名并保存。

（2）单击"表单"工具栏中的"复选框"控件按钮，可以在页面上添加带有一个复选框的表单，此时可以直接在"属性"面板中设置表单的各种属性。

（3）选中复选框，在"属性"面板中可以设置该复选框的名称、值以及初始状态，如图 10.40 所示。

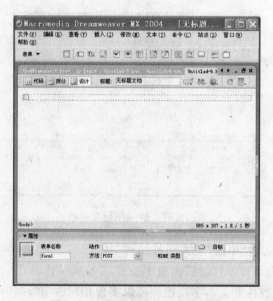

图 10.40　设置复选框的各种属性

（4）由于复选框在显示时不能显示取值，因此一般在网页上都要添加该复选框的说明文字，如图 10.41 所示。

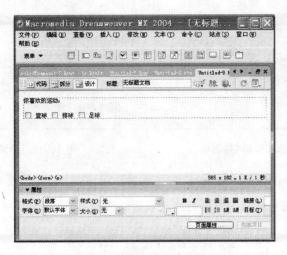

图 10.41 设置复选框的文字说明

(5) 如果要添加单选按钮，单击工具栏中的"单选按钮"控件按钮，此时在页面上添加了一个单选按钮。选中该单选按钮可以在"属性"面板中设置该单选按钮的各种属性，如图 10.42 所示。需要注意的是，单选按钮同样需要添加文字说明。

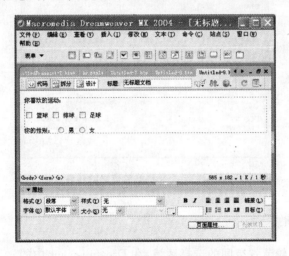

图 10.42 添加单选按钮

(6) 添加单选按钮还可以单击"表单"工具栏中的"单选按钮组"控件按钮，此时弹出如图 10.43 所示的对话框。

(7) 在"名称"文本框中可以设置该单选按钮组（也就是该项选择）的名称，单击"添加"按钮可以在选择的答案中增加一个单选按钮；单击"删除"按钮可以减少一个单选按钮。单击单选按钮的 Label 属性可以修改单选按钮在页面上显示的提示文字（即选择的内容）；单击单选按钮的 Value 属性可以修改单选按钮提交时的值，如图 10.44 所示。

(8) 选择一个单选按钮的选项后，单击对话框中的"上移"按钮可以将该选项的位置提前；同样，如果单击"下移"按钮可以将该选项的位置向下移动。

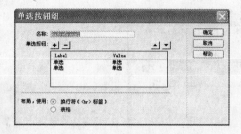

图 10.43 "单选按钮组"对话框   图 10.44 设置单选按钮组

（9）完成设置后单击"确定"按钮可以完成单选按钮组的添加。此时如果选中其中任何一个单选按钮，会发现它们的名称都是刚才设定的名称，如图 10.45 所示。

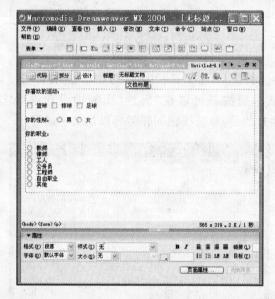

图 10.45 查看单选按钮的属性

4. 插入菜单和列表

列表和菜单是比较节省空间的选择区域，在 Dreamweaver 中的添加方法如下：

（1）新建一个 HTML 文件，命名后保存该文件。

（2）单击"表单"工具栏中的"列表/菜单"控件按钮，在页面上添加一个菜单控件。选中该控件可以在"属性"面板中设置菜单的名称，或将控件设置为列表。

（3）如果要设置菜单的选项值，可以单击"属性"面板中的"列表值"按钮，打开"列表值"对话框，如图 10.46 所示。

（4）单击对话框中的"添加项目"按钮可以为菜单添加一个选项。在"项目标签"文本框中设置页面显示的文字，在"值"文本框中设置提交表单的值，如图 10.47 所示。单击对话框中的"上移"、"下移"按钮可以调整选项的排列顺序。完成后单击"确定"按钮完成菜单项目的添加。

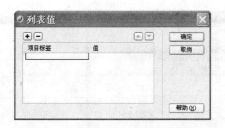

图 10.46　"列表值"对话框

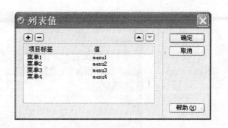

图 10.47　添加菜单的选项

（5）如果要添加列表,则选择控件后在"属性"面板中将控件类型更改为"列表",此时可以设置列表的高度（即默认显示的列表项）以及是否可以多选,如图 10.48 所示。

（6）单击"列表值"按钮,在打开的"列表值"对话框中同样可以添加列表的各选项值。完成后保存页面,运行程序可以看到效果如图 10.49 所示。

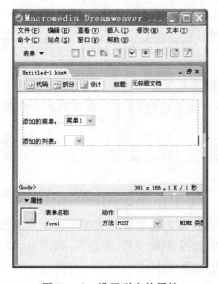

图 10.48　设置列表的属性

图 10.49　添加菜单和列表的效果

5. 添加按钮

页面中还有一种常见的表单元素,即按钮。按钮主要分为提交按钮、重置按钮和普通按钮,而这 3 种按钮的添加方法基本相同。

（1）新建一个文件,为该文件命名后保存。

（2）单击"表单"工具栏中的"按钮"控件,可以在页面中添加一个按钮。默认情况下同时添加一个表单,此时可以在"属性"面板中设置表单的各项属性。

（3）选中该按钮,可以在"属性"面板中设置按钮控件的名称、标签（即按钮上的文字）、动作（即按钮类型）等。动作主要包括"提交表单"（提交按钮）、"无"（普通按钮）和"重设表单"（重置按钮）,如图 10.50 所示。

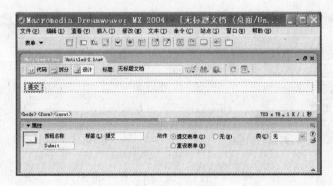

图 10.50　按钮控件的各项参数

10.4　添加各类文本

在 Dreamweaver 中可以添加各种类型的文字,包括标题文字、列表项、粗体文字等。添加文本的方法如下:

(1) 新建一个 HTML 文件,为文件命名后保存文件。

(2) 单击页面上工具栏的分类列表,在下拉列表中选择"文本",在工具栏中将显示文本类的按钮,如图 10.51 所示。

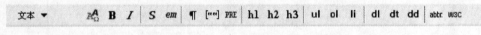

图 10.51　文本工具栏

(3) 选择相应类型的文本按钮(如 h1),在页面中输入该类型的文本内容。双击选中文本内容后在"属性"面板中可以设置该类文字的样式,包括字体、字号、颜色等,如图 10.52 所示。

(4) 完成后按下 Ctrl+Enter 组合键即可跳出该类文本,再按 Enter 键则进入到下一段落的文本编辑中。如果要添加其他类型的文本,只需在单击相应的文本类型后输入文字即可。

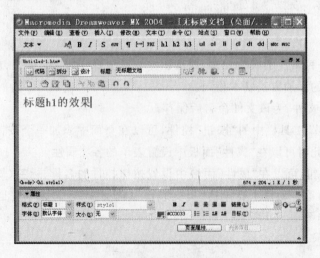

图 10.52　添加 h1 类型的文本

10.5 添加 HTML 辅助

HTML 网页的辅助内容主要指水平线、文件头、设置脚本属性等。

1. 添加水平线

在 HTML 页面中添加水平线的具体步骤如下：

（1）新建一个文件，在页面中添加部分内容后保存，如图 10.53 所示。

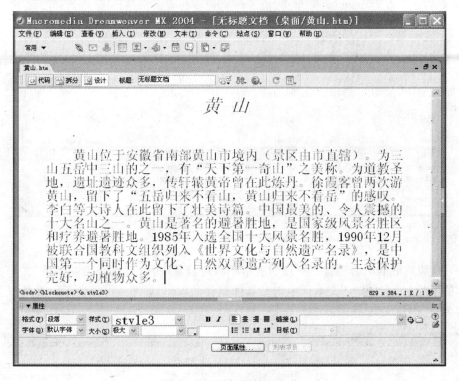

图 10.53　添加文件的内容

（2）将光标移动到要添加水平线的位置，选择"插入"|HTML|"水平线"命令，或者在工具栏中显示的 HTML 类中单击"水平线"按钮。此时在页面中添加了一条默认属性的水平线，且水平线处于选中状态。

（3）在"属性"面板中可以更改水平线的大小、对齐方式等，此处设置的效果如图 10.54 所示。

2. 设置文件元信息

文件的元信息主要是用来定义页面信息的名称、关键字、作者等内容，并不显示在页面中。在 Dreamweaver 中添加元信息的方法快捷简单。

（1）新建一个文件，将该文件命名为 meta.html 并保存文件。

（2）选择"插入"|HTML|"文件头标签"|META 命令，打开如图 10.55 所示对话框。

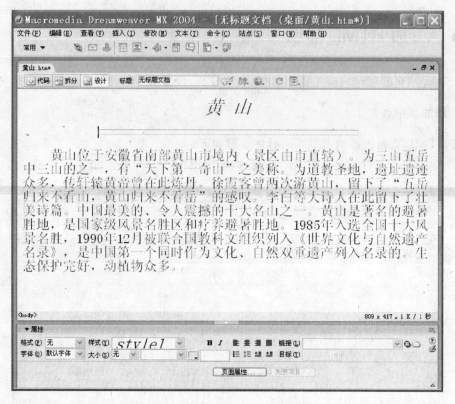

图 10.54　在页面中添加水平线

(3) 在该对话框中的"属性"下拉列表框中可以设置 Meta 属性类型,在"值"文本框中设置具体的属性名,在"内容"文本框中则是具体属性的取值,如图 10.56 所示。此处设置了作者名称为"三国演义"。

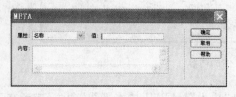

图 10.55　META 对话框

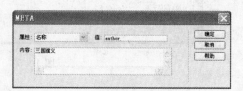

图 10.56　设置 META 属性

(4) 完成后单击"确定"按钮则可以完成该属性的设置。

(5) 如果要设置页面的关键字,可以选择"插入"|HTML|"文件头标签"|"关键字"命令,在弹出的"关键字"对话框中设置页面的关键字,各个关键字之间用英文逗号","隔开,如图 10.57 所示。完成后单击"确定"按钮在页面中添加该属性的设置。

(6) 在页面中添加其他元信息的方法与此类似,这里就不再重复说明,读者可以通过练习逐渐领会。

3. 添加脚本

使用 Dreamweaver 在页面中添加脚本语言代码的方法如下:

（1）打开一个 HTML 文件。

（2）选择"插入"|HTML|"脚本对象"|"脚本"命令，可以打开"脚本"对话框。在对话框的"语言"下拉列表框中可以设置脚本语言，如图 10.58 所示。

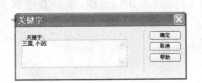

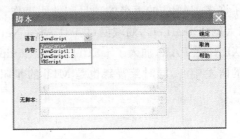

图 10.57　设置脚本语言　　　　　图 10.58　设置页面关键字

（3）在"内容"文本域中直接添加脚本程序。此处添加脚本程序 alert("弹出一个窗口"）。击"确定"按钮，出现如图 10.59 所示的提示窗口。

（4）单击"确定"按钮完成脚本的添加。如果希望不再显示这个信息，选中窗口中的复选框即可。运行程序的效果如图 10.60 所示。

图 10.59　不可见元素提示窗口　　　　图 10.60　添加脚本后的运行效果

10.6　图灵奖获得者 Butler W. Lampson

巴特勒·莱普森（Butler W. Lampson，1943—　），美国计算机科学家，因在个人分布式计算机系统及其实现技术上的贡献，包括：工作站、网络、操作系统、编程系统、显示、安全和文档发布等，获得 1992 年图灵奖。

20 世纪 60 年代，莱普森加入了加州大学伯克利分校（UC Berkeley）的 GENIE 项目。1965 年，与 Peter Deutsch 一道，开发了 SDS 940 操作系统。1970 年，莱普森参与组建了著名的施乐帕克研究中心（Xerox Palo Alto Research Center，简称 Xerox PARC）。通

常认为,莱普森与其 XEROX PARC 的同事是第一个个人计算机的研发者。1972 年,莱普森写下一个备忘录"Why Alto?",被认为是个人计算机的一个早期的前瞻性的文献。另外,莱普森也是早期 XEROX PARC 研制的个人计算机 D 系列机器的主要研发者。莱普森也参与了许多 PARC 的著名的项目和发明工作,例如,激光打印机,最早的所见即所得文本格式,以太网(Ethernet),局域网(Local Area Network),程序设计语言等等。80 年代,莱普森离开 XEROX PAR,加入了 DEC(Digital Equipment Corporation),目前,莱普森任职于微软公司的研发中心,同时莱普森也是 MIT 的兼职教授。

标准ASCII码表

ASCII值	字　符	ASCII值	字　符	ASCII值	字　符	ASCII值	字　符
0	NUL(空字符)	32	（space)	64	@	96	`
1	SOH(标题开始)	33	!	65	A	97	a
2	STX(正文开始)	34	"	66	B	98	b
3	ETX(正文结束)	35	#	67	C	99	c
4	EOT(传输结束)	36	$	68	D	100	d
5	ENQ(请求)	37	%	69	E	101	e
6	ACK(收到通知)	38	&	70	F	102	f
7	BEL(响铃)	39	'	71	G	103	g
8	BS(退格)	40	(	72	H	104	h
9	HT(水平制表符)	41	)	73	I	105	i
10	LF(换行)	42	*	74	J	106	j
11	VT(垂直制表符)	43	+	75	K	107	k
12	FF(换页)	44	,	76	L	108	l
13	CR(回车)	45	—	77	M	109	m
14	SO(不用切换)	46	.	78	N	110	n
15	SI(启用切换)	47	/	79	O	111	o
16	DLE(数据链路转义)	48	0	80	P	112	p
17	DC1(设备控制 1)	49	1	81	Q	113	q
18	DC2(设备控制 2)	50	2	82	R	114	r
19	DC3(设备控制 3)	51	3	83	S	115	s
20	DC4(设备控制 4)	52	4	84	T	116	t
21	NAK(拒绝接收)	53	5	85	U	117	u
22	SYN(同步空闲)	54	6	86	V	118	v
23	ETB(传输块结束)	55	7	87	W	119	w
24	CAN(取消)	56	8	88	X	120	x
25	EM(介质中断)	57	9	89	Y	121	y
26	SUB(替补)	58	:	90	Z	122	z
27	ESC(溢出)	59	;	91	[	123	{
28	FS(文件分割符)	60	<	92	\	124		
29	GS(分组符)	61	=	93	]	125	}
30	RS(记录分离符)	62	>	94	^	126	~
31	US(单元分隔符)	63	?	95	_	127	DEL

参考文献

1 应宏.网格系统的组成与体系结构分析.西南师范大学学报.2004.29(4)

2 中国网格信息中转站[OL].[2010-12-10]. http://www.chinagrid.net/

3 图灵生平[OL].[2010-12-10]. http://www.cnblogs.com/xswdb/articles/1422585.html

4 互联网之父——Vinton G. Cerf & Robert Elliot Kahn[OL].[2010-12-10]. http://xp8607.blog.163. com/blog/static/54000036201082463058442/

5 图灵奖获奖人及生平介绍[OL].[2010-12-10]. http://blog.sina.com.cn/s/blog_4e8d7f95010090x6.html

6 图灵奖得主巴特勒-莱普森简介[OL].[2010-12-10]. http://tech.sina.com.cn/d/2008-11-10/19172569076. shtml

7 第7章 多媒体应用基础[OL].[2010-12-10]. http://202.192.163.58/computerliteracy/Ncourse/yyjc/ c07%5Cc0701.htm

8 Maya2010 功能与特性[OL].[2010-12-10]. http://www.4dworks.net/course/b/200909/3502.html

9 Windows 7 概述与实用技巧[OL].[2010-12-10]. http://wenku.baidu.com/view/6f3a56116c175f0e7cd137bd. html

10 历届图灵奖获得主算法大师 Donald E. Knuth 介绍[OL].[2010-12-10]. http://blog.sina.com.cn/s/ blog_4b73ce0f0100094t.html

11 面向对象程序设计[OL].[2010-12-10]. http://baike.baidu.com/view/249254.htm
java[OL].[2010-12-10]. http://baike.baidu.com/view/29.htm#3

12 TIOBE Programming Community Index for January 2011 [OL].[2010-12-10]. http://www.tiobe. com/index.php/content/paperinfo/tpci/index.html

13 可视化编程[OL].[2010-12-10]. http://baike.baidu.com/view/495760.htm

14 Visual Studio 2010 [OL].[2010-12-10]. http://baike.baidu.com/view/2200635.htm

15 项目管理[OL].[2010-12-10]. http://baike.baidu.com/view/65955.htm

16 何援军.计算机图形学.北京:机械工业出版社,2006

17 计算机视觉[OL].[2010-12-10]. http://baike.baidu.com/view/155265.htm

18 Hearn D,Baker MP.计算机图形学,蔡世杰,宋继强,蔡敏 等,译.北京:电子工业出版社,2005

19 人机交互技术[OL].[2010-12-10]. http://baike.baidu.com/view/600151.htm

20 虚拟现实技术[OL].[2010-12-10]. http://baike.baidu.com/view/95269.htm

21 朱福喜,朱三元,伍春香.人工智能基础教程.北京:清华大学出版社,2006

22 沟口理一郎,石田亨.人工智能.北京:科学出版社,2003

23 机器学习[OL].[2010-12-10]. http://baike.baidu.com/view/7956.htm

24 王雄.未来海量存储技术之全息存储技术.电子科学技术评论.2005(5)

25 Powell TA.HTML 参考大全.杨正华,葛菱南,李金波 等,译.北京:清华大学出版社,2002

26 张金霞.HTML 网页设计参考手册.北京:清华大学出版社,2006

27 冯博,冯皓,等.SQL 实用教程.北京:清华大学出版社,2006

28 何翠平.HTML 网页制作从入门到精通.北京:人民邮电出版社,2007

29 高海茹,李智,等.MySQL 网络数据库技术精粹.北京:机械工业出版社,2001

30 成昊,王诚君,等.Dreamweaver MX 2004 网页设计教程.北京:科学出版社,2005